JASMIN SCHREIBER

Der Mauersegler

Weiterer Titel der Autorin bei Eichborn:

Marianengraben

JASMIN SCHREIBER

DER MAUERSEGLER

Roman

eichborn

Dieser Titel ist auch als Hörbuch und E-Book erschienen

MIX
Papier aus verantwortungsvollen Quellen
FSC® C014496

Eichborn Verlag in der Bastei Lübbe AG

Originalausgabe

Umschlaggestaltung: FAVORITBUERO, München
Einband-/Umschlagmotiv: Jasmin Schreiber
Satz: hanseatenSatz-bremen, Bremen
Gesetzt aus der Adobe Caslon
Druck und Einband: GGP Media GmbH, Pößneck

Printed in Germany
ISBN 978-3-8479-0079-5

5 4 3 2

Sie finden uns im Internet unter eichborn.de
Bitte beachten Sie auch: luebbe.de

»Viele Menschen stehen am Meer,
weil man da nicht weiterlaufen kann.«

– *K.*

Für L.

Kapitel 1

1

Ab einer bestimmten Geschwindigkeit fühlt sich fahren an wie fallen, der Körper irgendwie schwer zu verorten, das Gehirn ein wenig überfordert, die Landschaft nicht mehr durch klar umrissene Objekte dargestellt, sondern in farbige Scheiben geschnitten: in Grün für das Gras und niedrige Böschung, vielleicht Grau, wenn sich Gebäude ins Sichtfeld schieben, Braun bildet die Baumstämme ab, wieder Grün, wenn die Baumkronen kommen. Über alldem der blaue, graue oder schwarze Himmelsstreifen, der Abschluss oder Anfang, je nachdem.

Wie viele Aggregatzustände hat eine Landschaft, einen, oder vielleicht zwei? Drei? Kann Landschaft gasförmig sein? Doch, ja. Als Geruch, wenn man die Augen schließt und nasse Farne, die zitternden Flanken des Rotwilds, die feuchten Algen am Strand riecht. Steht man hingegen vor einem Wald, erblickt man Bäume direkt vor sich, kann die Waldränder dabei beobachten, wie sie immer mehr ausdünnen und zu einer Wiese zerlaufen, zu einem Gewässer oder zu einer kleinen Siedlung. Fest. Im Flug oder bei hoher Geschwindigkeit am Boden, in Autos, in Zügen oder wenn man als Kind Fahrrad fährt (was sich immer schneller und krasser und halsbrecherischer anfühlt als erwachsenes Fahrradfahren), ist eine Landschaft flüssig. Vielleicht wie Wasser, vielleicht wie Ölfarbe, die in dicken und triefenden Streifen auf die Leinwand gemalt wurde. Saftig, glänzend, fett.

2

Der Mann am Steuer des dunklen Kombis schwitzte, während er einen Van überholte (zwei Erwachsene, eine undefinierbare Anzahl Kinder, Fahrräder). Sein Hemd klebte feucht an seiner Haut, er konnte sich selbst riechen, konnte die Angst, den Stress, die Anstrengung wittern. Mit durchgedrückten Armen beschleunigte er das Auto immer mehr, während sich der Tag dem Ende entgegenneigte. Rote Einblutungen verwuschen das schon abgedämpfte Graublau des Himmels, die Sonne setzte an zum großen Finale, drehte die Farben noch einmal grell und laut auf, um sie dann plötzlich mit sich in die Nacht zu reißen und eine monochrome, stille Dunkelheit zurückzulassen.

Diese Umgebung nahm der Mann gar nicht wahr, sah die kurzen Momentaufnahmen der dämmrigen Weite nicht, die kleinen, etwas geduckten Wäldchen und heimeligen Ortschaften, die beim Vorbeifahren immer nach Miniaturwunderland aussehen: statisch, winzig, unbelebt. Er war blind für die hingesprenkelten Windräder, die Weiden, Birken, Scheunen, das knorrige Totholz, die Kühe, manchmal Schafe, die sich in kleinen Senken vor dem Wind verbargen, der über die Ebenen hinwegjagte. Der Mann dachte: Wenn ich jetzt das Lenkrad scharf rüberziehe, ist alles vorbei. Und: Wenn ich das mache, ist es nicht nur für mich vorbei, vielleicht auch noch für andere. Er konzentrierte sich wieder auf die Straße.

Der Motor der Luxuskarosse arbeitete, er surrte, brummte

und rauschte, das alles jedoch leise und gelassen. Er war für so etwas gebaut, Zahnräder griffen ineinander, Metallteile bewegten sich gut geschmiert vor und zurück, Riemen schnurrten. Alles okay von seiner Seite aus. Der Rest des Wagens knackte hier und da, reckte und streckte sich ein wenig, weil er noch neu war und sich erst einfinden musste in sein Leben als Transportmittel eines Gehetzten. Dem Fahrer rutschten die schweißnassen Hände fast vom Lenkrad, doch das Auto stieß einfach weiterhin wie eine spitze Nadel durch das dünne Gewebe der heraufziehenden Dämmerung und beklagte sich nicht.

Geile Karre, hatte Jakob damals gelobt, der Mann hatte sich jedoch direkt nach dem Kauf etwas geschämt. Mediziner sein und so ein Auto fahren, klischeehafter ging ja wohl kaum. Zum Glück hatte ihn sein Vater noch davon abgehalten, das Fahrzeug in Silber zu kaufen. Ne Arztkutsche, ach Prometheus, 's brauchste doch nich, Silber is so prollig, hatte er damals in seiner typischen, etwas brummeligen und vernuschelten Stimme gesagt. Dann hatte er die immer ein wenig zu lockere Hose mit einem Ruck über den kleinen Bierbauch gezogen, anschließend die Hände in den Rücken gestemmt und an seinem Sohn vorbei aus dem Fenster auf den gegenüberliegenden Plattenbau geblickt. Der Wagen war deshalb schwarz. Eine Arztkutsche war er dennoch.

Tock-tock-tock.

Prometheus horchte.

Tock-tock-tock.

Der Wagen rumpelte etwas. Ein Platter, dachte Prometheus, oder ich habe was überfahren, scheiße. Er verringerte die Geschwindigkeit und wechselte vorsichtig und sehr aufmerksam die Fahrbahnen (er drehte vielleicht gerade durch, *so* durch aber noch nicht), bis er schließlich mit eingeschalteter Warnblinkanlage auf dem Notfallstreifen stand. Er wollte aussteigen, doch seine linke Hand war immer noch fest ums Lenkrad gekrallt. An der Stelle, an der seine rechte Hand eben noch gelegen hatte, bevor sie den Warnblinker angeschaltet hatte, sah man nasse Druckstellen im gepolsterten Leder. Langsam löste er die Finger der Linken, er ruckelte einen nach dem anderen vorsichtig ab, während ein Krampf Schmerzwellen über seine Nervenbahnen durch die Arme ins Rückenmark und dann ins Gehirn jagte. Nachdem er den Daumen als Letztes gelöst hatte, fiel der Arm wie tot an seiner Seite hinab. Prometheus schloss die Augen.

3

Er konnte nichts finden. Zwei Mal war er in seiner gelben Weste durch den Nebel und um den Wagen herumgekrabbelt, nachdem er das Warndreieck aufgestellt hatte. Alles sah normal aus. Kein Leck, kein platter Reifen, alles intakt, soweit er es beurteilen konnte. Kurz blieb er in dieser Position sitzen, der Körper in der Hocke, den Kopf in den Händen verborgen, sich vor und zurück wiegend wie ein Kind. Das war eigentlich ganz schön, dachte Prometheus, während der Verkehr an ihm vorbeidonnerte und seine Klamotten langsam klamm wurden, irgendwie friedlich, und so tut die Hand auch nicht mehr so weh.

Verharren geht nur leider nicht, schade, dachte er, und: Wie hoch ist die Wahrscheinlichkeit, dass ich andere gefährde, wenn ich jetzt einfach vor einen LKW laufe? Vermutlich genauso hoch, wie in jemanden hineinzufahren. Zu hoch. Töten wollte er niemanden, nicht schon wieder, sich selbst auch nicht, also vermutete er. Bei Letzterem war er sich nicht sicher, er konnte die Intensität seines aufkeimenden Wahnsinns noch nicht richtig einschätzen, es war alles noch so frisch, er hatte keinen Überblick. Er strich mit der rechten Hand über die Haare seines linken Unterarms, wischte die kleinen Tropfen fort, die sich wie Tau auf einer Wiese darin verfangen hatten. Wenn es noch nebliger wurde, würde er nicht weiterfahren können. Nicht, dass er irgendein Ziel hätte, aber fahren war erst einmal gut, und nicht fahren zu können war dementsprechend schlecht.

Prometheus sammelte sich und das Warndreieck wieder ein, setzte sich zurück in den Wagen, den er mittlerweile hasste, schloss die Tür, schaltete die Warnblinkanlage ab und startete den Motor. Er drückte die Arme wieder durch, suchte mit dem Fuß das Gaspedal und fand es, trat es runter und ordnete sich wieder ein.

Und dann schrie er. Er schrie und fuhr, schrie und blinkte, um auf die linke Spur zu wechseln, schrie, während er LKWs überholte und Familienkutschen und Hippie-Vans, er schrie, ohne überhaupt zu wissen, wieso, oder auch nur was er da brüllte, während er den Scheibenwischer betätigte, um gegen den einsetzenden Regen anzukämpfen. Prometheus schrie und schrie und schrie, bis er mit seiner Arztkutsche brüllend wie ein Tier in die Nacht hinein und über die deutsch-dänische Grenze gefahren war.

Velkommen.

Kapitel 2

1

»Vielleicht brauchen wir noch mehr Grillanzünder.«

»Meinst du?«

»Keine Ahnung, aber es klappt ja nicht«, sagte Prometheus, schaute auf das Päckchen Streichhölzer in seinen Händen hinab und heftete dann seinen Blick wieder auf Jakobs Gesicht, das im Feuerschein flackerte und ihn dadurch irgendwie an Halloween erinnerte.

Prometheus war neun Jahre alt und hieß eigentlich Marvin, das andere war nur sein Zweitname. Seine Mutter, eine Hebamme, las ihren Gebärenden zur Beruhigung beim Warten auf die nächsten Wehen gerne altgriechische Sagen und Heldengeschichten vor, und die Sage um Prometheus hatte sie damals besonders mitgerissen. Ein Mann, der die Menschen erschuf, ihnen helfen wollte, die Geduld der anderen Göttinnen und Götter jedoch überstrapazierte, als er das Feuer vom Olymp stahl und auf die Erde brachte. Als Strafe landete er dann festgekettet in einem Gebirge, in dem er sich jeden Tag aufs Neue von einem Adler die Leber herausreißen lassen musste. Welch herzerwärmende Geschichte, wer würde seinen Sohn nicht so nennen wollen? Das war aber natürlich nicht der Grund für die Namensgebung. Seine Mutter war fasziniert von dieser Figur, weil sie den Menschen Gutes tun wollte und dafür sogar

Strafe in Kauf nahm. Für sie ging es hier um Zuneigung, Opferbereitschaft, Heldenmut. Prometheus selbst fand die Sache mit dem Adler einfach krass, deshalb mochte er den Namen.

Marvin war schlimmer als Prometheus, also das fand er selbst und die Mutter wohl auch, und so war der kleine Junge schon nach ein oder zwei Jahren nur noch Prometheus genannt worden. Wenn neue Lehrer in die Klasse kamen, lasen sie immer erst *Marvin* vor, doch Prometheus war schon als Kind sehr selbstbewusst (seine Mitschüler hätten wohl gesagt: eingebildet) gewesen. Entschuldigung, sagte er dann, und: Ich werde Prometheus genannt. Drunter geht's wohl nicht, Herr Protz, hatte ein Lehrer mal gesagt und sich geweigert, den Namen zu verwenden. Doch als Marvin (Prometheus!) auf diesen Namen ein ganzes Halbjahr nicht reagiert hatte, war auch er eingeknickt. Das von seinem Vater als Vorname ausgesuchte *Marvin* war damit vom Adler davongetragen worden und wurde nie wieder abseits von Behördenschriftstücken oder Schulzeugnissen erwähnt.

»Vielleicht hätten wir noch den Schnaps von deinem Vater nehmen sollen? Schnaps brennt doch gut, glaube ich«, murmelte Jakob.

Sie blickten beide hoch, als ein leises Rauschen aufkam, fast wie ein leiser Wasserfall, fast wie die Brandung des Meeres. Die Mauersegler hatten ihre allabendliche Jagdrunde begonnen und flogen unglaublich nah an ihnen vorbei. In halsbrecherischen und kunstvollen Manövern schraubten sich die Vögel, die im Dämmerlicht Schwalben zum Verwechseln ähnlich sahen, durch die Luft, sie wichen Ästen aus und umtanzten Baumwipfel, flogen mit ihren braunen, gebogenen Schwingen scharfe Kurven und jagten Fluginsekten hinterher, die so schnell in den kleinen Schnäbeln landeten, dass sie gar nicht wussten, wie ihnen geschah. Die Tiere bewegten sich so rasant, dass sie vor den Augen der Jungen verschwammen und zu gespenstischen Schatten oder flatterigen Waldgeistern wurden.

»Weißt du, dass Mauersegler immer in der Luft sind, also ihr ganzes Leben? Ununterbrochen?«, fragte Jakob.

»Quatsch!«, antwortete Prometheus.

»Doch, wirklich, das hat mir meine Mutter erzählt. Die schlafen sogar im Fliegen, und wenn die alt sind und versehentlich am Boden landen, kommen die nicht mehr hoch.«

»Und wenn die tot sind? Dann fliegen die aber nicht mehr, oder?«

Prometheus bekam eine Gänsehaut, als er sich vorstellte, dass einige der Mauersegler hier vielleicht tot sein könnten. Geister zum Anfassen, Geister, die vielleicht auch mal in ein Kinderzimmerfenster hineinflattern konnten, wenn die Mutter es, wie so oft im Sommer, nachts offen stehen ließ. Er stellte sich abgefressene fliegende Skelette vor, tote Augen, knorrige, gebrochene und verbogene Klauen, die blind nach ihm griffen. Seine Hände wurden schwitzig.

»Neeee, natürlich nicht. Stell dir das mal vor, da wäre ja der ganze Himmel voll toter Vögel!«, antwortete Jakob.

Die Jungs traten jetzt einen Schritt zurück, weil ihnen der dunkle Rauch der kokelnden, etwas zu feuchten Äste in den Augen brannte. Sie blinzelten ins Feuer, das die Dämmerung mit seinen Flammen abtastete und spielerisch zurückdrängte.

Auf einer kleinen Lichtung zwischen ein paar Tannen hatten die Kinder eine Art Scheiterhaufen errichtet, lange hatten sie dafür nach trockenem Totholz gesucht, jedoch keine zufriedenstellende Menge gefunden. Stattdessen hatten sie einfach Äste von Büschen abgeschnitten und auch noch Zeitungen und Zeitschriften dazwischengesteckt, um der ganzen Konstruktion mehr Volumen zu geben. Herausgekommen war ein etwa kniehoher Scheiterhaufen mit einem abgeflachten Plateau. Und auf diesem Plateau lag Schnuffelchen.

2

Das Beste daran, wenn die Eltern nicht zu Hause waren, war, dass Prometheus so viel Fernsehen schauen konnte, wie er wollte. Am liebsten sah er die *Bugs Bunny Show* und fieberte mit dem titelgebenden Hasen mit, während ihm der Jäger Elmer immer wieder auf die Spur kam, ihn dann aber doch nie erlegen konnte. Er flog mit *Captain Future* im Raumschiff durch die Weiten des Alls und stellte sich vor, dass auch seine eigenen Eltern Wissenschaftler wären, doch wären sie in seiner Vorstellung nicht tot, wie beim Titelheld der Serie, sondern einfach nur *sehr* beschäftigt, sodass er auf sich allein gestellt wäre. Er hätte ebenfalls ein richtig tolles und superschnelles Raumschiff, vielleicht in Silber oder Knallrot. Mit dabei wäre auf jeden Fall der Android Otto, jedoch nicht Joan Landor, sondern stattdessen Prometheus' bester Freund Jakob. Oft stellten sich die beiden Jungs gemeinsam in ihrem Geheimversteck, einem großen Busch, vor, wie sie die Welt vor dem Bösen retten würden – sie würden Kriege abschaffen und die Schule gleich mit, alle Menschen wären frei und glücklich, und man dürfte so viele Kellogg's Froot Loops ohne Milch essen, wie man wollte. Ja, auch mitten am Tag und nicht nur morgens!

Am allerliebsten jedoch schaute Prometheus *Sindbad.* Die Serie erzählte die Geschichte eines Jungen, der mit seinem besten Freund Hassan wilde Abenteuer erlebte, irgendwann sogar als blinder Passagier auf dem Schiff seines Onkels Ali landete und ab da die Welt bereiste. Das konnte sich Prometheus auch sehr gut für sich vorstellen: Erstens hatte er auch einen ungewöhnlichen Namen, also nicht *Marvin*, sondern *Prometheus*. Das klang ja schon nach Abenteuer und Sage, das gehörte einfach zusammen, oder? Zweitens hatte auch er, wie eben schon erwähnt, einen besten Freund, den er mindestens genauso cool wie Hassan fand. Drittens lebte er ja an der Ostsee, es war also durchaus Erfahrung mit dem Meer, Schiffen und Ähnlichem vorhanden. Und viertens war er richtig mutig (fand er) und hatte vor nichts und niemandem Angst. Außer vor Geistern und dem Sensenmann, aber die gab es ja hoffentlich nicht auf dem Meer. Nahm er all das zusammen, hatte Prometheus definitiv das Zeug zum Seemann, und er hatte sich vorgenommen, das später vielleicht auch einfach zu werden, also so als Beruf. Er wollte ein eigenes, großes Schiff haben, mit dem er die Weltmeere umsegeln könnte, er würde Jakob mitnehmen und seine Eltern auch, schließlich konnte er sie ja nicht einfach so allein zurücklassen. Gut, er hatte eventuell auch ein mulmiges Gefühl bei der Vorstellung, so ganz ohne Eltern unterwegs zu sein.

An all das dachte Prometheus gerade wieder, während er sich im Wohnzimmer auf dem braunen Cord-Sofa fläzte und Sindbad dabei zusah, wie er eine Dürre in seiner Heimatstadt Bagdad besiegen wollte, indem er mithilfe von Meerestieren einen Eisberg nach Hause holte. Prometheus fand das ziemlich klug. Da hörte er ein vertrautes Klimpern: Schnuffelchen war aus seinem Körbchen aufgestanden und tapste auf ihn zu. Der altersgemütliche Hängebauch des 16-jährigen Beagles berührte fast den Boden, während die kleinen, festen Beinchen auf das Sofa zutippelten. Schlupp, schlupp, schlupp, die großen Ohren wippten vor und zurück. Prometheus ließ die Hand hinabhängen, damit der Hund sie ablecken konnte, sobald er bei ihm angekommen wäre. Doch als Schnuffelchen (der eigentlich Karl hieß) am kleinen Fliesentisch vorbeigelaufen war, blieb er ungefähr einen halben Meter vor dem Jungen stehen, brummte kurz, taumelte – und fiel um.

Prometheus setzte sich auf.

»Schnuffelchen?«

Der Beagle reagierte nicht. Ungelenk rutschte der Junge vom Sofa und stolperte kurz, weil sein rechtes Bein eingeschlafen war, er humpelte zum weichen Hundekörper und legte die Hand auf die zitternde und zuckende Flanke des Tieres. Schnuffelchen atmete hastig und stoßweise, die Augen waren aufgerissen, plötzlich ein kleines Winseln – und alles war vorbei.

»Schnuffelchen? Schnuffelchen! Hey!«, rief das Kind und schüttelte und rüttelte an dem massigen, warmen Leib herum, doch es half nichts.

Im Hintergrund begann gerade die Abspannmelodie, als Prometheus anfing zu weinen.

3

Nachdem Prometheus fertiggeweint hatte, hatte er seinen besten Freund Jakob angerufen, der ebenfalls allein zu Hause und nach dem Anruf zu ihm hinübergekommen war, um zu helfen. Gemeinsam hatten sie im Telefonbuch nach Bestattungsunternehmen gesucht und waren auch fündig geworden, doch nachdem sie die dritte Absage kassiert hatten (Ein Hund? Veräppelt jemand anderes, ihr Bengel!), war ihnen klargeworden, dass sie sich selbst um die Angelegenheit würden kümmern müssen.

Mit einem Bollerwagen hatten sie den unter einer Decke verborgenen toten Hund unter Platanen und an Gassigängern vorbei zu Jakobs Haus gezogen, nachdem sie sich beide schwarze Sachen aus Prometheus' Kleiderschrank geholt und sich etwas angemessener gekleidet hatten. Jeder von ihnen trug nun eine dunkle Jeans und ein schwarzes Shirt mit Dino-Aufdruck (Jakob einen T-Rex, Prometheus einen Stegosaurus), das musste reichen.

Die Fahrt mit dem Bollerwagen war ganz schön anstrengend gewesen, denn Schnuffelchen war insgesamt gar nicht mal so klein, und Prometheus hatte zwischendrin immer wieder angefangen zu weinen. Die Wahl des Begräbnisortes war ihnen leichtgefallen, denn im Gegensatz zu Prometheus, der mit seinen Eltern in einer engen Zweieinhalbzimmerwohnung in der Plattenbausiedlung lebte, hatten Jakobs Eltern ein Haus mit einem großen Garten, der für eine Wikinger-Bestattung wie gemacht war. Und genau das war der Plan.

Zuerst hatten die Kinder überlegt, am Strand ein richtiges Floß zu bauen, Schnuffelchen draufzupacken, das Ding in Brand zu stecken und aufs Meer rauszuschieben, schließlich hatte der Hund alle Ehren großer Wikingerkönige verdient. Sie hatten in einer Fernsehserie gesehen, dass man das früher wohl so gemacht hatte, also als Wikinger – und sie waren der Meinung, dass Wikinger saucool und dieser Beagle ein König unter den Hunden war, da waren sie sich einig, das war sonnenklar. Doch bei der Planung hatten die Jungs sehr schnell realisiert, dass das mit dem Floßbau gar nicht mal so einfach war, und sie hatten auch gar nicht gewusst, wie sie den Hund die rund sieben Kilometer an der Landstraße entlang oder durch den kleinen Wald zur Küste schaffen sollten. Außerdem war absolut nicht sicher, ob es dort gerade genug trockenes Treibholz geben würde. Nach intensiver Beratschlagung und ausführlicher Abwägung (inklusive Liste und Pipapo) hatten sie sich deshalb für die etwas einfacher durchzuführende Alternative im Garten entschieden. Doch jetzt merkten sie, dass auch diese Variante nicht wirklich *einfach* war, denn man konnte es drehen, wie man wollte: Der Hund brannte nicht.

»Große Scheiße«, sagte Jakob.

»Ja, Mist.«

Das Feuer prasselte, knackte und rauschte, die Flammen leckten hierhin und dorthin, doch Schnuffelchen blieb von ihnen unbehelligt.

»Hm … na ja, also ein bisschen brennt er ja.«

Jakob war schon immer der Optimistischere der beiden gewesen. Als seine große Schwester von ihrem Freund verlassen wurde, hatte er sie getröstet und dann ihre Telefonnummer an Männer verteilt, die er auf der Straße sah und irgendwie nett fand. Es hatte Monate gedauert, bis die Anrufe aufgehört hatten. So oder so: Wenn man Hilfe brauchte, konnte man sich auf Jakob verlassen, das wusste auch Prometheus, und deshalb war er auch sein bester Freund. Deshalb und wegen des Bonanza-Rades, das Jakob zum letzten Geburtstag bekommen hatte und das Prometheus sich manchmal ausleihen durfte.

»Glaubst du, das klappt so? Wenn wir lang genug warten?«, fragte Prometheus unsicher.

»Weiß nich'.«

An den Stellen, unter denen das Holz richtig brannte, war Schnuffelchens Fell weggekokelt; der Großteil des Scheiterhaufens rauchte jedoch nur. Die Hundehaut hatte sich teilweise rot-schwarz verfärbt, in den offenstehenden Augen spiegelten sich helle Flammen und dunkle Schatten.

Prometheus musste wieder weinen, und weil auch Jakob Schnuffelchen sehr gerngehabt und Prometheus noch viel lieber hatte, weinte er solidarisch mit seinem besten Freund mit und legte ihm den Arm um die Schulter. Da ging hinter ihnen in einiger Entfernung plötzlich das Terrassenlicht an, und eine Vaterstimme wurde über die Wiese zu ihnen hinübergeweht.

»Jungs, hey, was macht ihr denn da?«

Die Luft roch ein bisschen nach Bratwurst.

Kapitel 3

1

Ein Mauerseglerleben findet hauptsächlich in der Luft statt, Bodenkontakt ist etwas Außergewöhnliches, fast schon ein Versehen, eine Störung der Ordnung, manchmal eine lästige Notwendigkeit. Unangenehm. Ein Mauersegler frisst im Flug, paart sich im Flug und schläft sogar, während sich sein spindelförmiger Körper durch die dünne Luft schraubt. Menschen träumen vom Fliegen, wovon träumt dann wohl ein Mauersegler? Vom Gehen? Vielleicht vom Fallen, so wie ein Mensch, wenn er an der Grenze zwischen Wachsein und Schlaf oszilliert.

Ein Menschenleben muss für einen Mauersegler eine bizarre Vorstellung sein, so erdverhaftet und hilflos, immer eingezwängt zwischen Wänden (entweder drinnen oder draußen), immer von Grenzen umgeben, immer mit irgendetwas in Kontakt, nie wirklich losgelöst. Nie frei. Wenn ein Mauersegler jagt, kann er sich mit einer Geschwindigkeit von zweihundert Kilometern pro Stunde nach unten stürzen, ganz spontan im Hier und Jetzt, plötzlich freier Fall, ein Torpedo, ein Komet, eine kleine, rauschende Naturgewalt. Doch kurz vorm Aufprall betätigt der Vogel sein gefiedertes Höhenruder und kann sich wieder hochziehen, bevor es zu spät ist, bevor erst der große Schmerz und dann das große Nichts kommt.

2

… also meistens, dachte Prometheus und fragte sich, wie er wohl gerade von oben für einen Mauersegler aussehen mochte, so eingesperrt in einen fahrenden Metallkasten, die Wände ganz nah und starr, eingezwängt auf einer Straße zwischen anderen Autos, nur eine Richtung als Option. Zweihundert Kilometer pro Stunde waren für ihn jetzt vorbei, hundertdreißig gingen in Dänemark, mehr nicht. Mit gestutzten Flügeln und beschlagener Heckscheibe fuhr er die Straße weiter nach Norden, die vorhin noch A 7 und jetzt E 45 hieß.

Immer, wenn er nach Norden fuhr, fühlte es sich für ihn an, als würde er nach *oben* fahren. Er hatte kein richtiges Ziel, mittlerweile war es dunkel geworden, und Prometheus dämmerte, dass er sich die nächsten Schritte überlegen musste. Er spürte, dass er müde wurde, dass sein Verstand ihn immer öfter austrickste und seine Arme verspannten. Dieser Mittwoch hatte sehr früh mit Kopfschmerzen, dünnem Kaffee, einer Nachricht von seiner Mutter und einem Anruf von der Klinik begonnen und endete nun mit einer Fahrt, die wohl eine Flucht war. Zuerst war er ein paar Stunden nach Süden gefahren, doch das Unbehagen war immer größer geworden und nicht kleiner, also war er an einer Ortschaft von der Autobahn abgefahren, hatte getankt und war dann wieder einige Stunden Richtung Norden gefahren. Diese Richtung gefiel ihm besser, sie fühlte sich richtiger an. Scheiß auf Süden, scheiß auf Berge, scheiß auf Sonne und Wärme! Norden. Das war gut. Norden war oben.

Flucht ist ja auch so eine Sache, die Priorität ist erst einmal, von etwas wegzukommen, doch wo sollte es hingehen? Prometheus dachte an seine Lieblingsfilme und -serien, da wurde ja auch immer mal ein bisschen geflohen, aber irgendwie schienen diese Agentinnen, Ritter und Journalistinnen zwar wegzulaufen oder -zureiten oder -zufahren oder sogar -zutauchen, aber wie durch Magie schienen sie auch immer zu wissen, *wohin* sie fliehen sollten. Es waren also nicht nur immer Fluchten, sondern gleichzeitig Anreisen, es waren irgendwelche Pläne, vielleicht B oder C, aber eben immer noch Pläne, bei denen man vorher mal kurz über deren eventuelle Notwendigkeit nachgedacht haben musste.

Prometheus hingegen hatte einfach sein Auto aufgeschlossen, sich reingesetzt, angeschnallt, den Motor gestartet, die Handbremse gelöst, und seitdem betätigte er Pedale, Hebel, das Lenkrad und ab und zu den Schaltknüppel. Das war der Status quo, mehr Plan gab es nicht.

Ein bisschen schade, dass man nichts sehen kann, also die Landschaft, dachte er, und: Das Ding war ja auch, dass die Leute in Filmen (ja, er dachte immer noch darüber nach) nicht nur wussten, wohin sie flohen, sondern auch *wovor*. Gut und Böse waren meistens recht einfach zu identifizieren und auseinanderzuhalten, die Sympathien der Zuschauenden wurden in vorbestimmte Bahnen gelenkt, egal, wie chaotisch die Handlung war, ein bisschen Struktur, bestimmte Gewissheiten gab es dennoch immer. Und er? War er gut? Früher war ich mal gut, dachte Prometheus, jetzt bin ich nur schlecht.

Er bemerkte, dass immer weniger Autos unterwegs waren. Über ihm spannte sich der schwarze Nachthimmel auf, er konnte sogar Sterne sehen. Mein Vater erklärt mir jeden Sonntag unsere neun Planeten, Merkur, Venus, Erde, Mars, Jupiter, Saturn, Uranus, Neptun, Pluto. War Pluto momentan eigentlich ein Planet oder immer noch nicht wieder? Er dachte kurz darüber nach, er meinte, irgendetwas davon im Radio gehört zu haben, wusste es aber nicht mehr.

Als Kind wollte er nicht nur Seeräuber, sondern auch Astronaut werden. Nicht weil er so weltraumversessen war, sondern weil er viel reisen wollte, raus aus der engen Plattenbausiedlung, raus aus der Piefigkeit, Köpper in die Welt. Die Überlegung war eine praktische, er dachte sich: Wenn ich Astronaut werde und von oben auf alles runterschaue, sehe ich ja alles auf einmal, dann muss ich nicht umständlich hierhin und dorthin reisen, ich könnte den Arc de Triomphe in Paris sehen und den Big Ben in London, den Nanga Parbat in Pakistan, die Pyramiden von Gizeh in Ägypten. Er dachte sich damals, dass es ja ganz schön teuer werden würde, da überall hinzufliegen oder -zufahren, und so könnte er das alles von oben betrachten und würde dafür auch noch bezahlt werden, Astronaut war ja ein Beruf. Oh Mann, damals, Apollo 11 und so. War schon krass. Neil Armstrong war ja tot, aber lebte Buzz Aldrin eigentlich noch? Und der Dritte, der den Mond nicht betreten hatte, sondern ihn umkreiste … armes Schwein, so nah dran. Schön ist das nicht. Wie war doch gleich sein Name?

Wie sehr seine Gedanken zerfaserten und von einem Thema zum nächsten sprangen, merkte er kaum, wie wenig Sinn das alles machte, erschloss sich ihm nicht. Sinn war seit heute Morgen leider aus. Er kurbelte das Fenster runter und ließ die kalte Nachtluft ins Wageninnere.

(Ach ja, Collins hieß er! Michael Collins!)

3

Die Atmosphäre draußen wurde nach ein paar Stunden salziger und irgendwie voller, algenduftgeschwängert kroch sie in seine Nase und gab ihm Bilder von Quallen, Seetang und von am Strand verklebter Gischt ein, Kinderfüße, Sandförmchen, heruntergefallene Pommes, Orangeneis am Stiel; das Meer konnte nicht mehr weit sein. Er fuhr auf eine kleine Landstraße ab, die Schwärze um ihn herum rückte ihm auf den Leib, er empfand das aber nicht als bedrohlich, er war nicht mehr ängstlich, sondern entspannt. Nachdem seine Gedanken einander fertiggejagt hatten, nachdem er noch einmal jede Nonsens-Eingebung durchdacht hatte, hatte er sich entschieden, das wurde ihm ganz plötzlich, ja, fast beiläufig, klar. Bald würde es Linderung geben (endlich, endlich, endlich), das wusste er. Salzwasser lindert immer.

Wir hätten den Hund damals doch mit einem Floß aufs Meer schieben sollen, dachte er plötzlich, während er die Geschwindigkeit drosselte und das Fernlicht einschaltete. Meer und Tod gehörten irgendwie zusammen.

4

»Meer und Tod gehören irgendwie zusammen, findest du nicht?«, fragte Prometheus.

»Wie meinst du das?«, fragte Jakob und stocherte mit einem Stück Treibholz im Sand herum.

Die beiden Teenager saßen am Strand und beobachteten die Möwen. Jakob hatte Prometheus alles über sie erzählt, er hatte ihm gezeigt, wie man Silbermöwen und Sturmmöwen unterscheiden konnte, er hatte ihre Rufe nachgeahmt und ihm Bilder aus seinem Bestimmungsbuch gezeigt. Prometheus liebte Vögel, klar, aber Jakob *liebte* sie; er wollte sein wie sie, wollte seinen dünnen, schlaksigen Körper in die Luft werfen und davonfliegen. Boden, das war nichts für ihn, vielleicht wurde er ja deshalb jedes Jahr gefühlt zwanzig Zentimeter größer. Anscheinend hatte sich sein Körper dazu entschieden, dem Himmel möglichst weit entgegenzuwachsen; mit seinen fünfzehn Jahren war er schon fast eins neunzig groß.

»Das Meer riecht immer nach Tod, findest du nicht?«, bemerkte Prometheus.

Jakob ließ das kleine Stück Treibholz fallen und hob die Nase. Er schnupperte.

»Stimmt schon. Klar, stirbt ja auch immer viel im Meer und am Strand und so. Hm.«

»Wenn du mal stirbst, wie willst du beerdigt werden?«

»Wie kommst du jetzt darauf?«

Jakob blickte seinen Freund von der Seite an, wobei er gegen die untergehende Sonne blinzelte. Prometheus hatte sich auf den Rücken gelegt und genoss, wie der Wind durch seine Haare strich. Ich bin Silbergras, dachte er, und: Jakob hat Recht, Vogel sein wäre richtig gut.

»Keine Ahnung. Aber die Vorstellung, beerdigt zu werden, gruselt mich. Irgendwie so allein da unten sein, also in der Dunkelheit … nee ey, da hab' ich keinen Bock drauf. Und dann wirst du zerfressen, und du verfaulst und so, find das echt heftig.«

»Hm. Ich finde das eigentlich gut, wobei ich eine Himmelsbestattung natürlich besser fände.«

»Was ist das?«

»Das macht man in Tibet. Da legt man die Toten auf einen Berg, zerhackt sie und lässt sie von Geiern fressen.«

Prometheus setzte sich auf und schaute seinen Freund entgeistert an.

»Ist nicht wahr!«

»Doch, klar. Die Geier nehmen dich dann mit hoch und tragen dich ins Bardo, das ist sowas wie der Himmel. Oder nee, warte, eine Vorstufe. Wobei, bei denen gibt es ja keinen Himmel. Ach, so genau weiß ich das nicht, ich hab das aber in einer Doku gesehen. Hm. Auf jeden Fall fänd ich das gut, also von Vögeln weggetragen zu werden.«

»Jakob, Mann, das klingt absolut widerlich.«

»Wieso? Man wird doch immer von irgendwas gefressen. Ist doch egal, ob es Würmer, das Feuer, oder eben Geier sind, die einen auffuttern.«

Prometheus ließ sich wieder rückwärts in den Sand fallen und spürte, wie Jakob neben ihm dasselbe tat. Er dachte nach.

Am liebsten würde er als Toter im Meer landen, so richtig am Stück, und dort auftauchen und absinken, während keine Geier, sondern Fische und Krebse und Mikroorganismen an ihm knabberten. Er würde schwerelos sein, während ihn die vom Mond gesteuerten Gezeiten hin und her warfen. Näher würde er der ganzen Astronautensache nicht kommen, näher an den Mond ging es für ihn wohl nie heran, aber das sollte reichen. Von jenem eiskalten, durch den Himmel rasenden Gesteinsbrocken durch Ebbe und Flut dirigiert zu werden sollte genügen. Das ganze Meer ein Orchester und er mittendrin.

»Wenn ich mal sterbe, will ich ins Meer geworfen werden«, sagte er.

»Cool«, sagte Jakob.

»Ja, supercool«, sagte Prometheus.

5

Der Mond schaute nun hinter den Wolken hervor, und das von ihm reflektierte und in abgeschwächter Form auf die Erde geschickte Sonnenlicht reichte, um die Landschaft besser zu erkennen. Das Kerzenlicht des Weltraums.

Prometheus fuhr durch ein kleines Wäldchen, die Bäume waren knorrig und ließen Bilder von Geisterschlössern in ihm aufsteigen, er dachte das Wort *Dracula*, dachte das Wort *Werwolf*, dachte das Wort *verwunschen*. Kleine Kiefern mit gesprungener Rinde und ein Meer aus Gagelsträuchern verbeugten sich vorm scharfen Wind, der sie und ihr Wachstum in die Schranken wies, verbogene Birken mit verdrehten Stämmen bezeugten den Vorgang und streckten ihre Zweige Prometheus entgegen, ganz so, als wollten sie ihn davon abhalten, den Weg weiterzufahren. Kehr um, rauschten die Nadelbäume, fahr zurück, flüsterten Eichhörnchen, die wie kleine Schatten durch das Geäst jagten, tu es nicht, wisperte der jahrtausendealte Pilz, der sich langsam über hunderte Quadratkilometer hinweg durch den Waldboden bewegte.

Prometheus heftete den Blick wieder fest auf die Straße und verschloss sich den warnenden Worten des Waldes, die er sich sowieso nur einbildete. Eichhörnchen redeten nicht, Pilze und Bäume auch nicht, zumindest nicht in einer Sprache, die er verstehen konnte, so als Mensch und hier in seinem Metallkasten. Kein Tier würde sich dazu herablassen, mit so jemandem zu sprechen, mit so einer künstlichen Figur, mit diesem affigen Hampelmann in einer krachenden und jaulenden und brummenden Maschine, die ihre versteinerten Vorfahren verbrannte und dabei auch noch giftige Gase in die Luft pumpte. Und das alles nur, um von A nach B zu kommen, obwohl er theoretisch ja auch laufen könnte. Menschen mussten für so einen Wald jämmerliche Karikaturen eines Lebewesens abgeben, bizarre, engstirnige Strichmännchen.

Aus Menschenperspektive krachte der Wagen nicht, sondern schnurrte leise, während er aus dem Wald hinaus in eine Dünenlandschaft stieß. Links und rechts hoben und senkten sich die Sandhügel. Ihre ständige Bewegung war für Menschen nicht sichtbar, dafür waren sie zu hektisch, zu umtriebig, niemand kann ein paar Jahre herumsitzen und darauf warten, dass die Düne einen Zentimeter weitergewandert ist. Doch für Bäume, die da ja schon seit Jahrhunderten standen, waren diese Herdenbewegungen durchaus bemerkbar, für sie musste alles in großem Aufruhr sein. Wie viele Dünen wohl im Laufe ihres Lebens an so einer Kiefer vorbeiziehen mögen, fragte sich Prometheus.

Auf ihren Häuptern trugen die Hügelchen kleine Haarschöpfe aus Rotschwingel, Labkraut, aus Silbergras, Ferkelkraut, Flechten und Moosen. Er spürte den Drang, anzuhalten und sich mitten hineinzulegen, er wollte die Arme ausstrecken und sich einfach nach hinten fallen lassen, darauf warten, dass die Flechten ihn komplett überwucherten. Vielleicht würde er sich auch ins Moor legen, das musste hier auch in der Nähe sein, er würde hinabsinken und für immer konserviert werden.

Er stellte sich vor, wie er den dicken, stickigen und bei jeder Bewegung schmatzenden Morast schluckte, ihn mit der Zunge durch den Mund schob und ihn schließlich einatmete – ihn schauderte es. Dann fiel ihm aber ein, dass er mal, als er müde vorm Fernseher geklemmt und wahllos durch die Programme gezappt hatte, einen Beitrag über Moore gesehen hatte. Dort hatte man argumentiert, dass man gar nicht so einfach im Moor versinken könne. Vermutlich musste er sich dabei richtig anstrengen und eingraben, und ganz ehrlich, wer wollte das schon?

Doch Anstrengung war jetzt vorbei, dachte sich Prometheus. Ihn schauderte es immer noch, doch das lag jetzt nicht mehr an den Gedanken an Moore und sprechende Bäume und Pilze. Das Kribbeln auf seiner Haut wurde ausgelöst durch Aufregung, durch Nervenkitzel, weil das Meer immer näher kam und er elektrisiert, aber gleichzeitig auch beruhigt war. Weil er endlich einen richtigen Fluchtplan hatte.

6

Einen Teil des Strands als Autostrand auszuweisen, das war auch wieder so ein ganz spezielles Menschending, dachte sich Prometheus, als sich der Boden unter den Reifen der Arztkutsche von Asphalt zu Sand veränderte. Er hörte ein gedämpftes und weiches Knirschen und Kratzen, stellte den Motor aus und legte den Kopf zurück. Durch das offene Fenster hörte er das noch zehn oder fünfzehn Meter entfernte Meer krachen und donnern und mit dem Wind kämpfen, und er spürte, wie sich sein ganz eigenes Rauschen, das seiner Adern, langsam anpasste. Das Gegenteil von Dissonanz war Harmonie. Dissonanz waren Städte und Menschen und Berufe und Autos und Supermärkte und Smartphones und Tankstellen und Pauschalurlaube und Schlussverkäufe und ein langer Tag in der Klinik. Harmonie war in der Natur stehen oder liegen oder sitzen oder Handstand machen oder auf einem Bein hüpfen, ganz egal. Prometheus empfand das schon immer so. Jakob auch.

Das mit den Pfadfindern war damals auch Jakobs Idee gewesen, Prometheus' Mitgliedsbeitrag und die Kosten für die Ausrüstung hatten Jakobs Eltern übernommen, weil er selbst nicht genug Geld gehabt hatte. Seinen Eltern hatte er gesagt, das sei alles kostenlos, weil er gewusst hatte, dass sie niemals Geld von anderen annehmen würden. Almosen, sagte der Vater zu sowas, und: Almosen haben wir nicht nötig, wir haben eine schöne Wohnung und gute Berufe, und einmal im Jahr fahren wir zwei Wochen nach Bayern oder ins Erzgebirge in den Urlaub, manchmal auch an die Nordsee, uns geht es gut!

Prometheus stieg aus dem Wagen, setzte sich ein paar Meter weiter vorn auf den Sand und betrachtete die Wellen, die Gischt und Seetang vor sich her an den Strand trieben. Dann ließ er sich zurückfallen und lag wie ein angespülter Seestern im Licht der Gestirne, er bewegte seine Arme und Beine rhythmisch hin und her, formte einen Sandengel, Mondengel, Meeresengel. Es kam ihm vor, als würde er mit Flügeln flattern, doch er hob nicht ab; er war ein verletzter und abgestürzter Mauersegler, die kommen ebenfalls nicht mehr allein hoch, wenn sie geschwächt sind, hüpfen hilflos herum, sitzen irgendwann katatonisch da, bis sie von einer Freigangkatze, einem Fuchs oder einem Hund entdeckt werden.

Die Zeit verstrich, er fror und ließ seine Gedanken treiben, sie passten sich dem Ozean an, sie waren manchmal stürmisch und dann wieder ruhig, sie schwappten hierhin (Peterchens Mondfahrt, die ISS, welches Sternbild ist das da drüben noch mal?) und dorthin (Seeigel, was waren eigentlich Sandflöhe, Sandstürme, die Wüste Gobi, schade, dass ich nie in Ägypten war), das innere Meer trug den ein oder anderen Gedanken ein wenig länger auf den Schaumkronen seiner Wellen mit sich herum, um ihn dann fallen und in die Dunkelheit sinken zu lassen. Doch dahinter lauerte etwas anderes.

Prometheus begann zu zittern, und das lag nicht mehr nur an der Kälte. Hinter all diesen zusammenhanglosen und flüchtigen Gedanken wartete eine gewaltige Welle, das wusste er. Sie türmte sich auf, warf ihren Schatten auf die Küste, die vor ihr kreisenden Gedankenmöwen und auf ihn. Und dann brach die Welle auf ihn herein.

Jakob, Prometheus' Mutter, Miriam, der Klinikleiter, die Radiologin, ihre Gesichter tanzten vor seinem inneren Auge, es war aber kein Walzer, kein Samba oder Tango, es war ein dämonischer Veitstanz. Sie warfen ihre Arme umher, rollten ihre Augen irre in den Höhlen und rissen Prometheus mit in die Dunkelheit, umzingelten ihn, trieben und hetzten ihn vor sich her, bis er Blut hustete; Teufel, Dämonen, Wargen und Zwischenwesen, Gestalten aus Kinderalbträumen und düsteren Märchen, Horrorfiguren, die geliebte Gesichter vor ihre Fratzen hielten und schreckliche Dinge sagten.

Er legte die Hände über seine Augen (Miriam: Was hast du getan?, Miriam, wieder: Was *zur Hölle* hast du getan?, seine Mutter, wie sie ihn in den Arm nimmt, Jakob, wie er in seinem Krankenzimmer liegt, wie eine lieblos zerbastelte Figur aus bleichem, dünnem Reispapier, röchelnd, giemend, keuchend, ein halbtotes Origami), er riss sich an den Haaren (Jakobs kleiner Sohn Timur, mit dem Prometheus Ball spielt, das Leuchten in den Kinderaugen, die strahlenden Augen von Jakobs Mutter, als sie erfährt, dass Prometheus den Krebs aus dem Körper ihres Kindes vertreiben will, Erleichterung, Glück, Liebe, die Radiologin, wie sie ihn so seltsam anschaut, so misstrauisch, gefährlich), er schrie (sein Vater, wie er ihm auf die Schulter klopft, als Jakob seine Doktorurkunde erhalten hatte, Tränen in den Augen, der Vatermund zusammengepresst, stolz, so stolz), er wand sich und strampelte (Jakob: Du machst, dass alles wieder okay wird, oder? Prometheus: Na klar), er drehte sich auf den Bauch und schrie in den Sand hinein, scheuchte Wattwürmer und kleine Krebse auf (Miriam: Ich liebe dich, auch Miriam, diesmal schreiend: Wer zur Hölle *bist* du?), er grub die Hände in den Sand und schrie und schrie und schrie (Ein junger Jakob: Beste Freunde?, Prometheus: *Super*beste Freunde!).

7

Wie lange er herumgebrüllt hatte, wusste Prometheus nicht, doch irgendwann war er heiser. Beim Atmen saugte er immer wieder feine Sandkörner in den Mund, sie rieselten am Eingang seiner Luftröhre herum, während der Kehldeckel versuchte, alles abzudichten und nichts und niemanden reinzulassen. Prometheus hustete. Sein Gesicht war mit Rotz, Tränen und feuchtem Sand verklebt, seine braunen Locken voller Körnchen und Fasern und Steinchen, er lag schwer atmend auf dem Bauch, ab und zu wimmerte er leise, während der Mond alles beobachtete, während die Dünen mit Halmen auf ihn zeigten und sich Gräser und Moose reckten und streckten, um einen Blick auf diesen erbärmlichen Fleischling werfen zu können. Seht da, tuschelten sie vielleicht, oder auch: Was er wohl als Nächstes macht? Vielleicht verwandelt er sich gerade in einen Werwolf, flüsterten die Muscheln miteinander, Prometheus fühlte sich von tausenden kleinen Augen beobachtet; seine Arme kribbelten, als würden ihn winzige Fühler abtasten, antippen, anstupsen, als wollten deren Besitzer fragen: Na, was jetzt?

Er erhob sich, wankend, unsicher, drehte sich zum Meer und zum Mond um und wurde so, so wütend. Er kickte den

Sand umher, Fuck!, rief er, scheiße, scheiße, scheiße!, brüllte er, bis seine Stimme brach. Was er jetzt tun würde, wusste er jedoch, keine Sorge, liebe Muscheln, dachte er sich. Er wusste nur noch nicht, *wie*. Ihm war mittlerweile ernsthaft kalt, also setzte er sich erst einmal wieder ins Auto. Er atmete schwer und hielt sich am Lenkrad fest.

Würde er einfach so ins Wasser gehen, würde er sofort wieder angeschwemmt werden, überlegte er. Außerdem hatte er Angst, dass er instinktiv anfangen würde, zu schwimmen, das eiskalte Meer so lange mit Armen und Beinen zu walken, kneten und zu zerteilen, bis die Kälte all seine Muskeln zu Eis werden ließ. Die ganze Sache würde ewig dauern und ein endloser Kampf gegen den angeborenen Überlebensinstinkt werden.

Der Gedanke machte ihm Angst. Also alles daran, denn so richtig sterben wollte er ja nicht, aber weiterleben ging auch nicht mehr. Doch, er wollte sterben. Nein. Doch. Nein. Doch. Oder? Er hatte es versaut, hatte alles komplett versaut, es gab keine Möglichkeit, das irgendwie zu reparieren, kein Szenario, in dem ihm ein Weiterleben möglich erschien. Er hatte bis jetzt echt gerne gelebt, aber das war ja auch ein Leben mit Miriam, mit seinen Eltern, mit Freundinnen und Freunden – und mit Jakob. Das alles war jetzt vorbei. Bilanzsuizid nannte man sowas, das wusste Prometheus. Er kannte das aus den Medien, dachte an den Arzt, der Kranke mit grauenvollen und sinnlosen Methoden von Krebs und auch HIV heilen wollte und sich dann den Strick nahm, als vier seiner Patienten bei dieser Behandlung starben. Hello, my friend, dachte er, und: Nein, das ist was ganz anderes!, und: Nein, ist es nicht.

Er hatte das Zeitgefühl verloren, spürte die blinden Augen tausender Wattwürmer auf sich, er hatte die Natur immer schon gespürt, auch als Kind; in den letzten Jahren als durchtechnisierter und komplett zivilisationsüberzüchteter Erwachsener jedoch nicht mehr.

Das lag vielleicht auch daran, dass er nicht mehr hingehört hatte, dass er sich dem nicht mehr ausgesetzt, dass er sich abgewandt hatte. Während Jakob immer noch gerne mit der Familie einfach zelten ging, im Erzgebirge oder im Taunus oder auch im Harz, flog Prometheus lieber nach Rom, nach Mailand oder New York. Er war Aufsteiger, er hatte es geschafft, wobei er in stillen Momenten immer das Gefühl gehabt hatte, nicht zu wissen, was *es* eigentlich sein sollte. Egal. Er dachte: Aufsteiger gehen nicht zelten, die jetsetten. Oder so. Was auch immer, er hatte sich den anderen Medizinern und Juristen aus seinem Freundeskreis angepasst, und es hatte sich okay angefühlt, und das war ja schon mal was. Doch hier am Meer, der Strand als Bühne, die Dünen und der Wald als Publikum – hier hörte er die Natur wieder. Milliarden kleiner Stoffwechsel, Milliarden kleiner Herzschläge, endlos viele Augen und Fühler und Halme und Blätter, alle vibrierten sie und flüsterten und raschelten, kommunizierten in Sprachen, die Menschen nicht beherrschten, die er aber doch irgendwie zumindest wahrnehmen konnte.

Oder er war einfach schon immer leicht verrückt gewesen, dachte er sich, während er im Fahrerraum seiner neuen Arztkutsche saß und sie mit Sand und Steinchen vollkrümelte. Was auch immer das war, es musste ein Ende haben. Er besah sich den Innenraum seines Wagens, den er immer mehr hasste.

Dann startete er den Motor, setzte zurück, stellte sich kurz all die Tiere und Pflanzen vor, die ihn jetzt beobachten mochten, dachte an Jakob, den Mond und die Hündin Laika, die sie damals einfach zum Sterben in den Weltraum geschossen hatten, was für Arschlöcher.

Und dann gab er Gas.

Kapitel 4

1

Prometheus spürte zum ersten Mal so richtig, dass Stille eine Konsistenz haben konnte. Öl, dachte er. Oder eine Paste. Schuhcreme, Zahnpasta, Sardellenpaste? Stille ist wie Sardellenpaste, was für ein beschissener Satz, unfassbar. Er klammerte sich an seinem Bier fest, das kühle Glas schmiegte sich an seine Handinnenfläche, feuchtete sie an. Das wäre aber gar nicht nötig gewesen, das erledigten die Hände gerade schon selber ganz gut, das Feuchtwerden.

Angstschweiß, dachte er, und: Adrenalin und Noradrenalin verengen die Blutgefäße, die meine Haut durchziehen und versorgen, das Blut wird jetzt in den Muskeln gebraucht, Kampf oder Flucht. Die Hauttemperatur nimmt durch die sinkende Durchblutung ab, die Verdunstung des Schweißes kühlt die Haut noch mehr runter, deshalb fühlt sich Angstschweiß kalt an.

Immer noch Stille.

Was kurz vorher geschah: Jakob hatte folgenden Satz gesagt: Ich habe Krebs.

Prometheus hatte geantwortet: Fuck.

Das war der Status quo.

»Ich weiß jetzt auch nicht«, sagte Jakob.

»Sorry. Ich muss kurz … was für Krebs ist es?«, fragte Prometheus.

»Blasenkrebs.«

Jakob nahm einen Schluck Bier, er schien etwas verlegen zu sein. Er wusste das alles jetzt vermutlich schon länger, war an den Gedanken gewöhnt und fand es vielleicht unangenehm, dabei zuzusehen, wie Prometheus diese Abrissbirne voll ins Gesicht traf. Vielleicht hatte er dieses Gespräch schon ein paarmal geführt, mit seinen Eltern, mit anderen Verwandten. Er hatte womöglich schon Übung, kannte die Reaktion des Gegenübers. (Konnte man bei so etwas überhaupt Übung entwickeln?)

Prometheus nahm auch einen Schluck Bier, seine Hand zitterte ein wenig. Jetzt fing er auch im Gesicht an zu schwitzen, er fühlte, wie sich ein Schweißtropfen an seiner Schläfe auf die Reise zum Hals machte, er konnte den Weg über die Rezeptoren seiner Haut mitverfolgen. Er spürte, wie der Tropfen erst ein wenig nach links und dann nach rechts ausschlug, und dachte an die Szene aus *Jurassic Park*, also die mit dem Wassertropfen auf der Hand. Chaostheorie. Hatte diese Erklärung damals eigentlich gestimmt, oder war das Humbug gewesen? Er wusste es nicht, wollte jetzt aber viel lieber an Dinosaurier und Wissenschaftler in Lederjacken und bebende Erde denken als daran, dass sein bester Freund Krebs hatte.

»Diese peinliche Stille macht mich wahnsinnig«, sagte Jakob.

»Ja, sorry ... wie geht es dir jetzt?«, fragte Prometheus.

»Na ja ... nicht so toll. Ich hab Schiss, bin die ganze Zeit unter Druck. Ich wollte erst ganz sicher sein, bevor ich es dir sage ... schleppe das jetzt schon ne Weile mit mir rum. Man denkt immer, es seien immer die anderen. Und das denkt man so lange, bis jemand sagt: Sie haben Krebs!, und man selbst gemeint ist.«

»Shit.«

»Ja. Jetzt ist alles so durcheinander in mir drin. Ich mache mir Sorgen wegen der Kinder, wegen Semra … meine Mutter ist selbst krank, weißt du ja. Das ist einfach alles zu heftig.«

Bieretiketten wurden geknibbelt, Schlucke genommen, Stille.

»Prometheus …«

Stille.

»Prometheus … was ist, wenn ich es nicht schaffe?«

»Alter, jetzt mach dich mal nicht fertig. Sag sowas nicht!«

Das war das, was Prometheus sagte. Was er dachte: Sag sowas *bitte* nicht, ich halte nicht einmal die Vorstellung aus, dass das passieren könnte. Bitte, bitte, bitte, bitte. Bitte. Nicht. Sterben.

»Blasenkrebs lässt sich doch meist ganz gut heilen«, ergänzte er.

Der Versuch, hoffnungsvoll zu klingen. Der Versuch, Jakob in die Augen zu schauen und aufmunternd zu lächeln, doch es fühlte sich nach Grimasse an, nach Fratze, nach Maske.

»Ja.«

Jakob schwieg.

»Aber?«, fragte Prometheus.

»Was rede ich hier herum, warte, ich zeig es dir einfach.«

Jakob stand vom Küchentisch auf und ging kurz aus dem Raum. Vielleicht ins Wohnzimmer, dachte Prometheus, oder ins Arbeitszimmer. Er stand ebenfalls auf, stellte sich auf den kleinen Balkon und schaute über die Stadt. Was für eine geile Aussicht, dachte er, und: Es wird bald Frühling. Und: Ich kann das Meer nicht nur sehen, sondern auch riechen. Die Wohnung hatte Jakob von seinen Eltern überschrieben bekommen, und Prometheus musste daran denken, dass er immer schon etwas neidisch gewesen war. Auch jetzt dachte er das wieder und hasste sich dafür, wieso dachte er jetzt an so etwas, was stimmte nicht mit ihm, was zur Hölle stimmte denn nur nicht mit ihm?

»Hier.«

Jakob legte einen Stapel Papier auf den Tisch. Ausdrucke, Briefe, Kopien und Röntgenbilder. Papierstapel, die Prometheus aus seinem eigenen Klinikalltag vertraut waren, nur war er eben immer auf der anderen Seite.

»Ich hatte echt keine Symptome«, begann Jakob, während Prometheus sich setzte und begann, die Unterlagen zu sichten, »also keine richtigen, keine ernstzunehmenden ... ich meine wer geht denn wegen jedem Wehwehchen zum Arzt? Es hatte immer mal im Unterleib gezogen, aber ich dachte mir nichts dabei. Es tat weh, ja.«

Blasenkarzinom, stand da. Malign. T4a, las Prometheus, der Krebs war also in Nachbarorgane eingewachsen. Metastasen. Es sah nicht sehr ermutigend aus, doch auch nicht grottenschlecht. Aber eben nicht gut, und das war das, was Prometheus' Herz zum Rasen und den Magen dazu brachte, den Weg durch die Beine in die Füße zu nehmen. Seine Ohren rauschten. Er studierte Blutwerte, hielt Röntgenbilder gegen das Licht, versuchte, ruhig zu bleiben, und faltete ein kopiertes MRT auf.

»Dann gab es Probleme beim Pinkeln, und ich dachte: Okay, eine Blasenentzündung. Ich habe dann Cranberrysaft getrunken und so, glaubte, das gehe schon weg damit. Semra macht das ja, wenn sie einen Infekt hat, deshalb dachte ich, das würde auch bei mir helfen. Eines Tages konnte ich plötzlich nicht mehr pinkeln ... also es kam irgendwie nicht richtig raus, ich dachte, ich platze. Ich ... ich habe einfach viel zu spät geschaltet, dass es was Ernstes sein könnte. Man denkt doch immer:

Ja gut, Menschen werden krank, Menschen sterben sogar, aber mir passiert sowas doch nicht.«

Prometheus ließ sich gegen die Stuhllehne fallen und rieb sich mit den Händen übers Gesicht.

»Schlimm?«

»Nein. Also nicht gut, klar. Ich bin gerade nur etwas überwältigt, sorry.«

»Klar.«

»Wie geht es Semra?«

»Sie ist echt krass. Also erst hat es sie voll umgehauen, jetzt mit der Schwangerschaft und so, das macht alles halt echt komplizierter. Sie hat eine ihrer Klassen abgegeben und versucht jetzt, weniger zu arbeiten. Nach dem ersten Schock ist sie zur Löwenmutter mutiert und regelt jetzt *alles*.«

Prometheus dachte daran, wie Jakob vor Jahren auf ein Bier vorbeigekommen war, um mit ihm darüber zu sprechen, ob er sein Studium abbrechen sollte. Kaum war er in der Tür, erzählte er ihm von dieser einen Kommilitonin, in die er sich verguckt hatte, und sie sprachen fast nur über dieses Thema und kaum über andere Zukunftspläne. Sie hatten sich in einer Bar kennengelernt, und Jakob überschlug sich fast dabei, als er von dieser Frau erzählte.

»Sie studiert Physik *und* Mathe, Prometheus! Sie weiß noch nicht, ob sie in die Forschung will oder auf Lehramt umschwenkt, so wie ich. Ich bin schon froh, wenn ich beim Einkaufen alles addieren kann, um zu prüfen, ob mein Geld reicht, ich hasse Mathe. Und sie hat ein Teleskop, so ein richtig krasses, da beobachtet sie die Sterne, das hat sie von ihrem Vater geschenkt bekommen. Der ist Astrophysiker, das liegt bei denen wohl in der Familie, das Schlausein. Boah, und ihre Haare! Lang und schwarz, und die glänzen so, wenn sie den Kopf dreht, ich will sie dauernd anfassen, aber ich bin ja kein Perverser, der da jetzt losgeht und Frauen begrabbelt. Nur in meinem Kopf will ich das, also mit den Fingern durch die Haare kämmen, um zu schauen, ob sie sich so anfühlen, wie sie aussehen. Und sie will mich wiedersehen! Kaum zu fassen, ich habe das Gefühl, ich bin zu blöd für sie, ich glaube, jeder ist zu blöd für sie, aber sie will mich wiedersehen. Ein richtiges Date! Oh, und sie hat gesagt, dass …«

Jakob konnte einfach nicht aufhören, die Frau wurde mit dem Wasserfall seiner Worte vor Prometheus' Füße gespült, bis sich ein Bild von ihr formte. Als Prometheus Semra dann kennenlernte, war er wieder ein wenig neidisch, weil sie in der Realität tatsächlich noch toller als in Jakobs überbordenden Beschreibungen war. Das spürte er oft, also diesen Neid auf seinen Freund. Wegen der besseren Herkunft, der Möglichkeiten, die er automatisch hatte und die er sich nicht erst erkämpfen musste, so wie Prometheus. Es war keine Missgunst, es war nicht so, dass er Jakob das nicht gönnte. Er wollte es eben *auch* einfach haben. Er wollte einfach *auch* glücklich sein.

»Du, ich muss dir noch etwas sagen«, begann Jakob leise und setzte sich Prometheus wieder gegenüber.

»Hm?«

»Ich habe schon mit Miriam gesprochen.«

»Was? Wieso?«

»Ich wollte ihre Meinung als Urologin haben … und als deine Freundin – für so ein paar andere Sachen und Überlegungen, die ich hatte, weißt du.«

Prometheus spürte, wie sich ein unangenehmes, spitzes Gefühl aus seinem Innersten den Weg an die Oberfläche bahnte. Eifersucht.

»Ah«, sagte er etwas zu knapp, als dass es unbemerkt bleiben würde.

Es war ihm sofort peinlich. Sein Freund hatte Krebs, und er selbst fühlte sich gekränkt, weil Jakob nicht zuerst mit ihm gesprochen hatte. Was ist mit mir, dachte er, und: Das Gespräch ist viel zu schnell getaktet, wieso gaben sie so Gas, er kam nicht hinterher, was ist hier los, was zur Hölle ist hier los?

»Ich wollte auch ihre Meinung zur anstehenden Behandlung haben und so, weißt du, außerdem wollte ich sie fragen, wie ich es dir am besten sagen sollte …«

»Schon gut. Ich nehme an, sie nehmen die Blase raus und dann gibt es eine Chemo?«

»Das wäre die konservative Variante, ja.«

Jakob leerte das Bier und stand auf, um Nachschub aus dem Kühlschrank zu holen. Prometheus' Hände wurden wieder schwitzig, weil er plötzlich ahnte, worauf das hinauslaufen würde. Vermutlich hatte Jakob Prometheus' Freundin gefragt, wie er am besten die Studie thematisierte, an der dieser gerade arbeitete. Immuntherapie bei metastasierenden Blasenkarzinomen, auf die Idee hatte ihn damals eine Mitarbeiterin gebracht. Klar, dass sein Freund sie zuerst ansprach, er hatte ja auch schon daran gedacht, als das Wort *Blasenkrebs* gefallen war. Seine Gedanken rasten.

»Jakob … wegen der Studie … ich … ich sag es lieber gleich, bevor es hier zu Missverständnissen kommt: Die Rekrutierung ist abgeschlossen, es können keine neuen Leute dazukommen. Die Regeln sind sehr streng.«

Jakob stand immer noch mit dem Rücken zu ihm.

»Ach so«, sagte er, und: »Sorry, ich will keine Umstände machen, ich verstehe.«

Prometheus starrte auf den Rücken seines besten Freundes, dachte daran, dass sich unter dem grau melierten T-Shirt knapp unter dem linken Schulterblatt eine Narbe befand.

2

»Ey, ist dir klar, dass wir hier gerade Pimmel sammeln gehen?«, sagte Jakob und stolperte fast über eine der großen Wurzeln, über die die beiden Jungs gerade stiegen.

»Was redest du da?«, fragte Prometheus und hob den Blick zum über ihnen thronenden Blätterdach, während er sich an den rauen Baumstämmen festhielt, um das Gleichgewicht nicht zu verlieren. Das Wort *taktil* fiel ihm ein, das Wort *Rinde*, das genau so klang, wie es sich dann außerhalb seines Kopfs in der Welt der Dinge als realer Gegenstand anfühlte. Rau, knorrig, kratzig.

Die Baumkronen waren grün und saftig, die Sonne fiel durch die Blätterlücken und malte Tiermuster auf die Gesichter der beiden Teenager. Prometheus schloss die Augen. Ich bin eine Giraffe, dachte er, ein Tapir oder ein Zebra. Ich bin gestreift, sonnengestreift bin ich, ein Sonnenkönig, Sonnengott.

»Na, die Pilze, die wir hier sammeln … das sind ja nur die Fruchtkörper, die Fortpflanzungsorgane. Pimmel! Der eigentliche Pilzkörper liegt ja in der Erde, das Myzel.«

»Oh Mann, wieso sagst du sowas, das ist sauekelhaft einfach!«, rief Prometheus.

Jakob lachte und drehte sich zu seinem Freund um, während er auf einem umgestürzten und glitschigen Baumstamm entlangbalancierte.

»Der Wald hier ist anders«, sagte Jakob leise.

Sie waren nebeneinander stehen geblieben.

»Ja«, flüsterte Prometheus und fragte sich dann direkt, wieso er das tat, also das Flüstern.

»Es ist hier viel wärmer als an den anderen Stellen, dabei ist der Wald hier dichter, es müsste eigentlich kühler sein. Aber ich schwitze. Und die Luft ist so feucht, und schau mal, hier sind überall Farne und Moose.«

»Wie im Dschungel.«

»Ja, krass. Ich glaube der Teil des Waldes hier ist richtig, richtig alt.«

Prometheus hatte das Gefühl, dass sie nicht allein waren, dass der Wald sie beobachtete, dass Eichhörnchen durchs Geäst sprangen und Fliegen um sie herumsurrten, dass sie alle miteinander verbunden waren und flüsterten. Schaut nur, die Jungs da, sagten sie vielleicht, und: Die haben ein Messer, die sind gefährlich, Achtung, Achtung, sie wollen uns töten! Er dachte an die *Ents* aus *Herr der Ringe*, lebende Bäume. Klar, die Bäume hier lebten auch, aber Ents waren so *richtig* am Leben, sie konnten sprechen und herumlaufen und gefährlich werden. Ein Schauder lief ihm über den Rücken.

Ihr müsst keine Angst haben, dachte Prometheus ganz fest, ich will niemanden töten. Er wollte doch nur ein paar Pilze ernten. Pilzpenisse für die Pfadfindergruppe.

»Schau mal, dahinten ist eine Fette Henne, oder?«

Jakob zeigte zu einer kleinen Gruppe Baumstümpfe, zwischen denen große, gelbliche Schwämme zu wachsen schienen.

»Stimmt, stark. Komm!«

Jakob ging vor, Prometheus war ihm mit dem Pilzkorb dicht auf den Fersen. Wenn die Fetten Hennen wirklich genießbar sind, hätten sie ihren Soll-Anteil an der heutigen Pilzsuche für die Pfadfindergruppe erfüllt. Vielleicht könnten sie dann vorm Essen noch einmal an den See, der war so schön klar, und es war so, so heiß.

Daran dachte Prometheus gerade, als er das Pilzmesser aufklappte, doch plötzlich stolperte er und machte einen Ausfallschritt nach vorn – und das Messer drang in Jakobs Schulter ein. Tausend Augen schienen sie zu beobachten, als Jakob schrie.

3

Die Stichwunde war nicht sehr tief gewesen, hatte jedoch mit vier Stichen genäht werden müssen. Jetzt bin ich ein Erstochener, hatte Jakob damals gesagt, und: Wenn ich schon einmal erstochen wurde, kann ich nicht nochmal sterben!

Prometheus spürte, wie plötzlich Tränen aufstiegen, kämpfte sie jedoch wieder hinunter. Nicht heulen jetzt, dann ist alles vorbei, dann brechen alle Dämme, und das geht nicht, nicht jetzt und nicht hier. Jakob hantierte immer noch etwas zu umständlich mit dem Rücken zu ihm mit den Bierflaschen herum. Als die zweite endlich offen war, drehte er sich wieder zu seinem Freund um, das Gesicht eine neutrale Maske.

»Jakob …«

»Schon okay, ich kenne mich damit ja nicht so aus, mit dem ganzen Medizinkram und den Regeln und allem. Ich will dich da jetzt auch nicht in eine blöde Lage bringen, du musst jetzt kein schlechtes Gewissen haben oder so, es ist in Ordnung, wirklich.«

Prometheus sah ihn zweifelnd an.

»Wirklich!«, sagte Jakob und schaltete sein typisches Strahlgesicht an.

Knips: an. Knips: aus. Er konnte seine Mimik wie eine Lampe steuern. Prometheus kaufte ihm das Lächeln nicht ab, beließ es aber dabei.

»Eine Chemotherapie ist sowieso die sicherere Wahl.«

»Vermutlich. Ja. Ich dachte nur, die Ergebnisse sahen bisher so gut aus bei deinem Projekt …«

»Das waren Mäuse und Zellkulturen. Das bedeutet nicht, dass das genauso gut bei Menschen funktioniert.«

»Ja, schon klar. Aber das wollt ihr ja jetzt herausfinden.«

»Ja.«

»Ja«, wiederholte Jakob, »würdest du nicht glauben, dass das funktionieren könnte, würdest du ja nicht so versessen darauf sein. Ich kenn dich doch.«

»Ja … also klar, denke ich, dass da was dran sein könnte, jetzt nicht nur wegen des Nobelpreises. Da hatten ja plötzlich alle Feuer gefangen für Immuntherapien und den Kram, doch ich … ich fand das schon immer irgendwie … ich weiß auch nicht. Ich dachte halt: Das ist es einfach. Und bei Blasenkrebs gibt es eben eine Kohorte, die groß genug wäre, das kriegen ja viele, und …«

Prometheus stoppte sich und runzelte die Stirn.

»Sorry.«

»Schon gut. Ich weiß noch, wie aufgeregt du nach Nobelpreis-Verleihung warst, weil du das Projekt da ja schon laufen hattest und das wie so eine Bestätigung für dich war, dass du auf der richtigen Fährte warst. Du warst so aufgekratzt, als hättest du den Preis selbst bekommen!«

»Ja.«

»Und wie du dich hast volllaufen lassen und es ganz allein in deinem Labor gefeiert hast.«

»Oh Gott, ja, ich hatte damals vorher Streit mit Miriam, oder? Letztes Jahr, 2018. War das der Streit wegen des Zusammenwohnens? Boah, das ist ja gar nicht so lange her, aber ich weiß es einfach nicht mehr.«

»Glaube schon.«

Jakob lächelte wieder, Prometheus jetzt auch.

Sie schwiegen wieder, tranken Bier, knibbelten an Etiketten, tippelten mit den Fingern auf dem Tisch herum, Jakob begann, mit dem Stuhl zu kippeln.

»Chemotherapie ist der Goldstandard«, sagte Prometheus, »wer weiß, ob meine Therapie wirkt.«

»Miriam hat gesagt, es sähe gut aus.«

»Ja, also die Ergebnisse sind vielversprechend. Klar, ich bin da schon optimistisch. Auf ... so eine Forschungsart, weiß nicht, wie ich das ausdrücken soll. Aber du bist mein bester Freund, da würde ich gerne sichergehen.«

»Bei den anderen Leuten nicht?«

»Doch, natürlich.«

»Ich weiß, dass du ein verantwortungsvoller Forscher bist. Hey, du würdest diese Studie nicht machen, wenn du nicht sicher wärst!«

Jakob strahlte ihn an. Vertrauensselig, so vertrauensselig. Prometheus hatte das Gefühl, einem Welpen gegenüberzusitzen, der nicht einmal auf die Idee kam, dass es nicht nur Gutes und Tolles in dieser Welt gab.

»Was heißt hier sicher?«, antwortete er, und: »Ich hab doch gesagt: Sicher is nicht, also nicht bei so einer Studie.«

»Chemotherapie ist auch nicht ungefährlich. Mein Onkologe hat mich aufgeklärt und Miriam auch. Auch da kann es zu lebensgefährlichen Infektionen kommen ...«

»Klar ...«

»… und die Nebenwirkungen sind heftig. Haarausfall, Schmerzen beim Pissen, weil die Epithelzellen absterben, Schmerzen beim Küssen! Schmerzen beim Sex, beziehungsweise war es dann sowieso erst einmal mit Erektionen, man wird dünn, es kann zu Blutvergiftungen kommen, Thrombosen, das Herz kann kaputtgehen, es …«, fuhr Jakob fort.

»Hast du das gegoogelt?«

»Eventuell.«

»Das solltest du lieber lassen …«

»Aber die Risiken sind da, das steht ja nicht nur im Netz, sondern habe ich ja auch von Ärzten gesagt bekommen! Miriam, mein Onkologe, mein Vater, mein Hausarzt, der …«

»Ja«, unterbrach ihn Prometheus, »deshalb sucht man ja nach einer Alternative.«

»Ja. Und ich will ja nicht nichts machen, ich gehöre doch nicht zu irren Chemoleugnern, die Krebs mit Paprika wegfressen wollen. Natürlich mache ich ne Chemo, wenn es sein muss!«

»Gut.«

»Wenn es keine Alternative gibt«, setzte Jakob noch leise nach.

Prometheus pulte am Flaschenetikett herum und dachte nach. Er war sich sicher, dass seine Therapie gute Ergebnisse bringen würde. Die Phase-I-und-II-Daten während der Studie waren so vielversprechend! Doch es war nicht nur die Unsicherheit, die ihn zögern ließ. Er stellte sich vor, wie es wäre, Jakob mit in die Gruppe zu nehmen. Der Erwartungsdruck, der auf ihm lasten würde, alle würden zu ihm schauen (was, wenn irgendetwas schiefgeht?). Jakob, dessen Freundin und Eltern, seine eigenen Eltern, Miriam, der gesamte Freundeskreis, Verwandte, die Klinik, alle (was, wenn es nicht funktioniert?). Abgesehen davon, dass es unethisch war, jemand Nahestehendes in die Studie aufzunehmen. Er wäre nicht neutral (was, wenn Jakob stirbt?), so eine Kombination war in der Klinik zu Recht verboten. Prometheus fuhr sich mit den Händen durchs Gesicht.

»Wir sollten jetzt gar nicht darüber reden«, sagte er, »ich muss das hier jetzt erstmal … ich muss erstmal nachdenken, das hat mich schon kalt erwischt. Ich …« Er ließ sich gegen die Stuhllehne sinken und den Satzanfang in der Luft hängen.

»Ja, sorry, scheiße, war vielleicht alles etwas mit der Tür ins Haus. Mache ich ja alles auch zum ersten Mal«, sagte Jakob, und: »Wie geht es dir jetzt?«

»Was glaubst du? Beschissen.«

»Geht mir genauso.«

Wieder diese ölige Stille, triefend und glitschig und unangenehm, nicht zu greifen, nicht wegzubekommen.

»Weißt du noch, als du im Watt im Treibsand eingesunken bist?«, fragte Jakob plötzlich.

»Boah, ja.«

»Und wie die Flut kam und wir dachten, du müsstest ertrinken.«

»Erst hast du versucht, mich rauszuziehen, und dann bist du ins Dorf gerannt, um Hilfe zu holen.«

»Ja, es war so unglaublich weit … gefühlt war ich stundenlang unterwegs. Als wir kamen, stand dir das Wasser schon bis zur Brust.«

»Damals haben wir gelernt, wieso es Wattführer gibt.«

»Ja!«

»Und du hast mir das Leben gerettet, Jakob.«

»Ja.«

Beide lächelten.

Das Gespräch lockerte sich etwas auf, es glich nun wieder einem Fußballspiel zwischen den Jungs, die sie mal waren und die sich Bälle hin- und herkickten. Sie sprachen über Krankenhäuser und den neuen Fernseher, den Prometheus sich gegönnt hatte, sie sprachen über Timurs Probleme mit einem anderen Kind im Kindergarten, über die Outback-Tour, die sie so gerne endlich machen wollten, und über den Klimawandel. Sie sprachen über ihre ersten Freundinnen, über den Tag, als Jakob seinen Eltern erzählt hatte, dass er das Studium schmeißen wollte, und darüber, wie sich die Mutter gefreut hatte und der Vater komplett ausgerastet war. Sie sprachen über Berge, Täler, Himmelsrichtungen und das Meer, über Schiffe, die nächste Wahl und dass sie jetzt beide versuchen wollten, nicht mehr so viel Fleisch zu essen, ihre Freundinnen aßen ja auch gar keins. Das nahmen sie sich immer vor, es klappte nie, was aber für beide okay war. Nach ein paar weiteren Stunden und Bieren machte sich Prometheus an den Aufbruch.

»Wegen der Studie reden wir nochmal, okay? Sorry, ich wollte das nicht so abbügeln, das war scheiße von mir. Ich muss, glaube ich, erst einmal meine Gedanken sortieren, das war ziemlich viel heute. Wo ist eigentlich Semra?«

»Die ist mit Timur bei ihren Eltern.«

»Damit du hier freie Bahn mit mir hast?«

»Na klaro!«

Jakob lachte und klopfte seinem Freund auf die Schulter.

»Dann mach's gut, ich ruf dich an!«, sagte Prometheus und klopfte Jakob ebenfalls auf den Rücken. Klopf, klopf, klopf. Kumpelhaft, wie man das eben so macht.

Die Wohnungstür schloss sich hinter Prometheus, und im Treppenhaus ging das Licht an, er lehnte sich kurz an die Wand und barg sein Gesicht in den Händen. In seinen Ohren rauschte es, vielleicht vom Bier, vielleicht kreisten und flatterten die gehörten Worte noch durch die Gehörgänge und jagten einander oder suchten ihn heim. Er stand eine Weile so da, steckte die Hände dann in die Hosentaschen, zog sie wieder raus, hibbelte auf den Fußballen auf und ab, wandte sich zum Gehen, doch dann klopfte er an der Wohnungstür. Jakob öffnete, erstaunt, seinen Freund immer noch oder schon wieder hier zu sehen, und dann fielen sie sich in die Arme, krallten sich in das Shirt des anderen, drückten die Gesichter einander an den Hals und weinten beide bitterlich.

»Ich komm nicht klar, ich hab so ne beschissene Angst«, sagte Jakob mit erstickter Stimme. »Ich auch«, antwortete Prometheus, und sie hielten einander noch fest, als das Treppenhauslicht schon wieder ausgegangen war.

Kapitel 5

1

Irgendetwas pustete ihn an, betastete sein Gesicht. Er tastete zurück. Weich. Weich. Hier war Härteres. Weich. Irgendwie haarig, aber eher in Richtung Flaum. Weiter vorn war es feucht, plötzlich Zähne. Prometheus schlug die Augen auf und starrte auf große Nüstern und Lippen, die aufgeworfen wurden, als würden sie tonlose Worte flüstern. Er zuckte zurück und stellte fest, dass ein Pferd den Kopf durch sein heruntergekurbeltes Fenster ins Wageninnere gesteckt hatte.

»Scheiße, was …«

Prometheus krabbelte hektisch auf den Beifahrersitz; er hatte ein bisschen Angst vor Pferden.

Was vorher passiert war: Er war mit Vollgas aufs Meer zugebrettert, und das Wasser stand dem Wagen noch nicht einmal über dem Unterboden, als er realisierte, dass er feststeckte. Die Räder waren immer wieder durchgedreht, er war nicht vom Fleck gekommen. Dann hatte er geweint, dann geschrien, dann versucht auszusteigen, was auch nicht geklappt hatte, dann hatte er wieder geweint (lange) und war letztlich eingeschlafen.

Was anschließend passiert war: Anscheinend war es Tag geworden, denn es war nicht mehr dunkel.

Was auch passiert war: Ein Pferd hatte ihn gefunden.

Prometheus öffnete die Beifahrertür, und als er überstürzt aus dem Auto in den nassen Sand fiel, merkte er, dass das Meer seinen Wagen freigegeben und sich zurückgezogen hatte; es war Ebbe.

»Weißt du, Autofahrer wie du sind der Grund, dass es unseren Küsten so dreckig geht.«

Er rappelte sich auf und stand plötzlich vor einer kleinen Frau mit hellgrauem Haar, Reitstiefeln und olivgrünem Ölzeug. Sie musste um die siebzig sein, an einem Strick hielt sie das Pferd von eben, das Prometheus interessiert musterte. Die Hände der alten Frau sahen aus, als würden sie den ganzen Tag Taue flechten, ihr Gesicht wirkte hart, in ihren Augen trug sie die wütende, graublaue See. Er trat einen Schritt zurück.

»Findest du das eigentlich in Ordnung?«, fragte sie und zeigte vage auf das Auto und das Meer.

Das skandinavische Du. Ihr Deutsch war sehr gut und hatte einen starken dänischen Einschlag, die Bevölkerung hier in der Gegend sprach großteils Deutsch als Zweit- oder Drittsprache. Schließlich bildeten deutsche Familienväter das Fundament der hiesigen Tourismusbranche. Familienväter, die ihre Sippe zehn Stunden lang im Auto durch die Bundesrepublik knechteten, um die gute Seeluft (hach!) zu schnuppern, *Hygge* zu praktizieren (jetzt kaufen wir erst einmal schön Holz für den Kamin, und dann wird es *richtig* gemütlich!) und mit Kennermiene in Supermärkten zu versuchen, mit dem Personal Dänisch zu sprechen (schau mal, Karin, Kuchen heißt hier *kage*, hahaha, das gibt's ja nicht!), während sich ihre Teenager-Kinder leise vor sich hin schämten.

»Was … aber das ist doch ein Autostrand«, versuchte Prometheus sich zu verteidigen. Er sah zu den Dünen hinüber, dann wieder aufs Meer, fragte sich, was die Muscheln jetzt wohl über ihn denken mochten, ob sie ihn lächerlich fanden, ob sie ihn in den Weltraum schießen wollten wie Laika, damit er dort sterben und die Welt mit seinem Scheißegelaber verschonen würde. Vielleicht rauschten die Wellen ja gar nicht, vielleicht war das nur die Addition aller Geräusche, die die Tiere im Meer machten, und vielleicht könnte er sie verstehen, wenn er kein Mensch, sondern eine Möwe wäre oder ein Sandfloh oder vielleicht ein Wattwurm. Er könnte dann hören, wie sie sich zuflüsterten, was für ein Depp er sei, ein Hampelmann, ein Männchen, ein Schwächling, der nachts am Strand herumheulte und es dann nicht einmal schaffte, sich ohne Komplikationen das Leben zu nehmen, und das als Arzt. Er ballte seine Fäuste.

Die Miene der Frau verhärtete sich noch mehr als ohnehin schon, dann merkte er, dass sie ihn zum ersten Mal richtig musterte. Er musste ein schreckliches Bild abgeben, vollgesaut mit Sand und Schlamm, nur einen Schuh tragend (der andere steckte noch im nassen Sand neben der Beifahrertür), verheult und verquollen – eine Elendsgestalt.

Der Blick der Frau wanderte zum Auto und dann wieder zu ihm.

»Warst du betrunken?«, fragte sie.

»Was … nee …«

»Soso.«

Sie schien ihm nicht zu glauben. Das kleine Pferd ging wieder einen Schritt auf Prometheus zu, er stolperte rückwärts.

»Was bist du denn so nervös?«

»Pferde … die mag ich nicht so.«

»Das ist ein Pony, kein Pferd.«

»Was auch immer, bitte bleiben Sie … du … wie auch immer, ich möchte Abstand zu dem Viech da haben!«

Prometheus fuhr sich durch die Haare, die sich ganz schmuddelig anfühlten.

»Du steckst fest, oder?«, fragte die Frau unbeeindruckt und nickte zur Arztkutsche.

»Ja …«

»Was wolltest du da überhaupt machen, wenn du nicht betrunken warst? Wer fährt denn ins Meer rein?«

»Nichts.«

»Nichts?«

»Ja, nix wollte ich da machen.«

»Hvadbehar … man könnte fast meinen, dass du extra ins Meer gefahren bist.«

»Quatsch!«

»Nå.«

Die alte Frau fing ihre langen, im Wind herumpeitschenden hellgrauen Haare ein und fixierte sie mit einem Haarband auf ihrem Kopf.

»So. Halte das mal«, sagte sie und drückte ihm den Strick in die Hand.

Prometheus ging nervös einige Schritte rückwärts, doch das Pony folgte ihm brav.

»Lass den Strick nicht fallen!«, rief die Frau und umrundete den Wagen. Sie ging in die Hocke und schaute sich die Räder an, während Prometheus den begeisterten Zuneigungsbekundungen des kleinen braunen Huftieres zu entfliehen versuchte. Anscheinend hielt das Pony die ganze Sache für ein Spiel und begann, aufgeregt auf der Stelle zu tänzeln, zu schnauben und die Mähne hin und her zu werfen.

»Beißt das Ding?«, rief Prometheus der alten Frau zu und versuchte, dem Tier durch Rufen und Fuchteln zu verstehen zu geben, dass es um Gottes willen nicht näher kommen sollte.

Dann verlor er die ohnehin schon aufgeriebenen Nerven, ließ den Strick fallen und brachte etwas Abstand zwischen sich und das Pferd (Pony!). Die alte Frau stapfte kopfschüttelnd an ihm vorbei und nahm den Strick wieder auf.

»Rasmus ist ein ganz Lieber, stell dich nicht so an.«

»Ja also ich muss dann jetzt mal wieder los, tschüss!«, sagte Prometheus, ging zum Auto, zog seinen Schuh aus dem Schlamm und schlug die Beifahrertür zu. Er umrundete das Fahrzeug, stieg auf der Fahrerseite ein, startete den Motor und legte den Rückwärtsgang ein. Und dann gab er Gas. Und dann drehten die Räder wieder durch. Er ließ seinen Kopf gegen die Lehne sinken.

»Ich hole den Jeep und ein Abschleppseil.«

Die Frau hatte den Kopf zum Fenster reingesteckt.

»Geh nicht weg … na ja, das kannst du ja sowieso nicht. Egal, warte einfach.«

Prometheus dachte daran, wie er schon einmal am Strand zurückgelassen worden war, damals, als er im Watt festgesteckt hatte und sein bester Freund losgegangen war, um Hilfe zu holen. Doch würde dieses Mal nicht Jakobs sommersprossiges Gesicht auftauchen, um Rettung zu bringen, Prometheus würde nicht den etwas watschelnden Gang des fast zehn Zentimeter größeren Freundes sehen, die langen Arme, die immer ein bisschen zu doll an seiner Seite schlackerten; schon als Kind wirkte Jakob immer ein wenig wie ein aufgekratzter Weberknecht mit taumelnden langen Gliedmaßen.

Prometheus schloss die Augen. Das alles würde er nie wieder erleben, die sich oft vor Freude überschlagende Stimme Jakobs nie wieder hören, sein Schielen nicht sehen, wenn Jakobs Augen müde wurden, er aber mal wieder seine Brille verlegt hatte. Dafür hatte er gesorgt.

2

»Hejjjjj!«, rief eine Stimme zum Fenster rein.

Prometheus war wieder weggedämmert und rappelte sich auf, tastete umher, als würde er etwas suchen, und versuchte, sich zu orientieren.

»Ähm … hey …«, antwortete er und sah zu der Frau, die ihren Kopf zum Fahrerfenster reingesteckt hatte.

Ich muss dieses verdammte Fenster endlich zumachen, dachte er, und: immerhin kein Pony.

Er stieg aus und sah, dass die Frau von vorhin missmutig neben einem grauen Geländewagen stand. Das Pony war nirgends zu sehen. Stattdessen stand vor ihm eine weitere Frau in gelber Regenjacke, ebenfalls schon älter und ein wenig rundlich.

»Das ist ja ein Schlamassel!«, rief die Frau und klatschte in ihre behandschuhten Hände, lächelte dabei aber fröhlich.

Prometheus fror.

»Ich bin Helle, und das dahinten ist meine Frau, Aslaug!«

»Ja … hallo. Ich bin Prometheus.«

»Wir werden jetzt versuchen, dein Auto abzuschleppen, alles klar?«

»Alles klar«, sagte Prometheus.

Nichts war klar.

»Sag mal, hast du keine Jacke? Frierst du nicht? Det er koldt!«

»Nee, die habe ich … ähm … vergessen.«

»Nå!«, rief Helle erstaunt und klatschte wieder in ihre Hände.

Prometheus kam sich wie ein Schuljunge vor seiner Mutter vor. Mama, dachte er und wollte einfach nur heulen.

3

»Prometheus? Prometheus, wo bist du?«

Die Stimme seiner Mutter klang panisch aus dem Handy, von ihrer üblichen Gelassenheit war nichts zu hören.

»Mama, ich …«

»Die Polizei war bei uns, sie suchen dich. Ich …«

Die Mutterstimme brach und wurde in Prometheus' Ohr durch die Vaterstimme ersetzt. Diese klang fest und besonnen und hatte sofort eine beruhigende Wirkung auf ihn.

»Junge«, sagte er, und: »Was ist passiert? Die Polizei wollte uns nicht sagen, was genau los ist. Aber sie haben nach einem Schlüssel für deine Wohnung gefragt, sie haben einen Durchsuchungsbefehl. Vermutlich sind sie jetzt schon in deiner Wohnung. Und in deinem Büro. Sie suchen dich, wollen mit dir sprechen. Ich glaube, sie nehmen dich mit. Was hast du getan? Sag es uns, bitte.«

So fühlt es sich an, begraben zu werden, dachte Prometheus. Lebendig und in tiefer, dunkler und stickiger Erde.

»Marvin, sag was.«

Marvin. Das rutschte dem Vater immer mal wieder raus. Marvin. Er hatte den Namen damals ausgesucht, weil er in seinen Ohren so angenehm weich klang. Prometheus selbst und seine Mutter hatten sich dann aber für den Zweitnamen entschieden, für die Härte, für das Außergewöhnliche.

»Ich … ich habe nichts getan. Ich wollte nichts tun. Ich wollte nur alles richtig machen, das war nicht extra. Ich …«

Prometheus begann zu weinen, und er hörte durch das Telefon das Schluchzen seiner Mutter. Sein Vater hatte ihn anscheinend auf Lautsprecher gestellt.

»Bitte komm nach Hause, wo bist du?«

»Ich kann nicht, tut mir leid, Papa.«

»Marvin …«

»Ich hab euch lieb, es tut mir leid. Ich habe das alles nicht gewollt.«

»Prometheus, warte!«, rief die Mutter im Hintergrund.

Er legte auf und ließ das Handy neben sich auf den Beifahrersitz fallen, wo es sofort wieder begann zu vibrieren. Er saß in der Arztkutsche, die er auf einer Raststätte abgestellt hatte, wartete kurz, zählte die Planeten durch, um sich zu beruhigen (Mein Vater erklärt mir jeden Sonntag unsere neun Planeten, Merkur, Venus, Erde, Mars, Jupiter, Saturn, Uranus, Neptun, Pluto, vielleicht Pluto, vielleicht nicht), startete den Motor und fuhr wieder auf die Autobahn auf.

4

Aslaug kam mit einem Stahlseil zu ihnen rüber. Sie suchte hinten am Auto herum, sagte nur, »das gibt vielleicht Kratzer«, und fand eine Stelle, an der sie das Seil mit einem Haken befestigen konnte.

»Setz dich ins Auto«, sagte sie knapp und ging zum Jeep.

Helle stand neben der ganzen Szene und nickte Prometheus immer wieder aufmunternd zu.

»War das Auto teuer?«, rief sie zum Fenster rein, als er versuchte zu lenken und auf Zuruf von Aslaug in den richtigen Momenten Gas zu geben, während sich der Geländewagen in Gang setzte.

»Bestimmt war es teuer, oder?«, fuhr Helle fort, als er nicht antwortete, »so ein teures Auto, aber durch den Sand fahren kann es dann doch nicht. Da gibt man so viel Geld aus, und dann geht das nicht. Ärgerlich!«

Prometheus krallte sich am Lenkrad fest und starrte geradeaus. Ja, ärgerlich, sehr ärgerlich, und jetzt hau bitte ab, dachte er. Können die mich nicht einfach ins Meer schieben, statt rauszuziehen, dann wäre dieser ganze Albtraum hier vorbei.

Nach vielen Versuchen und einigem Hin und Her war die Arztkutsche tatsächlich frei. Prometheus stieg aus und entfernte das Seil von der Rückseite des Wagens.

»Ja, also danke«, sagte er.

»Kein Problem«, antwortete Aslaug knapp, während sie das Seil einrollte.

»Ich denke, ich werde dann mal weiterfahren.«

»Oh ja. Wo geht es denn hin?«, fragte Helle interessiert.

Prometheus starrte sie an und merkte viel zu spät, dass er gar nichts sagte, dass es nicht normal war, auf eine Frage nicht zu antworten und nur vor sich hin zu starren. Helle wartete, Aslaug auch, Prometheus starrte und schwieg, starrte und dachte sich: Ich muss jetzt was sagen, doch sein Hirn war leer. Und dann fing er an zu weinen, irgendwie wie ein Kind auf dem Spielplatz: voll mit Sand, die Haare zerzaust, und plötzlich ging die Sirene an, es fehlte nur noch das Sandförmchen in der Hand. Er ging in die Knie und heulte, er schämte sich, heulte aber weiter, das Meer in ihm wollte raus, da war nichts zu machen. Seine Selbstbeherrschung war schachmatt gesetzt.

Er merkte, wie ihm jemand auf die Schulter klopfte und »nå, nå« sagte, er spürte, wie ihm kurz darauf ein Arm um die Schulter gelegt wurde und wie ihn dieser Arm an einen weichen, warmen Körper zog. Er weinte, lehnte sich an Helles kleine Schulter und schluchzte, schluchzte, schluchzte, und als Helle sagte: »Du kommst jetzt erstmal mit«, sagte er nichts, sondern stieg wortlos weinend zu ihr in den Jeep und wurde auch dann noch von unkontrollierten Schluchzern geschüttelt, als sich der Wagen in Bewegung setzte.

5

Sie waren nicht besonders lange unterwegs, dennoch hatte Prometheus sich in der kurzen Zeit etwas beruhigen können. Er lehnte am Fenster und starrte apathisch nach draußen. Er sah das Meer an sich vorbeiziehen, das kurz darauf von kleinen, knorrigen Hutzelbäumen abgelöst wurde, als sie durch ein kleines Waldstück fuhren. Ein Schwarm Krähen erhob sich unter lautem Gekrächze von der Straße, auf der irgendetwas Totes lag, vielleicht ein Hase, vielleicht ein Vogel. Helle fuhr um den kleinen Leichnam herum und schwieg. Sie hatte das Radio angemacht, aus dem irgendein dänischer Schlager klang, dessen Melodie die alte Frau leise mitsummte. Im Seitenspiegel sah Prometheus Aslaug, die ihnen mit der Arztkutsche folgte.

»Gleich sind wir da, wir haben eine kleine Pension und momentan keine Gäste, ist ja nur Nebensaison, da ist nicht so viel los. Da kannst du erst einmal ein Zimmer haben.«

Ein Zimmer zu mieten klang wie etwas, das ganz normal und vernünftig war. Normale Menschen mieten Zimmer, statt heulend im Sand herumzukriechen, alles wird gut, alles wird gut. Kurz darauf bogen die Wagen knirschend auf eine Einfahrt ein, und Prometheus dachte sich: Hm, das ist ja ein richtiger Hof. Und dann: ein Pferdehof. Fantastisch.

Er stieg mechanisch aus und traute sich nicht, einer der beiden Frauen in die Augen zu sehen, die Scham war zu groß. Was mussten sie denken, nachdem sie ihn so gesehen hatten, die Muscheln waren die eine Sache, klar, die Bäume und Eichhörnchen und Pilze auch, aber zwei fremde Menschen? Das war eine ganz andere Sache.

Der Beifahrersitz des Jeeps und die kleine Fußmatte davor waren mit Sand vollgekrümelt, und Prometheus versuchte etwas verschämt, die Körnchen ein wenig zusammenzukehren, doch Helle stoppte ihn und sagte: »Lass, ist schon gut«.

Sie hatten die Wagen auf einem geräumigen, mit Kies und Schotter abgedeckten Hof vor einem großen, länglichen Bauernhaus abgestellt. Es war aus rotem Klinker gebaut, und über allem thronte ein großes, dunkles Reetdach, dessen Fenster ihm den Eindruck eines grimmigen Gesichts gaben. Auf dem Dach saßen Krähen wie überirdische Wesen, die auf die Sterblichen hinabschauten. Dieses Haus war alt, es lauerte, beobachtete, vielleicht konnte es sogar wittern, wer wusste das schon.

Alles war verwittert. Die Fensterrahmen, die Tür, alles sah uralt, aber nicht ungepflegt aus. Es verlieh dem Gebäude Persönlichkeit, es verlieh ihm etwas Geheimnisvolles und Wissendes. Als habe es schon jahrhundertelang Menschen ein und aus gehen sehen, als sei es voll von Geheimnissen, als sei jedes Ereignis, jedes Wort wie ein starkes Parfum in die alten Balken und Steine gesickert und es dünste jetzt alles wieder aus. Als er ausstieg, hatte Prometheus fast das Gefühl, ein Flüstern zu hören.

Der Kies knirschte unter ihren Schritten, als sie sich der Haustür näherten. An der Fassade zog sich ein kleines Blumenbeet entlang, in dem die meisten Pflanzen ihre kahlen braunen Ästchen in den Herbstwind hielten, statt zu blühen. Herbst- und Winterklausur, bis der Frühling kommt.

Herbst ist meine liebste Jahreszeit, es ist eine Zeit der Vorbereitung für die große Ruhe, das finde ich gut, also den Sturm vor der Ruhe!, hatte Jakob immer gesagt, und: Die Farben des Herbstes mag ich mehr als die des Sommers, der Sommer ist mir einfach zu laut in den Augen.

Nicht an Jakob denken, dachte Prometheus und schüttelte die Erinnerungen ab. Er sah sich weiter um und nahm einige kleinere Gebäude wahr, vermutlich Ställe und Geräteschuppen, außerdem hinter dem Haus Koppeln mit grasenden Pferden und Ponys sowie einen großen Reitplatz, von dem von hier aus aber nur ein kleiner Teil zu sehen war.

»Wir züchten Ponys«, sagte Helle, die die Haustür aufgeschlossen hatte und ihm Platz machte, einzutreten. Prometheus sagte nichts, schlüpfte aus seinen nassen, dreckigen Schuhen und zog auch gleich die schlammverschmierten Socken aus. Bei jedem Schritt hinterließ er einen schwachen, leicht bräunlichen Fußabdruck auf dem knarrenden Dielenboden.

»Geh ruhig schon in die Stube, einfach geradeaus!«

Prometheus lief weiter und gelangte in einen großen, hohen Raum. Überall waren Augen. Die Wände waren mit ausgestopften Tierköpfen behängt, die aus dunklem Holz gefertigten Regale mit Tierpräparaten vollgestopft. Hundert schwarze Glasaugen beobachteten Prometheus mit leerem Blick, während er sich unsicher an eine Zimmerwand stellte und sich umsah. Eigentlich ist das Zimmer gemütlich, dachte er, wenn auch etwas gruselig. Zwischen den Tieren lagen bunte Steine, Muscheln, Treibholzstücke, unter der Balkendecke spannte sich ein großes Fischernetz, es gab eine Schale, in der durch das Meer abgerundete Glasscherben glitzerten. Prometheus dachte wieder an Sindbad, und er war sich sicher, dass dieses Haus das perfekte Seefahrerversteck wäre.

»Es ist nichts Besonderes, aber uns gefällt es«, sagte Helle hinter ihm.

Die beiden Frauen waren zu ihm aufgeschlossen und stellten sich neben ihn.

»Das Haus gehört Aslaug und ist sehr, sehr alt. Ihre Urgroßeltern haben es vor über hundert Jahren gebaut, natürlich hat es auch einen Namen«, erklärte Helle weiter.

»Wie heißt es denn?«, fragte Prometheus, der die Augen nicht von einem großen Pferdekopf abwenden konnte.

»Øjetræ. Das bedeutet auf Deutsch …«, Helle sah fragend zu Aslaug.

»Baum mit Augen.«

»Ja, genau!«

»Wieso?«, fragte Prometheus.

»Das erzählen wir dir wann anders«, antwortete Aslaug und ging eine eng gewundene Holztreppe hoch, die sich rechts von ihnen befand.

Neben zwei überraschend modernen Sofas führte eine Terrasse in einen kleinen Garten, der jetzt aber auch schon kurz vorm Winterschlaf war und über den eine alte, knorrige Kiefer wachte. Wie alt dieser Baum wohl sein mochte, fragte sich Prometheus, als er durch die Terrassentür nach draußen sah.

»Komm mit, ich zeige dir dein Zimmer!«

Prometheus folgte Helle in einen kleinen Flur, der durch eine Tür vom Wohnbereich abgetrennt war. An den Wänden hingen einfache kleine Ölbilder, die Bauern bei der Heuernte zeigten, Kühe auf einer Weide, eine Kirche im Sonnenuntergang. Die einzelnen Elemente der Motive waren klar voneinander abgegrenzt, die Farben kräftig, satt und warm, es gab keinen Schattenwurf. Naive Malerei, dachte Prometheus, der plötzlich an seine Kunstlehrerin Frau Ruhe denken musste. Sie war eine liebenswerte, hektische und über die Maßen zerstreute Frau gewesen, deren überbordende graue Lockenpracht in alle Richtungen abstand; es sah aus, als trüge sie eine zurechtgeschnittene Hecke auf dem Kopf, und Prometheus hatte sich oft vorgestellt, wie es wäre, eine Form hineinzuschneiden wie in den Büschen von Versailles. Frau Ruhe hatte immer irgendetwas gesucht, ihren Schlüssel, die Mappe mit den Bildern. Sie stand dann da, tippte sich mit den Fingern gegen den Mund, der meist von violetten Lippenstiftresten umkränzt war, rieb sich die Schläfe und murmelte, »wo hab ich denn nur die Brille«, oder starrte einen mit verlorenem Blick an, »hast du zufällig meinen Schlüssel gesehen? Nein?«.

Prometheus hatte seine Kunstlehrerin gemocht, und das hatte durchaus auf Gegenseitigkeit beruht, leider waren jedoch alle seiner künstlerischen Versuche grauenvoll gewesen. Seine Acryl- und Aquarellbilder sahen aus, als hätte ein Vierjähriger seine Albträume zu Papier gebracht, doch Frau Ruhe hatte zumindest erkannt und gewürdigt, dass er sich bemüht hatte. Jakob hingegen war sehr gut in Kunst gewesen. Im Basteln nicht so, aber beim Malen und Zeichnen hatte er eine ausgesprochene Begabung gezeigt. Bestimmt hätte aus ihm ein Maler werden können, hätte er irgendein Interesse daran gehabt. Jakob war Kunst aber egal, zum Leidwesen von Frau Ruhe, die ihren Kummer über all das verschenkte Potenzial kaum hatte verbergen können.

»Das da drüben ist unser privater Wohnbereich, und hier kommen die Gästezimmer. Wir haben vier Stück, es gibt eine Gästeküche, und jedes Zimmer hat ein kleines Bad mit Toilette, Waschbecken und einer Dusche. Wenn du unterwegs bist und dann zurückkommst, kommst du nicht durch den Eingang von eben rein, sondern durch den Seiteneingang, der führt hier direkt in den Flur. Den Schlüssel geben wir dir noch.«

Helle zeigte auf eine weiße Holztür, durch deren kleine Scheibe man direkt auf die offenen Boxen eines Stalles sah. Der Kopf eines braunen *Pferdes* (dieses Mal war Prometheus sich sicher) hing aus der Öffnung hinaus, und es war ihm so, als würden sich sein Blick und der des Tieres kreuzen. Er begriff nun auch, dass das Haus L-förmig aufgebaut sein musste, was man nicht sah, wenn man direkt davorstand. Der Blick des Pferdes zog ihn in den Bann (mir ist nie aufgefallen, wie groß Pferdeaugen sind, dachte er), doch er riss sich los, um der Führung mit dem Rest seiner kaum noch vorhandenen und von Müdigkeit verschütteten Aufmerksamkeit zu folgen.

»Hier, das ist dein Zimmer.«

Helle öffnete die Tür zu einem kleinen Raum. Der graue Dielenboden sah neu aus, die Wände waren mit weißem Holz verkleidet, genauso wie die Decke. Alles wirkte hell und freundlich.

»Schön gemütlich, oder? Wir haben die Zimmer alle gerade frisch gemacht«, sagte sie und tippelte geschäftig durch den Raum.

»Letzte Woche hatten wir eine junge Frau und ihren Hund zu Gast, wir hatten sie im Zimmer gegenüber einquartiert. Der Hund war seltsam, ich glaube, der mochte keine Fremden, insgesamt haben wir hier aber nichts gegen Haustiere. Hast du welche? Die junge Frau war auf der Durchreise in einem Wohnmobil, sie fuhr die Küste entlang, um Asche verstorbener Leute zu verstreuen. Sie hatte eine aufregende Geschichte zu erzählen, sah aber auch etwas elend aus. Ihr kleiner Bruder war zwei oder drei Jahre vorher gestorben, und kurz bevor sie bei uns ankam, starb wohl auch ein guter Freund von ihr. Schlimm, sowas. So jung und schon so viel Leid, was für eine arme Person. Sie sah manchmal sehr traurig aus, lachte aber trotzdem gerne. Ich mag das, so fröhliche Menschen, du auch? Die Frau war auf dem Weg ganz in den Norden, wo sie wohl immer mit ihrer Familie hingefahren ist, als sie Kind war. Sie konnte sogar ein paar Brocken Dänisch! Eine sehr freundliche Person, eine Wissenschaftlerin. Bald wird sie aufs Meer rausfahren für eine wissenschaftliche Forschung, also ich finde ja, dass das sehr spannend klingt. Ich wollte ja immer mal tauchen gehen, leider wird mir beim Schifffahren schlecht. Was arbeitest du eigentlich?«

Helles ausufernde Geschichten legten sich wie eine warme Decke um Prometheus' Gedanken. Während sie ohne Punkt und Komma weitererzählte, schüttelte sie das Kissen auf dem Doppelbett auf, ging zum Schrank und legte ein rotes Duschhandtuch auf die Matratze und öffnete das quadratische Fenster. Innerhalb von Sekunden schwappte das Meer ins Zimmer, oder zumindest sein Duft (Seegras, Salz, der nur an den Rändern wahrnehmbare Duft von Verwesung), der die Stallgerüche fast überdecken konnte.

»Cadaverin«, murmelte Prometheus leise.

»Was?«

»Ach … nichts. Ich habe in einem Krankenhaus gearbeitet.«

»Ach toll, bist du Arzt? Oder Pfleger?«

Er antwortete nicht. Seine Gedanken flimmerten, er fühlte sich verloren und verwirrt, hatte Probleme damit, sich im Hier und Jetzt zu halten. Alles fühlte sich bizarr an, dieser ganze Moment kratzte wie Dorngestrüpp durch sein Gehirn, und er konnte sich kaum orientieren, die Eindrücke nicht verarbeiten, sich nicht richtig verorten. Wieso war er hier?

»Du hast auch direkten Blick auf die Weide mit den älteren Islandponys, oh, und du hörst das Meer!«, rief die alte Frau fröhlich.

Das mit der Weide hätte für Prometheus' Geschmack nicht unbedingt sein müssen. Er nickte einfach.

»Jetzt kannst du erst einmal duschen, Shampoo haben wir keines in den Gästezimmern, aber Seife ist da.«

»Danke.«

»In einer Stunde essen wir, wenn du willst, kannst du gerne dazukommen, aber vielleicht willst du dich auch erst einmal ausruhen.«

»Danke.«

»Bis dann!«

»Danke.«

Helle verließ das Zimmer und schloss die Tür hinter sich. Prometheus stand unbewegt auf der Stelle und lauschte. Stimmt, er konnte wirklich das Meer hören und riechen. Und die Pferde (Ponys!). Er lauschte weiter, er hörte den Wind flüstern, die Gräser raschelnd antworten, die Fische murmeln, er verengte seinen Lausch-Radius, hörte Klappern (Ein typischer Mamasatz: Was klötert denn wieder so?) aus einem anderen Teil des Hauses, vermutlich Topfgeschirr, hörte Wasser durch die Leitungen gluckern; er verengte den Radius weiter, hörte seine eigenen Atemzüge, hörte, wie sein Herz leise pumpte und pochte: Angst, Angst, Angst.

6

Als er aufwachte, war es dunkel geworden. Prometheus hatte sich geduscht und war dann nackt unter der Bettdecke eingeschlafen, seine dreckigen Klamotten hatte er im Bad auf einem Haufen am Boden liegen lassen. Sein Schlaf war traumlos und dunkel gewesen, wobei man ja nie wirklich sicher weiß, durch welche Gedankengebäude man im Schlaf wandelt, das meiste lässt man ja sowieso zurück; zumindest erinnerte er sich an keine Träume. Sein Mund fühlte sich pelzig an, und er tastete auf dem Nachttisch herum, bis er den Schalter für die kleine Lampe fand. Als er sie angeknipst hatte und das Licht den Raum flutete, war er kurz desorientiert, obwohl er in dem Bewusstsein aufgewacht war, sich gerade in einem dänischen Bauernhaus zu befinden, umstellt von Huftieren.

Er stand auf, ging ins Bad und sah, dass sein Wäschehaufen verschwunden war; stattdessen lag ein Stapel frischer Klamotten auf einem Holzhocker: Jogginghose, weißes T-Shirt, eine blaue Trainingsjacke, Socken und Boxershorts. Daneben standen seine Schuhe, die anscheinend geputzt und irgendwie getrocknet worden waren. Woher kamen diese Sachen? Wer war im Zimmer gewesen, als er geschlafen hatte? Egal. Er zog sich die Klamotten an, die Hose war etwas zu groß, das T-Shirt zu eng, ging aber alles irgendwie.

Er ging in sein Zimmer zurück und suchte nach seinem Handy. Es war kurz vor sechs am Abend, er musste einige Stunden geschlafen haben. Er hatte das Telefon am Strand in den Flugmodus versetzt und überlegte nun, ob er nachsehen sollte, ob ihm jemand geschrieben hatte, doch er ließ es bleiben. Der Akku war fast leer, und er machte das Gerät aus. Brauchte er jetzt erst einmal nicht mehr. Sein Blick wanderte zur Zimmertür. An den dort angebrachten Kleiderhaken hing ein altmodischer, sackiger grauer Lodenmantel, ein Schlüssel für das Zimmer steckte von innen. Er griff nach dem Mantel.

7

Das Pony sah ihn an. Prometheus stand an der Koppel, die Hände in den Taschen des viel zu großen Mantels geballt, ein Holzzaun zwischen ihm und den Tieren. Der Wind blies laut, er umkreiste die Szene, tanzte um sie herum, die Dunkelheit wurde nur von der Außenbeleuchtung des Seiteneingangs zurückgedrängt, die das Blickduell zwischen Prometheus und dem kleinen braunen Tier überhaupt erst möglich machte. Er fragte sich, ob es dasselbe Pony wie heute Mittag war, wie hieß es gleich? Rasmus? Er erinnerte sich daran, dass er als kleiner Junge großer Pferdefan gewesen war, die Abneigung bestand also nicht schon immer. Erst seit diesem einen Urlaub auf dem Bauernhof.

Prometheus war damals neun Jahre alt, und bei der ersten Reitstunde seines Lebens wurde ihm ein Haflinger zugeteilt. Prometheus bewunderte die weiche, lange blonde Mähne und war beim Striegeln so aufgeregt, dass seine Hände zitterten und er die Bürste mehrfach fallen ließ. Das Pferd hieß Johnny, war ein neun Jahre alter Wallach, und Prometheus liebte ihn sofort. Stolz führte er das Tier neben der Reitlehrerin in die Halle, seine Eltern standen schon am Rand. Sie winkten, und seine Mutter knipste unaufhörlich mit einer kleinen Kodak-Kleinbildkamera. Aufregung, warmer Pferdeatem, der Geruch von Einstreu und Abenteuer. Bevor er auf das Pferd stieg, wollte er es nochmal streicheln, also stellte er sich vor das Gesicht des hübschen Huftieres, redete leise mit ihm und klopfte ihm auf den Hals. Das Pferd stand geduldig da und ließ es geschehen. Dann drehte es den Kopf und biss Prometheus so tief in die Schulter, dass die Stelle mit acht Stichen genäht werden musste. Bis heute hatte er nicht verstanden, was damals passiert war, auch die Reitlehrerin war komplett verwirrt gewesen. Johnny hat noch nie gebissen, sagte sie, und: Na ja, man kann in so ein Tier eben nicht hineinschauen.

»Hey«, sagte er jetzt in Richtung des kleinen braunen Tieres. Vermutlich ein Pony, Isländer, hatte Helle ja gesagt. Es stellte die spitzen, flauschigen Ohren nach vorn. Sein dicker, zotteliger Pelz wurde vom Wind in Wellen hin und her bewegt, und Prometheus fragte sich, wieso eigentlich niemand Pferde mit Schlappohren züchtete. Das gab es doch sonst bei allen Tieren, bei Hunden, Katzen und Kaninchen zum Beispiel, wieso nicht auch bei Pferden? Er stellte es sich lustig vor, zu sehen, wie so ein Pony trabt oder galoppiert und die Hängeöhrchen im Takt mitwippen. Doch dieses Tier hier hatte keine Schlappohren, nur Stehohren, die auf Empfang gestellt waren. Prometheus ging auf den Zaun zu, er war jetzt nur noch einen halben Meter vom Kopf des Pferdes entfernt und streckte seine Hand aus. Das Pony rührte sich nicht, er dachte wieder an seine Schulter und zog die Hand schnell wieder zurück.

»Rasmus beißt nicht.«

Prometheus zuckte zusammen, Aslaug ging auf ihn zu und stellte sich neben ihn an den Zaun.

»Hast du schlechte Erfahrung mit Pferden gemacht?«

»Ja«, antwortete er.

»Tritt oder Biss?«

»Ein Biss. In die Schulter.«

»Musstest du ins Krankenhaus?«

»Ja.«

»Warst du damals ein Kind?«

»Ja.«

»Verstehe. Was wir als Kinder erleben, prägt uns. Schade, sehr schade. Willst du ihn mal anfassen?«

»Puh, also ich glaube eher nicht …«

»Aber du hattest eben die Hand ausgestreckt, das habe ich gesehen.«

»Ja, ich weiß nicht. Ich dachte, ich versuche es mal. Wobei nein, eigentlich hatte ich gar nicht darüber nachgedacht.«

»Das ist am besten, also wenn man gar nicht nachdenkt. Manche Sachen muss man einfach machen«, antwortete Aslaug, nahm unvermittelt seine Hand und legte sie so schnell auf die Pferdenase, dass Prometheus gar nicht reagieren konnte. Er blickte auf seine Hand, Aslaugs Griff war von einer Härte und Kraft, die er ihr nicht zugetraut hätte. Rasmus stand genauso gelassen wie vorher da, blähte die Nüstern etwas auf, blieb aber sonst still stehen.

»Ist doch nicht schlimm, oder?«, fragte Aslaug und ließ die Hand los.

Prometheus zog sie sofort zurück und steckte sie in die Manteltasche. Sein Herz klopfte, und seine Haut fühlte sich an, als würden endlos viele Nadeln auf ihr entlangschrappen. Er dachte an Seeigel, dachte an Stachelschweine, dachte an Injektionen, dachte an –

»Hast du Hunger?«, fragte Aslaug, als Prometheus nicht reagierte.

»Ich weiß nicht.«

»Du bist ganz schön kompliziert, das muss man schon sagen. Komm jetzt einfach mit.«

Sie stapfte davon, Prometheus zögerte, schaute noch einmal in Rasmus' dunkle ruhige Augen und folgte Aslaug ins Haus.

Kapitel 6

1

Geäst knackte unter seinen Füßen, und er musste sich ducken, um durch die Lücke im Gebüsch zu passen.

»Hier muss es irgendwo sein«, sagte Jakob, während Prometheus versuchte, einen Ast von seinen Locken zu lösen.

Er dachte an den *Herrn der Ringe* und die Ents, daran, wie Baummenschen nach ihm griffen, ihn sich in ihren Stamm einverleiben wollten. Es schüttelte ihn.

Die beiden Männer stapften durch das Gebüsch hinter Jakobs Elternhaus. In den letzten dreißig Jahren war die Ecke ziemlich zugewachsen; zwei Lorbeerbüsche, die einander gegenüberstanden, waren fast eins geworden, Efeu wucherte über Totholz, dicke, fleischige Baumschwämme bildeten kleine Treppenstufen an Stämmen, Insekten liefen aufgeregt unter dicken Rindenstücken umher, verrichteten ihr Tagesgeschäft, bestehend aus Paarung, Nahrungssuche, Jungtieraufzucht.

»Hier ist er!«, rief Jakob und schob das Gestrüpp ein wenig auseinander.

Er kämpfte gegen eine Ranke, die seinen Kopf abzutasten schien.

Die beiden Männer sahen auf einen moosbewachsenen und klobigen Stein hinab, der zwischen all den Blättern, kahlen Ästen und Ranken kaum zu sehen war.

»Die Inschrift ist ziemlich zugewachsen. Meinst du, man kann die noch lesen, wenn man das Moos wegmacht?«, fragte Prometheus.

»Ich weiß nicht. Ich denke nein, wir hatten das damals ja nicht sehr tief reingeritzt, obwohl Mama uns mit dem Werkzeug und so geholfen hat.«

»Stimmt. *Hier liegt Schnuffelchen*, stand dadrauf. Auch nicht sehr einfallsreich, wenn man drüber nachdenkt.«

»Schnuffelchen war genügsam. Das Geburts- und Sterbedatum einzuritzen haben wir eh nicht mehr geschafft, aber er wäre uns sicher nicht böse gewesen.«

Prometheus lauschte. Seine Ohren suchten ein Rascheln, das Knacken eines Zweiges, auf den ein Tier trat, irgendetwas, doch die Stille kroch in seine Gehörgänge und drückte sich in ihn hinein. Waren hier früher nicht sogar Füchse, überlegte er.

»Wir wären keine guten Bestatter geworden, was?«, fragte Prometheus.

»Oh Gott, nein, auf keinen Fall.«

»Eigentlich komisch, dass mein Hund in deinem Garten beerdigt ist. Beziehungsweise in dem deiner Eltern.«

»Ja, aber wo hättest du ihn denn sonst bestatten sollen?«, fragte Jakob und zog sich rückwärts aus dem Gebüsch zurück.

Prometheus folgte ihm. Als sie wieder auf der Wiese standen, blieben sie kurz in der Dämmerung stehen. Er dachte daran, wie sie Schnuffelchen erst auf hoher See bestatten wollten, dachte an das prasselnde Feuer und den nicht brennenden Hund, versuchte, sich den Geruch und die Geräusche vor Augen zu führen, schaffte es aber nicht.

»Wo sind denn die Mauersegler? Müssten die hier nicht schon unterwegs sein?«, fragte Prometheus.

»Nee, ist noch zu früh. Ich denke, die kommen hier oben im Mai an. Weißt du das nicht mehr?«

Prometheus antwortete nicht und legte den Kopf in den Nacken. Die Luft war kalt, und er fröstelte, da er nur einen Pulli anhatte. Er dachte an leise rauschende Federn, an kleine, stromlinienförmige Körper, an die schrillen Schreie.

»Ich wünschte, man könnte mich dann auch einfach im Garten beerdigen. Hier im Gebüsch neben Schnuffelchen, unter einem großen Stein, der auch nach und nach mit Moos und Flechten bewachsen wird«, sagte Jakob leise.

»Sag sowas nicht«, antwortete Prometheus.

»Ich muss sowas sagen, sonst implodiert mein Kopf. Gerade bei dir muss ich sowas sagen können, weil ich das bei den anderen nicht kann. Bei Semra oder meinen Eltern. Du bist mein bester Freund.«

»Ich bin dein superbester Freund«, sagte Prometheus und lächelte.

»Über den Tod denkt man ja eigentlich nie so richtig nach, ne?«, sagte Jakob nachdenklich, »oder hast du mal über deinen Tod nachgedacht?«

»Nee, nicht wirklich.«

»Eben. Wobei das dumm ist, gerade als Vater sollte ich da jetzt schon mal nachdenken. Ich hätte ja auch vom Bus erwischt werden können … nichts wäre geregelt gewesen.«

Prometheus sagte nichts.

»Oft denke ich: Wieso ich? Ich habe gesund gelebt, also okay, relativ gesund. Currywurst und ich sind halt eine never ending Lovestory. Aber dann schau ich mir so Arschlöcher im Fernsehen an, alte Säcke, die Krieg anzetteln, und denke mir: Wieso nicht die? Es ist einfach nicht fair.«

»Krebs ist nicht fair. Der Tod auch nicht«, sagte Prometheus.

»Manchmal liege ich nachts wach und habe so eine Angst vorm Sterben, dass ich nicht einschlafen kann. Ich habe Angst, die Augen zu schließen und zu spüren, wie mir das Bewusstsein entgleitet. Ich denke dann immer: Ist es das? Fühlt es sich dann so an? Dann kriege ich Panik, mein Herz rast, ich schwitze und muss mich aufsetzen. Es ist schrecklich. Oft wandere ich dann die ganze Nacht umher.«

Jakob zog mit seinem Schuh einen Kreis in die Erde, immer und immer wieder.

»Jakob … hier geht es doch gar nicht ums Sterben bisher. Du darfst dich von diesem Gedanken nicht so in Beschlag nehmen lassen.«

»Ja, rational weiß ich das. Aber … ich fühle mich so krass allein damit. Wenn man stirbt, ist man ja auch allein, egal, wie viele Leute um einen herum sind. Man kann die nicht mitnehmen … und irgendwie fühle ich mich gerade bei allem so.«

»Jakob, denk ans Meer. An das Watt. Damals hast du mich gerettet, weißt du noch?«

»Klar, haben wir ja letztens erst drüber gesprochen.«

»Genau. Und ich bin Arzt. Ich werde sicher nicht danebenstehen und zuschauen, wie du stirbst. Wir schaffen das gemeinsam, egal, wie. Egal, mit welcher Behandlung. Klar?«

»Hm …«

»Klar?«, wiederholte Prometheus.

»Ja, okay.«

»Sag jetzt: Ich werde nicht sterben.«

»Du willst mich verarschen, oder? Soll das jetzt so ein Selbsthilfeding werden?«

»Sag es.«

Jakob rollte mit den Augen, stellte sich aufrecht vor Prometheus hin und sagte: »Ich werde nicht sterben.«

Dann salutierte er spielerisch, und Prometheus sagte: »Du Clown«, woraufhin Jakob antwortete: »Ich weiß.«

Jakob lächelte und klopfte seinem Freund auf die Schulter, und die beiden gingen in Richtung der Terrasse, die warmes Licht verströmte und so einladend wirkte, als sei alles in Ordnung und das Leben schön.

2

Er fuhr mit den Fingern der linken Hand die Rillen im Holz des großen Esstisches nach. Er dachte daran, wie ihm sein Vater mal den Unterschied zwischen Maserung und Fladerung erklärt hatte, Letztere hatte irgendetwas mit den Jahresringen zu tun, doch er bekam es nicht mehr zusammen. Er strich mit seinem Daumen über die Kuppe seines Mittelfingers und fühlte die Unebenheiten, seine ganz eigene, individuelle Maserung (Fladerung?).

»Prometheus?«

Als er den Blick hob, stellte er fest, dass alle Blicke auf ihn gerichtet waren.

»Entschuldigung, ich war kurz abwesend. Worum geht es gerade?«

Jakobs Mutter beugte sich über den Tisch und schenkte ihm Tee nach. Sie saßen alle im Wohnzimmer von Jakobs Elternhaus. Es hatte sich viel verändert, seit er das letzte Mal da gewesen war, die Möbel waren neu und sehr modern, die Wände alle weiß, nicht mehr eierschalenfarben wie früher. Nur die alte Standuhr befand sich noch an ihrem angestammten Platz. Ihr Standfuß war so groß, dass sich Jakob und Prometheus als Kindergartenkinder darin hatten verstecken können.

»Wir wollten, dass du uns nochmal erklärst, wie deine Immuntherapie funktioniert, das wäre echt hilfreich«, sagte Jakob, »ich hab versucht, es Semra zu erklären, aber nicht hingekriegt.«

Prometheus ließ den Blick zu Jakobs Freundin wandern, die ihn abwartend ansah, irgendwie neutral, er konnte ihren Blick nicht deuten. Jakob und Semra hatten beschlossen, zu heiraten. Eigentlich wollte sie nie heiraten, doch die aktuelle Situation hatte ihre Meinung geändert, und sie hatte ihm einen Antrag gemacht. Nächste Woche sollte es zum Standesamt gehen.

»Ich weiß nicht, ich will euch jetzt nicht mit medizinischen Details langweilen. Ich weiß auch gar nicht, ob ich das jetzt gut genug erklären könnte.«

Die Blicke waren immer noch auf ihn gerichtet. Schweigen. Er seufzte und richtete sich ein wenig auf.

»Also … wie eine Chemotherapie funktioniert, wisst ihr ja, oder? Tumorzellen teilen sich sehr schnell, und die Chemo-Medikamente setzen sich genau diese Zellen als Ziel, also solche, die sich eben schnell teilen. Sie stören die Zellteilung bei ihnen. Dadurch kann man Tumore kaputtmachen, wenn es denn klappt.«

»Leider auch mit vielen Nebenwirkungen«, warf Jakobs Vater ein.

Prometheus dachte an die Zeit vor fünf Jahren, als Jakobs Vater mitten in der Chemo war. Haarlos, dünn wie ein Strichmännchen, grau im Gesicht, ein Schatten seiner selbst. Seitdem hatte er sich wieder gut erholt, doch die Krankheit hatte ihre Spuren bei dem Mann hinterlassen, der ihnen als Kindern so groß und stark wie ein gewaltiger, nicht zu fällender Baum vorgekommen war. Krebs hatte eine scharfe Klinge und mähte große, starke Väter wie reifen Weizen einfach nieder.

»Ja, genau. Auch wir haben ja normale Zellen, die sich schnell und häufig teilen: Schleimhautzellen, Hautzellen, unsere Haarzellen. Das geht dann ja alles kaputt, deshalb ist die Chemo so anstrengend für unseren Körper.«

»Ja, sind ja Gifte! Und man weiß nicht einmal, ob das alles funktioniert, also ob die Behandlung erfolgreich ist«, sagte Jakob.

»Ja, aber das weiß man nie, egal, welche Therapie man nutzt.«

Prometheus hatte jetzt schon das Gefühl, zu verlieren. Die Blicke der anderen sagten ihm ganz deutlich, dass sie etwas ganz Bestimmtes von ihm erwarteten, und er hatte immer mehr das Gefühl, keine Wahl zu haben. Wobei er selbst auch hin- und hergerissen war. Es war zu früh, sich sicher zu sein, dass es klappte. Aber was, *wenn* es klappte? Was, wenn er seinem Freund ein langes, unbeschwertes Leben bieten konnte? Hatte Jakob ihm nicht auch schon einmal das Leben gerettet? Vielleicht war nun die Zeit gekommen, sich zu revanchieren.

»Du hast jetzt aber die Immuntherapie erfunden, was ist da denn anders?«, fragte seine eigene Mutter.

Natürlich waren seine Eltern auch mitgekommen, die Freundschaft zwischen den beiden Familien hielt schon über dreißig Jahre. Miriam, Semra, Jakob, dessen Eltern, Prometheus, seine eigenen Eltern. Jakobs Schwester ließ sich nach dem Gespräch sicher auch Bericht erstatten. So viele Menschen, und doch stand er allein da.

»Immuntherapien werden schon länger benutzt, die habe ich nicht erfunden, Mama. Aber ich habe eine Immuntherapie entwickelt, die bei Zellen und auch bei Mäusen gut funktioniert … also bei Blasentumoren.«

»Wie Jakobs Tumor!«, rief sie und lächelte dabei.

»Ja … und ich hoffe natürlich, dass sie bei Menschen auch gut anschlägt. Das will ich jetzt herausfinden, der Ausgang ist aber unklar. Ich weiß es halt wirklich noch nicht, jetzt kommt der erste Versuch.«

»Du stärkst das Immunsystem, oder?«, fragte seine Mutter.

»Nicht ganz«, sagte Miriam freundlich und legte ihre Hand auf Prometheus' Unterarm, »aber er erklärt es ja jetzt, nicht?«

Prometheus spürte, wie seine Hände schwitzig wurden. Er musste ihnen klarmachen, dass das alles noch experimentell war.

»Okay. Also … wie erkläre ich es jetzt am besten.«

»Brauchst du vielleicht Zettel und Stift?«, fragte Jakobs Mutter.

»Nein, aber lieb, danke. Ich versuche es erstmal anders.«

Er räusperte sich kurz und begann: »Tumore sind selber ja auch stoffwechselaktiv, die liegen ja nicht nur herum. Die wachsen und alles, was ja genau das Problem für uns ist. Jetzt ist es so, dass sie vom Immunsystem oft toleriert werden. Das ist gut für den Tumor und schlecht für den Krebskranken. Dass sie toleriert werden, erreichen die Tumore dadurch, dass sie bestimmte Stoffe ausschütten, die das Immunsystem blockieren.«

»Diese Stoppschilder, von denen du gesprochen hast?«, fragte Jakob.

»Ja, genau. Stoppschilder, Stoppsignale, wie auch immer. Diese Signale, die der Tumor ausschüttet, docken an den T-Zellen unseres Immunsystems an und blockieren sie. Sagen also quasi: Du darfst mich nicht angreifen. Und das machen die dann auch nicht.«

»Die kleinen Verräter«, murmelte Jakob.

Semra lächelte und griff nach seiner Hand.

»Ich will jetzt verhindern, dass die T-Zellen vom Tumor

durch diese Signale gehemmt werden. Deshalb gebe ich einen bestimmten Antikörper, der an den T-Zellen bindet. Und zwar genau an der Stelle, an die sonst die Tumorstoppschilder binden. Das bedeutet, dass die T-Zellen aktiviert werden und den Tumor angreifen.«

»Yeah, macht den Wichser fertig!«, rief Jakob, und alle lachten.

»Nun ist es nicht so, dass nur der Tumor diese Stoppschilder ausschüttet, sondern auch sogenannte myeloide Zellen, die sich in der Nähe des Tumors befinden. Die bremsen Jakobs Immunsystem ebenfalls. Das will ich auch verhindern. Deshalb gebe ich noch ein zweites Medikament, das diese Zellen verklumpen lässt, sodass sie nicht mehr funktionieren.«

»Damit die diese Stoppschilder nicht mehr ausschütten können«, sagte Jakobs Mutter und suchte nach Bestätigung in Prometheus' Gesicht.

»Richtig.«

Jakobs Mutter lächelte, sie war froh, es verstanden zu haben.

»Das klingt alles sehr vernünftig«, sagte Jakobs Vater.

Die anderen maßen den Worten des Vaters viel Gewicht bei, weil er ebenfalls Arzt war, wenn auch Orthopäde. Dass er, der ein Medizinstudium, eine Facharztausbildung und eine Chemotherapie hinter sich hatte, dieses Konzept gut fand, war für die anderen definitiv ein Signal, dass das schon alles irgendwie klappen würde.

»Und bei den Mäusen hat das funktioniert, ja?«, fragte Semra noch einmal.

»Ja, aber es ist noch nicht klar, ob das bei Menschen so gut wie bei Mäusen oder Zellkulturen funktioniert. Es kann sein, dass das Immunsystem den Tumor angreift und abbaut, ja. Auch die Metastasen.«

»Du bist dir aber nicht sicher, ob es funktionieren wird?«, fragte Semra.

Sie war anscheinend die Einzige, die nicht ganz überzeugt war.

»Nun, es kann zum Beispiel sein, dass das alles zu langsam geht und das Tumorwachstum trotzdem schneller ist. Dass sich neue Metastasen bilden. Oder dass es eben gar nicht wirkt. Und wenn es wirkt, müsste Jakob sein Leben lang Medikamente nehmen. Bei einer Chemotherapie hätte er es danach ausgestanden.«

»Ich weiß nicht …«, sagte Semra.

»Wieso muss er dann ein Leben lang Medikamente nehmen?«, fragte Jakobs Mutter und nestelte am Ärmel ihrer lindgrünen Strickjacke herum.

»Weil der Tumor eigentlich noch da ist, nur wird er unterdrückt. Das Immunsystem hat ihn zum Großteil abgebaut, aber nicht ganz; es hält ihn in Schach und klein, sodass nichts passiert. Sobald man jedoch aufhört, die Medikamente zu nehmen, wächst er wieder.«

»Das klingt so geschickt! Ich bin so stolz auf dich!«, rief Prometheus' Mutter.

»Ja, aber ich weiß nicht, ob das alles die Ergebnisse liefert, die ich gerne hätte.«

Der Einwurf war sinnlos, das wusste er. Es hörte ihm sowieso niemand zu, abgesehen von Semra waren alle schon von etwas überzeugt, von dem er selbst zwar auch überzeugt war, aber nicht Ich-rette-meinem-besten-Freund-das-Leben-überzeugt.

»Ich habe nur noch eine letzte Frage: Wie bist du Teufelskerl eigentlich auf diese geniale Idee gekommen?«, fragte Jakobs Vater.

3

Olga war spät dran. Sie rannte durch die Gänge des Klinikums, unter einem Arm das Notebook geklemmt, in der anderen Hand das Smartphone, um im Kalender nachzuschauen, in welchem Raum der Journal Club dieses Mal war. Sie war zum ersten Mal an der Reihe, ein Paper vorzustellen, und deshalb sehr nervös. Schritt, Schritt, Schritt, das Quietschen des Linoleumbodens unter ihren Turnschuhen, ein Um-die-Kurve-Schlittern, dann war sie endlich im richtigen Flügel angekommen. Als sie in den Raum platzte, waren alle schon da, und Dr. Grabow saß betont lässig und gelangweilt auf seinem Drehstuhl.

»Na, da kommt sie ja«, sagte er.

»Tut mir leid, ich war noch in der Hämatologie, um –«

»Fangen Sie einfach an«, unterbrach er sie.

Dr. Prometheus Grabow – Forscher mit Auszeichnungen, ihr Chef und ein arrogantes Arschloch (zumindest ihrer Meinung nach). Anfangs fand sie ihn eigentlich ganz nett, sogar ein bisschen attraktiv, mittlerweile hatte sich ihre Sichtweise jedoch ziemlich gewandelt. Er war ein sehr guter Forscher, keine Frage, doch nur an sich und seiner Arbeit interessiert. Seine Studierenden oder Assistenten besonders zu fördern stand auf seiner Prioritätenliste ziemlich weit unten.

Olga schloss ihren Rechner an den Beamer an, trank einen Schluck Wasser aus einem Glas, das ihr Asaf hingeschoben hatte, und versuchte, ihren immer noch schnellen Atem und Herzschlag zu beruhigen. Sie merkte, dass sie sich auch ein wenig freute, denn sie hatte sich eine Menge Gedanken zu dieser Arbeit gemacht und das Gefühl, vielleicht eine ganz gute Idee dazu zu haben. Vielleicht wurde ihr Chef dadurch auf sie aufmerksam, was ihr sehr wichtig war. Sie hatte gehört, dass eine neue Assistentenstelle in seinem Forschungsteam frei werden würde, da ein Kollege ans Weizmann-Institut in Israel wechselte. Nächtelang hatte sie sich überlegt, wie sie sich am besten ins Rennen bringen würde, sie hatte Zeitschriften und Webseiten durchforstet, um etwas zu finden, mit dem sie aus der Masse hervorstechen würde. Etwas, das wie eine Art blinkender Pfeil war, der auf sie zeigte und signalisierte: Hallo, hier sitzt eine, die es wirklich draufhat!

»Also«, begann sie und warf das Paper an die Wand, über das sie heute sprechen wollte. Ihr Spitzenrennpferd, das sie über die Ziellinie katapultieren sollte.

Es ging um eine Arbeit aus dem Jahr 2017, in der beschrieben wurde, wie bestimmte myeloide Zellen in der Umgebung von Blasentumoren bei der Maus die Quelle von Stoppschild-Liganden sind und das Immunsystem daran hindern, die Krebszellen anzugreifen. Als sie mit der Vorstellung fertig war, war es kurz still.

»Die attackieren die myeloiden Zellen jetzt über den Liganden PGE2, ja?«, fragte Dr. Grabow.

»Ja, genau, aber ich hatte mir überlegt, dass man vielleicht an einer Stelle ansetzt, die die myeloiden Zellen überhaupt daran hindert, richtig zu reifen. Eine Position, an der ein Wachstumsfaktor aufgenommen wird, da greifen wir an, zum Beispiel an CSF1R. Dem Krebs einen Schritt voraus sein.«

Sie wartete, ob irgendjemand etwas dazu zu sagen hatte, doch alle schauten sie einfach nur interessiert an. Ihr Chef spielte mit seinem teuer aussehenden Füllfederhalter und tippte damit immer wieder auf sein braunes Lederportfolio. Er dachte nach.

»Und …«, fuhr sie vorsichtig fort, Dr. Grabow sah nicht

auf, unterbrach sie aber auch nicht, »vielleicht kombiniert man das dann noch mit einer Aktivierung der T-Zellen. Ein Zwei-Fronten-Krieg!«

Einige in der Runde nickten anerkennend, Asaf zwinkerte ihr aufmunternd zu. Es wurde kurz diskutiert, und zu Olgas Freude gefiel Dr. Grabow die Idee, und das so gut, dass er ein Forschungsprojekt auf die Beine stellte. Aus Olgas Idee war seine Idee geworden, ins Forschungsteam kam sie nicht.

Was für ein Arschloch, dachte sie ein paar Monate später, als sie ihren Spind ausräumte, in Israel ist das Wetter sowieso besser als hier an der Ostsee.

4

»Es ist ja auch so, dass das Kind bald kommt. Ich kann Semra nicht ewig mit der ganzen Belastung allein lassen, wenn ich dann wie ne Schippe Würmer im Bett herumhänge.«

»Wie … eine was?«, fragte Semra lachend.

»Ja, keine Ahnung, mir ist nichts anderes eingefallen.«

»Schriftsteller wird aus dir nicht mehr«, sie lachte immer noch, und auch die anderen lächelten.

»Wir waren mit Jakobs Drei in Deutsch immer zufrieden«, sagte Jakobs Mutter.

»Sie war es, ich nicht«, brummte der Vater.

»Auf jeden Fall sollst du nicht so einen Unsinn denken, das mit den Kindern kriege ich schon hin, du sollst einfach nur gesund werden«, sagte Semra, »dafür sollst du die beste Therapie wählen. Und wenn Prometheus' Therapie das eben sein sollte …«

Sie schien immer noch nicht vollends überzeugt zu sein.

»Also, Leute, die Studie ist aber schon voll, das hatte ich ja schon einmal gesagt«, versuchte Prometheus es noch einmal.

»Quatsch, ist doch egal«, warf Miriam ein, »er nimmt ja niemandem seinen Platz weg. Und das Aufnahmedatum ist ja ein bürokratisches Ausschlusskriterium, kein medizinisches. Dann ändern wir das Datum einfach in den Unterlagen, es ist schließlich *deine* Studie! Und rein rechtlich spricht nichts dagegen, dass ein Studienleiter mit einem Teilnehmer freundschaftlich verbunden ist.«

»Jemanden nachträglich in eine Studie zu schmuggeln ist aber auch wirklich kaum mehr eine Grauzone. Und ja, rechtlich mag es vielleicht erlaubt sein, die Compliance-Regeln in der Klinik sind da aber eindeutig.«

»Ja, aber es geht hier ja um Jakob, das ist quasi Familie. Und für Familie tut man alles«, blockte Miriam kategorisch ab.

Jakobs Mutter griff nach ihrer Hand und drückte sie. Prometheus sah, dass ihr Tränen in den Augen standen, und das war auch der Moment, in dem er sicher wusste, dass er keine Wahl hatte.

»Ja, ich weiß. Eins will ich noch sagen: Die Erfolgsgeschichten der klassischen Immuntherapie beschränken sich bis jetzt auf Hautkrebs. Bei Metastasierung in Tumoren kann es, wie eben schon gesagt, sein, dass das alles viel zu spät anläuft – die Chemotherapie ist behandlungstechnisch nicht ohne Grund der Standard. Klar, der Beginn der Chemo ist immer scheiße, ich weiß, natürlich will ich Jakob nicht monatelang nur auf der Toilette besuchen, aber wenn die Therapie dann anschlägt, kann es ihm auch schnell deutlich besser gehen.«

»Kann man denn nicht beides machen?«, fragte Prometheus' Vater.

»Das geht nicht, man muss sich entscheiden. Die Chemotherapie zerstört das Immunsystem, eine Immuntherapie schlägt dann nicht mehr an. Beides funktioniert nicht, es gibt da nur ein Entweder-oder«, erklärte Jakobs Vater ruhig.

»Und ich nehme das Oder!«, rief Jakob und hob seinen Tee, als wollte er anstoßen.

Die anderen hoben ihre Tassen ebenfalls.

»Auf Prometheus!«, rief Jakob.

»Auf Prometheus!«, riefen die anderen und lachten.

Prometheus schloss die Augen.

Kapitel 7

1

Was für ein Ort ist das hier, dachte Prometheus. Die Küche war ebenfalls ein Kabinett der Kuriositäten. Getrocknete Schmetterlinge in Glaskästen, präparierte Fische, Taue, ein großer Kompass, buntes Steinzeug und massive alte Holzmöbel (ein Esstisch und fünf Stühle); über den Köpfen schwebte, wie im Wohnraum, ein großes Fischernetz. Prometheus entdeckte deplatziert wirkende Gegenstände wie einige Spieluhren in einem großen Holzregal, sie füllten die Lücken zwischen den alten, schweren Keramiktellern aus. Er erblickte zwei Marionetten, die über der Spüle baumelten, um die Spüle herum waren Porzellanpferde aufgestellt, überall hingen Kräuterbündel und Zwiebeln und Knoblauch und Chili, und fast schon erwartete er, dass sich die Küche in Bewegung setzte, dass die Wände sich erst näher zu ihm neigten und dann wieder abrückten, als würde das Haus atmen.

»Meine Mutter hatte einen recht eigenwilligen Geschmack«, sagte Aslaug, als sie Prometheus' wandernde Blicke sah.

»Es ist ungewöhnlich, ja.«

»Ja, dieses Haus ist sehr … alt. Ich mag das, dieses Alte. Das ist auch mein Geschmack, wenn ich ehrlich bin. Unser Schlafzimmer ist aber modern, darauf habe ich bestanden«, fügte

Helle lächelnd hinzu und reichte ihm eine Glasschale mit dampfenden Kartoffeln.

Sie aßen zunächst schweigend.

»Schmeckt's?«, fragte Helle.

»Ja, ist lecker, danke«, antwortete Prometheus höflich und aß noch ein Stück heiße Blutwurst, obwohl er Blutwurst gar nicht mal so gerne mochte.

»Na, anscheinend magst du Ponys ja doch«, sagte Aslaug.

Prometheus hörte auf zu kauen und schaute von einer Frau zur anderen. Beide saßen ganz ruhig da; Aslaug schaufelte noch mehr Blutwurst auf ihren Teller, Helle würzte gerade mit Pfeffer nach.

»Haha, äh ja, okay. Hoffentlich keins von euren«, witzelte Prometheus.

»Doch«, antwortete Aslaug und nahm einen Schluck von dem Rotwein, den sie allen vor ein paar Momenten eingegossen hatte.

Prometheus ließ das Besteck sinken und überlegte kurz, den Bissen im Mund auszuspucken, würgte ihn sich aber schnell runter und kippte den Wein hinterher, den er bisher unangetastet gelassen hatte.

»Aslaug züchtet unsere Pferde und schlachtet sie auch manchmal, aber natürlich nicht allein und auch nur sehr, sehr selten an ganz gewissen Tagen im Jahr, wir folgen da so bestimmten, na ja, Ritualen. Das ist Tradition bei uns, außerdem wollen wir diese Massentierhaltung nicht unterstützen, deshalb sind wir weitgehend autonom hier. Was ist denn dein Lieblingsessen?«

Prometheus dachte an den Pferdekopf im Wohnzimmer, an Rasmus, dessen weiche Nase er vorhin berührt hatte, dieser warme Pferdeatem an seiner Hand; er dachte an den Haflinger aus seiner Kindheit, der ihn damals gebissen hatte, fragte sich, wie sie die Pferde auswählten, die sterben mussten. Sein Magen beschloss, dass er jetzt genug gegessen hatte.

»Ähm …«, begann Prometheus, er musste sich noch sammeln, »Pommes mit Spinat und Spiegelei, glaube ich.«

»Das ist auch ungewöhnlich, oder?«, wandte sich Helle lächelnd an Aslaug, »aber bestimmt lecker!«

»Wieso keine normalen Kartoffeln? Wieso Pommes frites?«, fragte Aslaug stirnrunzelnd, wobei sie es *Pommfritz* aussprach wie Timur, Jakobs kleiner Sohn (nicht an Jakob denken, nicht jetzt!).

»Keine Ahnung. Ich mag das halt.«

Schweigen, Besteckklappern, Gläserscharren, Wanduhrticken. Die Zeit breitete sich wie ein endloser Teppich vor Prometheus aus, und er versuchte krampfhaft, seine Gedanken an irgendetwas zu hängen, das nicht mit dem Ablauf von Sekunden, Minuten und Stunden zu tun hatte. Vielleicht ist es kein Teppich, dachte Prometheus (es klappte nicht), vielleicht eher ein Zeitmeer voller Sekundenfische und Stundenwale, ein grenzenloses Gewässer , das mich verschlingen will, das sich kalt und endgültig anfühlt. Wieso bin ich hier?, fragte er sich wieder, was mache ich hier, was mache ich nur hier, meine Arme sind so schwer, wo soll ich hin, wer bin ich eigentlich, hallo, hallo, bin ich noch da?

»Wieso sprecht ihr eigentlich so gut Deutsch?«, fragte Prometheus, um das Thema zu wechseln.

»Viele Menschen hier sprechen Deutsch«, antwortete Helle.

»Aber so fließend?«

»Ich habe fast zehn Jahre in Deutschland gelebt, da war ich aber noch jünger. Mit Anfang fünfzig.«

»Oh, okay. Und wo?«

»Im Taunus. Es ist sehr schön dort, ich habe mich dort mit vielen alten Bäumen angefreundet.«

Helle lächelte, und Prometheus fragte sich, ob sie das wirklich so meinte oder ob das jetzt ein Übersetzungsfehler war.

»Und Aslaug? Warst du dabei?«

»Nein, aber meine Mutter ist Deutsche gewesen. Ich bin zweisprachig aufgewachsen.«

»Ah«, sagte Prometheus.

»Nach dem Essen gibt es bei uns immer einen Kümmelschnaps. Ich hoffe, du magst das auch?«, fragte Helle und klatschte wieder in die Hände, nachdem sie ihr Besteck beiseitegelegt hatte.

Wieso klatscht sie dauernd?, dachte Prometheus.

»Gerne«, log er.

2

Er konnte nicht aufhören, den Pferdekopf an der Wand anzustarren. Er fragte sich, ob das Pferd bei einem Unfall gestorben war oder ob man es geschlachtet hatte, ob man seinen hinteren Teil auch einfach zu Blutwurst verarbeitet hatte oder zu Bratwurst, zu Steak oder zu Sülze. Macht man aus Pferden Steak?, überlegte er. Ihm war unverständlich, wie man diese Tiere wie die beiden alten Frauen so lieben, dann aber auch einfach schlachten und essen konnte. Das waren doch auch irgendwie ihre Freunde, dachte Prometheus, das wäre ja so, als wenn ich Jakob gegessen hätte. Ihm wurde schlecht, wieso dachte er so eine unfassbare Scheiße, was sollte das, was sollte das alles?

(Ich ertrinke.)

»Skål!«, rief Helle und hielt ihm ihr kleines Kristallglas mit Kümmelschnaps entgegen.

Unsicher griff er zu seinem eigenen Glas und stieß an. Aslaug stimmte ein, und dann tranken sie auf ex. Prometheus fühlte sich, als ob er sich direkt übergeben müsste, das war das widerlichste Gesöff, das er je zu sich genommen hatte. Wobei, nein. Im Abgang schmeckte dieses Zeug anders, es schmeckte nach der beunruhigend organisch wirkenden Küche, nach den Kräuterbündeln und altem Holz, nach Pferden und Stroh und heißer Suppe bei Minusgraden, nach knackendem Feuer im Ofen, nach den Augen des kleinen Ponys am Strand (Rasmus!), nach Meeresrauschen und Salz auf der Haut. Es schmeckte nach etwas, das er vorher noch nie getrunken hatte, nach etwas, das nicht nach Jakob und Mama und Miriam schmeckte wie alles, was er bisher kannte. Es war das erste Neue in seinem Leben, das erste Unbelastete.

Sie hatten sich ins Wohnzimmer gesetzt, aus einer Musikbox kleckerten leise dänische Schlager in seine Gehörgänge, im Kamin, den Prometheus bei der Ankunft gar nicht bemerkt hatte, brannte ein kleines Feuer. Er schloss die Augen und konzentrierte sich auf seine Nase. Irgendwie roch es nicht nur nach Holz, da war auch etwas anderes.

»Bist du eigentlich verheiratet?«, fragte Helle.

Aslaug sah ihre Frau mit hochgezogenen Augenbrauen an, sagte aber nichts. Draußen rief irgendein Vogel, Prometheus konnte ihn aber nicht zuordnen. Eine Möwe? Er versuchte, sich daran zu erinnern, was Jakob ihm über die Rufe der Möwen erzählt hatte, betrat damit jedoch Minengebiet. Gefährlich, sehr gefährlich. Nicht an Möwen denken, ab jetzt gibt es nur Ponys und Stundenwale.

»Nein, ich bin nicht verheiratet. Ich habe eine Freundin. Also hatte, bis vor Kurzem.«

(Wer zur Hölle *bist* du?!)

»Oh nein, bist du etwa frisch getren–«

»Er muss ja jetzt nicht direkt all seine Privatsachen erzählen, oder? Wir sind doch nicht beim Verhör«, ging Aslaug dazwischen.

Die beiden Frauen sprachen leise auf Dänisch miteinander.

»Ja, reden wir von etwas anderem!«, rief Helle.

Schweigen.

Niemandem fiel etwas ein. Helle stand auf und ging in die Küche; als sie zurückkam, hatte sie ein Kräuterbündel in der Hand. Sie öffnete den Knoten der Bastschnur, die alles zusammenhielt, zog ein paar der getrockneten Pflanzen aus dem Bund und warf die einzelnen Zweige ins Feuer. Es knisterte, nein, es rauschte, Prometheus dachte an leere Hundeaugen zwischen Sternen, an leckende und gierige Flammen, an Flügelrauschen neben seinen Ohren.

»Wacholder«, sagte sie, »er steht für das Feuer, ist aber auch eine Schutzpflanze. Das ganze Gelände ist von Wacholdersträuchern umgeben, vielleicht ist es dir schon aufgefallen. Die Pflanzen halten schlechte Energien und böse Geister fern. Und mit der Asche segnen wir dann das Haus, das schützt doppelt.«

»Äh, ah ja«, sagte Prometheus und dachte sich: Was für ein Quatsch.

»Ja, das muss seltsam auf dich wirken. Aber hier oben glauben wir an diese Dinge, weißt du.«

»Alles klar.«

Stille. Was für ein abergläubischer Unsinn, dachte Prometheus, und: Helle ist komplett durchgeknallt. Seine Gedanken wanderten zu Wacholderpflanzen, zu den satten, dunkelgrünen und saftigen Nadeln, zu den dunkelblauen und prallen Beeren, er dachte an Frauen in dunklen Gewändern, die im Kreis standen, er sah ein Feuer in der Mitte, sah, wie sie sich an den Händen griffen *(Hexen?)*, stellte sich vor, dass inmitten des Feuers etwas wäre, das –

»Kannst du reiten?«, fragte Aslaug und riss ihn damit aus seinen Gedanken (Hexensabbat? Heißt das so?).

»Nein.«

»Schade, das wäre schon praktisch, wenn du länger hier bist.«

»Ich weiß, ich habe gerade kein Geld für meine Unterkunft, kann aber gerne sonst am Hof mit anpacken. Ställe ausmisten oder sowas, da ist es ja nicht schlimm, wenn ich nicht reiten kann, oder?«

»Aslaug kann es dir beibringen!«, rief Helle, klatschte aber nicht, das fiel Prometheus direkt auf.

Aslaug spielte mit einem goldenen Ring an ihrer Hand und sagte nichts, Prometheus starrte angestrengt in eine andere Richtung und wich Helles Blick aus in der Hoffnung, dass das Thema einfach wie der Luftzug der Flügel eines Mauerseglers an ihnen vorbeiziehen würde. Doch das tat es nicht.

»Morgen könnt ihr anfangen!«, rief Helle und klatschte in die Hände, na endlich, da war es, das Klatschen.

Aslaug sah alles andere als begeistert aus, Prometheus griff nach der Flasche Kümmelschnaps und goss sich das Glas bis zum Rand voll.

Skål.

3

Über Nacht hatte sich Reif gebildet, der die Bäume, die Gatter und jede noch so kleine Pflanzenstruktur mit einer dünnen Eisschicht überzogen hatte. Nebel waberte zwischen den Stallgebäuden umher und verwusch die Aussicht auf die karge dänische Landschaft. Es kam Prometheus vor, als sei die Umgebung in saurer Milch gebadet worden, als sei alles um ihn herum nicht echt, sondern ein tristes Aquarell, das mit dem Schmutzwasser gemalt worden war, welches nach dem Pinselauswaschen im Glas übrig bleibt – gräulich, trüb, entsättigt.

An den Halmen und Ästen und Blättern, an denen die sich langsam vortastende Morgensonne die Eishüllen aufgebrochen hatte, hörte man die Schmelzwassertropfen auf den Boden fallen, man sah die Bewegungen der Zweige, das Hochschnellen, nachdem sie ihre schwere, nasse Last losgeworden waren.

Als Prometheus das Wohngebäude umrundet hatte, wich die graue Umgebung den Farben Orange, Hellblau und Gold, weil die Morgensonne hier schon alles in Pastellfarben tauchte, ihr Pinsel war sauber und nicht mehr trüb, das Wasser im Pinselglas war klar, die Striche scharf und präzise.

»Da bist du ja«, rief Aslaug, die gerade ein Pferd aus dem Stall führte.

»Ja … da bin ich«, sagte Prometheus und wäre es lieber nicht gewesen.

Es war sehr früh, und er war jetzt schon erschöpft, da er nur eine oder zwei Stunden geschlafen hatte. Sobald er die Augen schloss, hatte er Jakob vor Augen, seine dünnen, sehnigen Handgelenke, die dunklen Höhlen, aus denen Jakobs Augen müde und zunehmend hoffnungslos zu Prometheus aufblickten, wenn dieser mit Klemmbrett und Akte am Bett stand. Weiße Haut, so, so weiße, durchscheinende Haut, sein Freund eingewickelt in Reispapier. Na, wie schlimm ist es, hatte Jakob jedes Mal mit dünner Stimme gefragt und diese Frage gleich wieder weggelacht, was zunehmend unaufrichtiger erschienen war. Bis er nicht mehr gelacht hatte. Bis er gar nichts mehr getan hatte, als sie ihn in den OP rollten, aus dem er einige Stunden später ohne Puls zurückkam.

Prometheus stapfte in Richtung von Aslaug und dem Pferd, blieb aber in einigem Abstand stehen.

»Wow, okay, das ist ein großes Pferd. Aber gut, das macht wohl Sinn.«

»Was? Nein, auf dem reitest du nicht, der ist viel zu wild. Du bist Anfänger, da geht es eine Nummer kleiner los. Ich bringe Sven hier nur kurz auf die Koppel, bin gleich wieder da.«

Aslaug und das Pferd zogen rasch an ihm vorüber. Mama liebt Pferde, schoss es ihm durch den Kopf, und: Ich kann sie nie wieder anrufen.

Er hatte das Gefühl, dass sein Körper zu Boden gezogen wurde, wollte sich an Ort und Stelle hinlegen, zusammenrollen und sterben. Was zum Teufel mache ich hier bei diesen Frauen, dachte er. Was mache ich hier, wo bin ich, wer bin ich, was mache ich hier, was mache ich hier, was mache ich hier?

»Wie groß und schwer bist du?«, fragte Aslaug hinter ihm.

»Ähm«, er drehte sich um, »ich bin so eins fünfundachtzig und wiege, glaube ich, fünfundachtzig Kilo.«

Vermutlich ein bisschen weniger, dachte er; er hatte in den letzten Wochen sehr wenig gegessen, und seine Hosen hatten begonnen zu schlackern. Vielleicht doch nur achtzig. Vielleicht fünfundsiebzig. Egal, keine Ahnung, egal. Er dachte wieder an Jakobs dünne Finger.

»Dann nimmst du Mirja, das ist ein Welsh Pony. Die ist ein bisschen größer und recht stark.«

»Kann … kann ich nicht vielleicht auf Rasmus reiten?«, fragte er unsicher.

Schließlich kannte er dieses Pony ja schon und konnte sich ein wenig sicherer sein, dass es nicht beißen würde.

»Nee, du kriegst Mirja, du wirst die mögen, die ist ganz lieb.«

»Ja. Lieb. Das klingt gut.«

Er war nicht überzeugt.

»Was stehst du da so rum? Du musst helfen, auf, auf, denkst du, ich mach hier alles für dich? Ich bin doppelt so alt, jetzt beweg dich!«, rief Aslaug und band ihre graublonden Haare zusammen, die bisher offen über ihre Schultern gefallen waren.

Prometheus beeilte sich, der alten Frau zu folgen, die schon wieder ins Stallgebäude gegangen war.

Heu, Stroh, warme Pferdekörper, Mist, Urin, etwas Süßliches. Prometheus schloss die Augen und sog den Duft ein. Eigentlich hatte er diesen Geruch schon immer gemocht, hatte sich schon immer zu Hause gefühlt, wenn es irgendwo nach Bauernhof und Tieren und Melasse roch. Er dachte an Kühe, an Scheunen und Knochen.

4

»Los, spring!«, rief Jakob und fuchtelte mit den Armen.

Prometheus stand oben am Rand des Heubodens und blickte auf seinen besten Freund hinab. Vor seinen Augen tanzte Staub in den Sonnenstrahlen umher, die durch die losen Bretter von außen ins Innere der Scheune drangen und sie in eine verzauberte Zwischenwelt verwandelten, in etwas Überirdisches, Märchenhaftes, Unechtes. Wenn er die Augen schloss, hatte er das Gefühl, schweben zu können, vielleicht war es Feenstaub wie bei Peter Pan, dieses Zaubermittel, das kleine Jungs fliegen ließ, vielleicht versteckte sich hier irgendwo die Fee Tinkerbell und verlieh ihm magische Kräfte, vielleicht konnte er die Arme ausbreiten, sich fallen lassen und bis zum Mond fliegen.

Er sah wieder hinunter zu dem mehrere Meter hohen Heuhaufen. Jakob war schon gesprungen und unverletzt wieder hinausgekraxelt. Sein mutiger, frecher Freund Jakob.

Was ist, wenn ich danebenspringe und sterbe, dachte Prometheus. Was ist, wenn das Heu nicht dick genug ist. Was ist, wenn ich Pech habe. Er sog den Duft nach Wiese, Erde und Blüten ein, er liebte diesen Geruch. Er war so anders als alles, was er in der Stadt roch, dieser Geruch machte freier, wilder, *mutiger*.

»Los, du Trantüte!«, rief Jakob und fuchtelte erneut mit den Armen, »bist du ein Schisser oder was, jetzt komm schon!«

Was ist, wenn ich den Urlaub kaputtmache? Es war ein schöner Urlaub bisher, Jakob war mit ihnen ins Erzgebirge auf einen Bauernhof gefahren, und sie hatten Grashüpfer gefangen und Kühe gestreichelt und eine kleine graue Katze entdeckt, die Babys bekommen hatte.

»Los, los, los, los«, rief Jakob und klatschte rhythmisch mit den Händen.

Prometheus sprang, und schon im Fallen spürte er, dass etwas nicht stimmte, Tinkerbell war nicht da, das wusste er, er fiel und merkte dabei, dass sein Körper zu sehr umherwirbelte, dass er viel zu unruhig in der Luft lag. Jakob schrie irgendetwas, und dann waren da nur noch Schmerz, Atemlosigkeit, Dunkelheit.

Prometheus wachte im Krankenhaus auf, sein halber linker Oberkörper und der Arm eingegipst. Schulter angeknackst, Armbruch, richtig Ärger von Mama und Papa und ein zerknirschter Jakob am Krankenbett.

»Wir hätten einen Regenschirm als Fallschirm nehmen sollen«, sagte Jakob leise.

»Ja.«

»Nächstes Mal, okay?«

»Klar«, antwortete Prometheus, und er schlug schwach mit seiner gesunden Hand in die seines Freundes ein.

5

Dem Pony so nah zu kommen war nicht einfach. Prometheus spürte, wie sich seine Nackenhaare aufstellten, wie er Gänsehaut bekam, aber nicht die angenehme Version davon, nicht diese Art von Gänsehaut, die er bekam, wenn Miriam über seinen Arm strich, wenn ihr nackter Körper auf seinem lag, wenn sie im Handtuch aus dem Bad kam, die nassen Locken wie kleine, dunkle Pfade auf ihrer Haut klebend (nicht an Miriam denken!).

Das hier war unangenehm.

»Wir müssen erst einmal Mirjas Hufe säubern. Komm.«

Sie hatten das Pony aus dem Stall geholt und vor dem Gebäude angebunden. Aslaug hatte ihre runzelige Hand am rechten Vorderbein des hellen (blonden?) Ponys hinabgleiten lassen, woraufhin das kleine Huftier das Bein bereitwillig hob. Nun legte Aslaug das angewinkelte Bein auf ihren eigenen Oberschenkel, sodass die Unterseite des Hufs nach oben schaute, und entfernte mit einem kleinen Metallwerkzeug dicke Erdbrocken und Heu aus der kleinen Einbuchtung des Hufs.

»Das Pony hat ja gar keine Hufeisen«, bemerkte Prometheus.

»Die braucht Mirja nicht, sie hat robuste Hufe, und wir gehen mit ihr nur Waldwege oder auf Sand. Außerdem hilft das ihrem Kreislauf.«

»Was? Wie?«

»Ich weiß nicht, wie das auf Deutsch heißt. Ich muss überlegen.«

Aslaug ließ den Huf sinken und runzelte die Stirn. Sie wischte sich mit dem Handrücken ein paar lose Haarsträhnen aus dem Gesicht und klopfte Mirja auf den Hals, wobei etwas Staub aufstieg und im Sonnenlicht glitzerte.

(Gipsarm.)

»Mir fällt das deutsche Wort nicht ein. Egal. Auf jeden Fall ist der Huf, ähm, wie heißt das … beweglich, nein, elastisch! Und wenn keine Eisen dran sind, kann das Pferd den Huf erst richtig benutzen. Bei jedem Tritt weitet sich der Huf und zieht sich anschließend wieder zusammen, wenn Mirja das Bein hebt. Beim Aufsetzen strömt das Blut in den Huf, beim Anheben entsteht ein Sog und zieht das Blut wieder nach oben. Das ist so, als hätte sie vier zusätzliche Herzen.«

»Das ist ja krass.«

»Ja. Mirja braucht aber auch viel Bewegung ohne Eisen. Das ist bei beschlagenen Pferden anders. Die können länger ruhig stehen.«

»Aha.«

»Ohne Eisen kann sich Mirja auch viel besser in schwierigem Gelände vorantasten und ist trittsicherer. Noch ein Vorteil. Mit Hufeisen würde sie diesen Tastsinn verlieren, das wäre nicht gut.«

»Okay.«

Prometheus erfuhr gerade mehr über Hufbeschläge, als er jemals hatte wissen wollen.

»Los, du machst jetzt das andere Bein«, sagte Aslaug bestimmt und stellte sich neben ihn.

Prometheus betrachtete das Pony nervös, trat dann näher an das Tier und legte seine Hand auf den Hals. Er spürte den Herzschlag und ein Kribbeln in den Fingern, Allergie, dachte er, und dann: Nein, Aufregung. Er schloss die Augen, und Aslaug wartete ab.

»Lernt euch erstmal kennen. Leg mal dein Ohr an ihren Hals.«

»Was? Nein. Wieso?«

»Mach einfach.«

»Das ist mir zu nah. Ich lege schließlich auch bei Menschen nicht das Ohr an den Hals, um sie kennenzulernen.«

»For helvede! Jetzt mach doch *einmal*, was ich dir sage.«

Aslaug hatte ihre Hände in die Seiten gestemmt und sah ungeduldig aus. Prometheus überlegte kurz, wovor er mehr Angst hatte, vor einer wütenden Aslaug oder vor dem Pony – Aslaug erschien ihm gerade furchtbarer. Ihre Augen trugen oft so eine brutale Entschlossenheit (Wildheit?) in sich, dass es ihn ein wenig ängstigte. Er wollte es sich mit den zwei Frauen nicht verscherzen, wollte sich von Aslaug aber auch nicht erwischen lassen (wobei?), sie schien ihn immer mit ihren Blicken zu durchbohren.

Langsam trat er näher an Mirja heran und klopfte dabei

weiter auf ihrem Hals herum. Er wusste nicht, wieso er das tat, wusste nicht, ob es das Pony angenehm fand oder einfach nur erduldete, doch er kannte das so aus dem Fernsehen.

»Sprich mit ihr«, dirigierte Aslaug aus dem Hintergrund.

Was sagt man zu einem Pony, dachte Prometheus, und: Ich habe alles, was ich zu sagen hatte, zurückgelassen, es sind einfach keine Worte mehr übrig.

»Hallo«, sagte er leise.

Mirja sah ihn mit lang bewimperten, braunen Augen ruhig an. Dann drehte sie den Kopf etwas in seine Richtung und versuchte, ihn abzuschnuppern. Prometheus war nervös, stellte sich aber so hin, dass das mit dem Abschnuppern besser klappte; so musste sich das Pony nicht so verrenken.

»Du hast sicher noch mehr zu sagen«, sagte Aslaug.

Die alte Frau nervte ihn, und er spürte, wie er ungeduldig wurde und die Anspannung in ihm wuchs. Er sollte reiten lernen, nicht Konversation mit einem Lebewesen betreiben, das ihn sowieso nicht verstand. Sich mit Aslaug auf eine Diskussion einzulassen erschien ihm wenig aussichtsreich, also sprach er weiter.

»Ich heiße Prometheus«, flüsterte er, »eigentlich auch Marvin, aber das ist ein bisschen kompliziert.«

Er bewegte die Hand mechanisch vom oberen Teil des Halses nach unten, setzte wieder oben an, bewegte sie wieder nach unten; er streichelte das Tier, nein, er imitierte jemanden, der ein Pony streichelte, er dachte: Ich bin ein Monster im Ponystreichlerkostüm, vielleicht merkt das Pferd, dass etwas nicht stimmt. War das nicht so: Man sagt, Hunde und Katzen und auch Pferde können irgendwie Zwischentöne erspüren? Siebter Sinn und so? Es wird bestimmt gleich merken, dass ich schlecht bin, dass ich ein Mörder bin, dachte er, und dann wird es mich beißen, vielleicht wieder in die Schulter, vielleicht beißt es auch meine Finger ab? Können Pferde Finger abbeißen? Brechen bestimmt, schließlich beißen die ja auch Mohrrüben einfach ab, der Kiefer ist bei den meisten Tieren ein sehr kräftig bemuskelter Körperteil, und so ein paar Finger haben ja kaum was dagegenzusetzen, vor allem meine nicht.

Vielleicht wäre das eine gute Strafe, die Finger für das, was ich getan habe. Aber reichte das? Sicher nicht. Fünf Finger für ein Leben, das war kein guter Kurs, das würde nicht genügen (wem?). Ein Leben für ein Leben, *das* wäre fair. Er dachte wieder an die Arztkutsche und an das Meer, an Laika und wie gerne er einfach im Weltall verglühen würde, endlich vorbei, endlich, endlich vorbei.

Mirja schwenkte ihren Kopf, und Prometheus erstarrte, jetzt beißt sie mich, jetzt ist es so weit, dachte er, und: Hoffentlich beißt sie mir einfach mein Genick durch.

Doch das Pony wollte ihn nicht beißen, es stupste ihn einfach nur an der Schulter an, woraufhin er Mirjas Nasenrücken berührte, ganz vorsichtig. Er fühlte sich mutig, fast wie damals auf dem Heuboden, bevor er sprang. Er wollte die Hand zurückziehen, weil ihm einfiel, dass das hier ja auch schlecht ausgehen könnte, dass das auch wieder so eine Schultersache werden könnte, doch er überwand den Impuls. Soll es doch passieren, Strafe muss sein.

»Mirja ist ein schöner Name, das klingt fast wie Miriam«, sprach er also weiter und berührte die weichen, flaumigen und warmen Nüstern des Tieres.

»Ich kenne eine Miriam, musst du wissen, das war meine Freundin, sie hat auch so schön langes Haar wie du, allerdings dunkel und nicht so hell. Miriam hätte dich gemocht, sie mag Pferde und hat sich immer geärgert, dass ich mit euch nicht auf so gutem Fuß stehe. Miriam ist jetzt nicht mehr da … aber vielleicht wird es ja was mit uns beiden.«

Er spürte wieder dieses schwarze Loch in ihm, das ihn hinabzuziehen drohte, es fühlte sich fast an, als würde er einschlafen oder bewusstlos werden, er sah dem Pony ins Auge und versuchte, sich darauf zu konzentrieren. Dann legte er sein Ohr doch auf den Ponyhals und schloss die Augen.

Ein, aus, ein, aus, dazwischen ein Rauschen, vermutlich die Atemfrequenz des Ponys.

Prometheus blieb ganz ruhig und versuchte, Mirjas Atemzüge zu zählen. Dreiundzwanzig – er wusste gar nicht, wann eine Minute vergangen war, doch er zählte einfach weiter, vierundzwanzig, fünfundzwanzig. Jakob hatte am Ende auch Probleme beim Atmen gehabt, er hatte immer gesagt: Ich fühle mich wie unter Wasser. Einunddreißig, zweiunddreißig, Jakobs Puls war immer sehr schnell, wie ist das eigentlich bei Pferden, wo misst man den Puls? Legt man eine Blutdruckmanschette um ein Bein? Siebenunddreißig, achtunddreißig, vielleicht misst man den Puls an der Halsschlagader? Aber Aslaug hatte so viel von den Hufen gesprochen, vielleicht misst man das irgendwie am Huf?

Das Pony wankte kurz, und Prometheus öffnete die Augen. Er sah, dass Mirja einen Hinterhuf angewinkelt hatte, vielleicht, um ihn zu schonen? Sie war ganz ruhig, schien sich überhaupt nicht an dem an ihrem Hals hängenden Mann zu stören und schnupperte hier und da mal etwas intensiver. Als Prometheus hinter sich blickte, sah er, dass Aslaug verschwunden war.

»Jetzt sind wir beide wohl allein«, sagte er dem Pony und berührte vorsichtig die Mähne, er blies dagegen und sah, wie wieder Staub aufstieg und den Lichtstrahlen eine dreidimensionale Struktur, einen Körper, gab.

Prometheus schaute sich um und sah einen Eimer mit Putzzeug, er löste sich von Mirja und war erst unsicher, ob das Pony vielleicht weggehen würde, es war schließlich nicht angebunden, doch die Stute blieb einfach stehen. Er holte etwas, das er als Bürste zum Striegeln identifizierte, und begann, dem Pony die Mähne zu kämmen, dann die linke Halsseite, dann wechselte er hinüber und striegelte die andere Seite. Striegelte man Pferden die Nase? Prometheus war unsicher und entschied, dieses Experiment lieber nicht eingehen zu wollen, leicht angespannt strich er langsam über Mirjas Rücken nach hinten. Hoffentlich schlug sie nicht aus, hoffentlich machte er das nicht falsch, hoffentlich tat er ihr nicht weh.

Als er das Fell von Staub befreit hatte, holte er sich dieses kleine Werkzeug von vorhin und stellte sich neben Mirja.

»Ich versuch das jetzt wie Aslaug«, sagte er.

Er strich mit seiner linken Hand am Vorderbein entlang, das Aslaug noch nicht gereinigt hatte, und drückte unten sanft gegen die Fessel. Mirja setzte ihr in Schonhaltung hängendes Hinterbein ab und hob das Vorderbein an. Prometheus balancierte es auf seinem eigenen Bein und schaffte es, den Huf so zu drehen, dass die Unterseite nach oben zeigte. Er war selbst erstaunt, dass er sich das getraut hatte, er dachte: nur wie pule ich da Stroh raus, ohne dass ich Mirja verletze? Vorsichtig kratzte er von innen nach außen, stellte sich vor, das sei eine Operation, irgendwie sowas. Mirja blieb gelassen, er schien alles richtig zu machen.

Nachdem er alle Hufe durchhatte, machte sich in ihm eine unerwartete innere Befriedigung breit. Aber so plötzlich, wie ihn dieses Erfolgserlebnis erwischt hatte, so plötzlich kippte alles in ihm, das Triumphgefühl ließ sein Inneres rasen, doch es war zu intensiv, es wurde ein Mahlstrom, der ihn in die Dunkelheit zog. Und dann begann er zu weinen, während er wieder am Hals der Stute lehnte. Prometheus schluchzte, Mirja schnaubte, im Sonnenlicht glitzerte der Staub.

Prometheus dachte an seinen Vater, Männer weinen nicht, Marvin, das hatte er ab und zu in der Kindheit gesagt. Nicht, weil er weinende Männer für schwach hielt, nicht, weil er irgendetwas gegen weinende Männer hatte, sein Vater hatte es einfach gesagt, weil das andere Väter auch zu ihren Söhnen sagten, weil es sein eigener Vater zu ihm gesagt hatte, weil es eine einfache, irgendwie okay klingende Regel war.

An seinen Vater zu denken machte die ganze Sache nicht besser, und Prometheus' Weinen steigerte sich noch, er sank erst auf seine Knie neben das Pony, dann auf alle viere und rotzte und heulte auf den Boden. Es schüttelte ihn, er krampfte regelrecht, und Mirja schaute ab und zu nach unten, ob der seltsame Menschenwurm da immer noch über den Boden kroch. Sie spitzte interessiert ihre Ohren und betrachtete das Schauspiel, sah ihn vielleicht als ein ganz ungewöhnliches Exemplar seiner Art an, sie wedelte mal mit dem Schweif, dann beugte sie sich herab, um am Rücken des zuckenden und keuchenden Menschen zu riechen und die Sache etwas besser einzuordnen. Die Ponydame scharrte mit den Hufen, schnupperte hinter Prometheus' Ohr, nahm ein paar seiner Haare in den Mund und zog daran, was er aber gar nicht richtig zu bemerken schien. Da alles nichts brachte, hob sie wieder ihren Kopf und ging ein paar Schritte Richtung Stall, um dort an einem Heuballen zu naschen, während sich das seltsame Wesen noch auf dem Boden wand. Was sollte man da als Pony auch tun? Es waren eben nur Menschen.

6

Helle spülte gerade das Frühstücksgeschirr ab und sah durchs Küchenfenster, wie Aslaug auf Prometheus einredete; anscheinend versuchte sie ihm zu erklären, wie man Hufe säuberte.

Sie mochte es, selbst zu spülen, obwohl sie eine Spülmaschine hatten. Helle mochte es, wenn sie mit den Händen durch das warme, weiche Wasser fuhr, sie mochte das seifige Gefühl des Geschirrspülmittels an den Fingerspitzen, den glitzernden Schaum, der wie Gischt auf dem Wasser trieb und alles, was darunterlag, verdeckte.

Sie bröselte immer ein wenig Lavendel ins Becken, ließ das Wasser immer extra etwas zu heiß ein, damit der Lavendel durchziehen und das Ganze dabei abkühlen konnte, sodass es, wenn Helle bereit war, die perfekte Spültemperatur hatte.

Aslaug hingegen hasste Spülen, sie mochte dieses Weiche nicht, dieses Zarte war ihr zuwider. Sie mochte raue Sachen, Dinge, die Maserung hatten, Gegenstände, deren Alter man erfühlen konnte, die schwer in den Händen lagen, all so etwas. Helle beobachtete, wie ihre Frau den Huf des Ponys auskratzte und Prometheus dabei irgendwas erklärte. Prometheus, dieser verlorene junge Mann, der mit hängenden Schultern und hängender Seele neben dem Pferd stand. Was für eine seltsame Person, dachte Helle, und: Entweder wurde Prometheus etwas Schlimmes angetan oder er hatte selbst etwas Schlimmes angestellt. Oder beides.

Sie stellte eine dunkelblaue Steingut-Tasse auf das Küchenhandtuch neben dem Spülbecken. Dann nahm sie die Tasse wieder in die Hand und betrachtete sie liebevoll. Es war das erste Stück Keramik, das sie hergestellt hatte, sozusagen ihr handwerkliches Debüt. Gemeinsam mit ihrer Mutter hatte sie das Gefäß in der kleinen schwedischen Waldsiedlung, in der sie gelebt hatten, getöpfert und gebrannt. Jene Siedlung war anders als alle, die sie danach gesehen hatte. Auch der Wald dort war anders als jeder andere Wald, den sie nach ihrer Jugend betreten hatte. Die Bäume dort waren größer, älter, *lebendiger*, sie konnte sie als Kind flüstern und seufzen hören. Und: In jener Siedlung lebten nur Frauen.

Helle erinnerte sich daran, wie sie mit ihren kleinen, geschickten Mädchenfingern das Gesicht einer *huldre* in die Tasse modellierte, das Gesicht dieses schönen, weiblichen Waldgeistes. Den Henkel hatte sie einer Art Fuchsschweif nachempfunden – an ihrem Schweif konnte man die Feenwesen erkennen, und sie verbargen ihn, wenn sie Männer vom Weg ab in die dunklen Wälder lockten, um sie zu versuchen und zu verderben.

Helle sah wieder aus dem Fenster, als sie hinter sich Schritte hörte.

»Er ist ein Idiot«, sagte Aslaug.

»Ich weiß«, sagte Helle und stellte die Tasse ab.

Aslaug umfasste ihre Frau von hinten und legte ihren Kopf auf Helles Schulter. Helle drehte sich um, setzte Aslaug mit dem Zeigefinger eine kleine Spülschaumhaube auf die Nase und küsste sie.

Aslaug lächelte. Helle liebte das, dieses Lächeln, dieses plötzliche Aufklaren des Gesichts, das oft so alt und doch zeitlos wie Eichenrinde wirkte, das oft so distanziert in die Welt blickte und sich gleichzeitig von ihr abschirmte.

»Was machen wir mit ihm?«, fragte Aslaug und deutete mit dem Kopf Richtung Fenster.

Sie sahen gemeinsam hinaus und beobachteten Prometheus, wie er schluchzend auf die Knie fiel.

»Oh nein«, sagte Helle, wischte sich die Hände am Küchentuch ab und wollte aus der Küche gehen, doch Aslaug hielt ihren Arm fest.

»Nein, lass ihn.«

»Aber schau doch, wie verzweifelt er ist!«

»Ja, ich weiß. Aber er muss jetzt auf dem Boden weinen. Er braucht das jetzt.«

»Aber …«

»Nichts kann ihn jetzt trösten.«

»Woher weißt du das? Hast du rausgekriegt, was mit ihm ist? Hat er dir etwas gesagt?«, fragte Helle.

»Nein, aber ich sehe es ihm an.«

»Was siehst du?«

»Dass er schuldig ist«, sagte Aslaug.

Die beiden Frauen sahen schweigend zu, wie Prometheus in den Staub weinte. Helle ließ ihre Hand durch das warme Spülwasser gleiten und griff zur nächsten Tasse.

Kapitel 8

1

Er fühlte sich wie im Film. In ihm baute sich der Drang auf, wie ein Einbrecher an der Wand entlang um die Ecken zu schleichen, sich hinter Medikamentenwagen zu ducken, als sei er in einem mittelschlechten *Tatort* – doch das war natürlich Unsinn. Seine Hände schwitzten, während er mit durchgestrecktem, ein bisschen zu geradem Rücken durch den Flur lief und hier und da Kolleginnen oder Kollegen zunickte. Sein Herz klopfte viel schneller, als es bei diesem etwas rascheren Spaziertempo normal gewesen wäre. Alles an ihm war angespannt, weil er kurz davor war, etwas Verbotenes zu tun.

Prometheus lauschte dem Quietschen seiner Schritte auf dem Krankenhauslinoleumboden und war schon fast an seiner Bürotür angekommen, als er plötzlich eine vertraute Stimme hinter sich hörte.

»Prometheus! Hey! Warte, hallo!«

Er blieb stehen und wandte sich um: Jakob lief ihm entgegen. Jakob, der mit seinen aufgeregt winkenden, langen dünnen Armen und den sich hektisch bewegenden Beinen aussah wie ein aufgekratzter Weberknecht, wie eine Zitterspinne, wie irgendetwas, das normalerweise lauerte und nicht fürs Laufen ausgelegt war.

»Hey, na?«, fragte Prometheus, als sein Freund bei ihm angekommen war.

»Ich war gerade beim MRT und dachte, ich komme auf einen Kaffee vorbei.«

»Oh, gerade ist es leider ein bisschen ungünstig, ich wollte nur kurz was aus meinem Büro holen und dann weiter in die Onkologie.«

Das Timing war wirklich schlecht, Prometheus war zu angespannt. Er wollte jetzt einfach nur diese eine Sache erledigen und sich nicht noch durch eine Plauderei aufhalten lassen.

»Ach so, sorry, ich wollte dich nicht stören …«

»Hallo, Herr Doktor!«, rief ihm Sabine lachend zu, eine Frau aus der Verwaltung, mit der man sich auf jeden Fall gut stellen sollte, wenn man ihre Zauberkräfte nutzen wollte: Informationen archivieren und heraussuchen. Sabine war der Schlüssel zu Krankenakten, die eigentlich schon seit Jahrzehnten wegsortiert waren und nur mithilfe umständlicher Formularberge zugänglich gemacht werden konnten; Formularberge, die sich durch zwei Stücke Schwarzwälder Kirsch jedoch wie durch Magie im Nu erledigt hatten. Sabine war jedoch auch eine scharfe Beobachterin und sah Leuten einfach an, wenn etwas nicht stimmte. Zweimal hatte sie bei Pflegern einen Medikamentenmissbrauch aufgedeckt, einfach, weil die immer so nervös waren, was jedoch niemand außer Sabine bemerkt hatte. Sie spürte sofort, wenn etwas mit einem nicht stimmte, und ließ nicht locker, bis sie herausfand, was der Grund war. Prometheus machte gerade ja (noch) nichts Verbotenes, dennoch war Sabine der letzte Mensch, den er jetzt noch brauchte. Schnell lächelte er ihr zu, nickte und schloss sein Büro auf.

»Egal, komm erstmal rein«, sagte er zu Jakob, um endlich von diesem Flur zu verschwinden.

(Normal wirken, einfach normal wirken, du gehst nur in dein Büro, reiß dich zusammen.)

»Du, wenn ich lieber e…«, begann Jakob.

»Quatsch, schon gut, setz dich einfach«, sagte Prometheus und wies auf einen der Sessel in der Ecke seines Büros.

Dieses Büro war nicht schlecht, es hatte eine große Fensterfront mit Ausrichtung nach Westen, sodass die Sonne ab dem späten Mittag in den Raum schien. Trotzdem hatte Prometheus seinen Schreibtisch so gestellt, dass er mit dem Rücken zum Fenster saß und auf die Tür sah. Natürlich war das irgendwie bescheuert, doch so kannte er es aus amerikanischen Spielfilmen der 80er, in denen erfolgreiche Börsenmakler oder Immobilienmagnaten genauso saßen, und das imponierte ihm. Irgendwann würde er sowieso noch weiter in der Karriereleiter aufsteigen, dann würde er nicht nur ein Büro mit Westfenster, sondern vielleicht endlich eines mit einem kleinen Westbalkon ergattern. Das würde alles kommen, wenn er noch erfolgreicher war, wenn er die Studie nicht in den Sand setzte, wenn sich alles fügte. Dann würden seine Eltern wieder zu Besuch kommen und sagen, Mensch!, oder Junge, Junge, seine Mutter würde sich beeindruckt an ihre Handtasche klammern, während sein Vater die Hose hochziehen und immer wieder super, Mensch, das ist ordentlich! sagen würde. Und dann wäre sein Ledersessel auch aus echtem Leder und nicht aus Kunstleder, so wie jetzt. Kommt Zeit, kommt Ledergarnitur.

(Alles wird gut.)

»Möchtest du einen Kaffee?«, fragte Prometheus seinen Freund, der sich mittlerweile in einen der Sessel hatte fallen lassen.

»Gerne, hast du Sojamilch da?«

»Seit wann trinkst du denn Sojamilch?«, fragte Prometheus und ging zur Kaffeemaschine rüber.

Miriam hatte einen Kaffeevollautomaten in ihrem Büro stehen, aber die hatte ja auch einen Westbalkon. Ein paar Jahre noch, dachte Prometheus und setzte einen Kaffeefilter in die Maschine ein. Nicht mehr lange, dann hätte er gleichgezogen. Sie war schon weiter in ihrer Karriere, das störte ihn aber nicht (doch), er sah das alles entspannt (nein) und ließ sich Zeit (wieder nein).

»Na ja, ich hatte mir überlegt, mich jetzt doch mal gesünder zu ernähren wegen … allem und so, weißt du? Und deshalb dachte ich, ich versuche es mal mit dem Vegansein.«

Jakob lächelte etwas hilflos.

»Ach so, okay, also ich habe leider keine Pflanzenmilch, nur laktosefreie Kuhmilch …?«

»Ja, dann eben die, das passt auch. Egal. Weißt ja, ich kann keinen schwarzen Kaffee trinken, ich bin ein totales Weichei.«

»Tja, manche Dinge ändern sich eben nie«, sagte Prometheus und ging zu seinem Minikühlschrank, um die Milch zu holen.

Ich bin auf jeden Fall schon besser dran als Erik, der hat zwar eine eigene Kaffeemaschine, allerdings gibt es bei ihm nur Kaffeesahne, weil er keinen Kühlschrank hat, ging es Prometheus ein bisschen zusammenhanglos durch den Kopf.

Ja, er hasste es, jemand zu sein, dem Statussymbole etwas bedeuteten. Vor anderen Leuten leugnete er das sowieso vehement, weshalb ihn Miriam immer aufzog, aber was sollte er machen? Er konnte es nicht ändern, er hatte sich das alles erarbeitet, er war stolz. Dennoch wollte er seine Fixierung nicht heraushängen lassen, wollte nicht unsympathisch wirken. Wenn man unsympathisch war, wurde man nicht so leicht befördert wie jemand, der sympathisch war. Und darum ging es doch schließlich, oder?

(Oder?)

Prometheus bereitete ihnen beiden jeweils eine Tasse Filterkaffee zu und setzte sich Jakob gegenüber auf einen der beiden anderen Sessel. Jakob war sympathisch, das fiel allen sofort auf, wenn sie ihn sahen. Seine große, schlaksige Statur, die Sommersprossen, immer ein Lächeln auf den Lippen, immer freundlich, der Schalk in den Augen. Er war jemand, dem die Herzen nur so zuflogen, seien es die der Kolleginnen und Kollegen, die der Mädchen während der Schulzeit oder eben das von Prometheus, als dieser ein kleiner Junge gewesen war und Jakob zum ersten Mal auf dem Spielplatz getroffen hatte.

»Also, wieso wolltest du mich sehen?«, fragte Prometheus.

»Ich wollte mit dir über ein paar Dinge reden«, begann Jakob und kaute auf seinem linken Daumennagel herum.

»Jakob, Alter, wir sind hier im Krankenhaus, wasch dir wenigstens vorher die Hände!«

»Sorry, ja. Mann, ich bin echt nervös in letzter Zeit.«

Schweigen. Prometheus ließ ihm Zeit, drängelte nicht, wartete ab. Abwarten, das konnte Prometheus immer gut. Abwarten, vorsichtig sein, nicht immer mit allem sofort vorpreschen. Erst einmal schauen, erst einmal schauen.

»Okay, also: Wir sind doch beste Freunde, oder?«, fragte Jakob.

»Na klar, seit wir klein sind«, sagte Prometheus lächelnd.

Das stimmte. Für Jakob würde er alles tun, er würde nicht einmal für Miriam alles tun, aber für Jakob schon.

»Und mit seinen besten Freunden kann man über alles sprechen, oder?«, fragte Jakob.

»Natürlich.«

»Mit dir kann ich über Dinge sprechen, über die ich mit Semra oder meinen Eltern oder anderen Freunden nicht sprechen kann, das war schon immer so.«

»Natürlich«, antwortete Prometheus wieder.

Jakob schwieg, und dann: »Ich muss mit jemandem über die Angst und das Sterben sprechen, und über all das andere, was mit mir passiert. Ich werde sonst komplett verrückt.«

Prometheus war nicht überrascht, aber trotz allem unangenehm berührt. Das waren Themen, über die er selbst so gar nicht sprechen wollte. Aber Jakob hatte Recht, beste Freunde waren für so etwas da, außerdem war er Arzt.

»Okay«, sagte er ruhig.

»Ich kriege keinen mehr hoch«, platzte es plötzlich aus Jakob heraus, und er lachte unsicher.

»Okay«, sagte Prometheus erneut.

Mit diesem Thema hatte er jetzt nicht unbedingt gerechnet, aber als Arzt hatte er gelernt, die Sorgen der Patientinnen und Patienten zu nehmen, wie sie eben aus ihren Köpfen fielen.

»Ich muss wirklich mit irgendjemandem darüber reden«, sagte Jakob.

Er rutschte auf dem Sessel hin und her, nahm die Tasse auf, hielt sie kurz in der Hand und setzte sie wieder ab, ohne einen Schluck getrunken zu haben.

»In Ordnung. Schauen wir mal«, sagte Prometheus und verfiel dabei automatisch in seinen beruhigenden Arzt-Singsang, in jene ganz bestimmte Tonlage, mit der er sich als Patienten-Dompteur mit Bestien wie Tumoren, Stuhlinkontinenz oder eben auch Erektionsstörungen in die Manege wagte.

»Hast du das Gefühl, dass es etwas Körperliches oder etwas Psychisches ist?«, fuhr er fort, »oder vielleicht beides?«

Jakob überlegte.

»Ich weiß nicht, auf jeden Fall psychisch, klar, ist ja alles irgendwie scheiße gerade … aber körperlich, hm, da bin ich mir jetzt nicht so sicher. Weiß nicht.«

»Du weißt, ich habe kein Problem mit so einem Thema, ich bin schließlich Arzt«, sagte Prometheus.

Das war gelogen, also nicht der Teil mit dem Arztsein, aber der Teil mit seiner angeblichen Gelassenheit. Natürlich hatte er ein Problem damit, über all das zu reden, sogar ein ziemlich großes. Darüber zu sprechen, was Jakob jetzt alles nicht mehr konnte, zu sezieren und auszubreiten, was jetzt anders war als früher, Jakobs Leben und Fähigkeiten in ein Davor und ein Danach zerteilen zu müssen war nichts, das man auch nur ansatzweise mit der Phrase *kein Problem damit haben* hätte umschreiben können. Das alles machte Prometheus Angst, und zwar keine normale Ottonormalangst, sondern so eine richtige Man-liegt-in-den-Nächten-wach-Scheißangst.

»Etwas, das bei Krebserkrankungen im Urogenitaltrakt häufig vorkommt, ist Harninkontinenz«, spulte er dennoch sein Programm weiter ab, »hast du vielleicht …«

»Ich pisse mich nicht ein, auch nicht beim Sex«, sagte Jakob schnell, und da war wieder dieses nervöse Lachen, dieses Mal jedoch gepaart mit etwas anderem. Was war es, fragte sich Prometheus, Verbitterung? Wut? Frust? Alles zusammen?

»Okay, kein Problem«, sagte Prometheus.

»Semra sagt, dass ich mich deshalb jetzt nicht stressen soll und dass Sex jetzt sowieso nicht wichtig ist.«

»Und, hat sie nicht Recht?«

»Nee, Mann! Ich möchte einfach nicht, dass sich all das … all diese Sachen zwischen uns ändern, weißt du? Ich habe Angst, dass alles irgendwie kippt, mein ganzes Leben, die Beziehung zu meiner Frau, alles. Ich will … Ich will, dass alles einfach normal ist.«

»Aber gerade ist nichts normal, Jakob. Du bist krank.«

»Ja, ich habe Krebs, diesen verfickten Scheißkrebs, ich weiß!«, rief Jakob und sprang auf.

Er ging ans Fenster und stützte sich mit den Armen auf der Fensterbank ab, die hereinfallenden Sonnenstrahlen knabberten an seinem durch das Gegenlicht fast schwarz wirkenden Umriss und ließen ihn noch länger und noch dünner aussehen. Hatte Jakob abgenommen, fragte sich Prometheus und lehnte sich zurück.

Schweigen.

»Hast du mal überlegt, vielleicht in therapeutische Behandlung zu gehen? Das könnte dir helfen, mit dieser Situation umzugehen.«

»Ich will das gar nicht sein, in einer *Situation!* Ich habe absolut keinen Bock, in so einer verdammten scheiß Situation zu sein, fick diese Situation, fick alle Situationen!«

Prometheus schwieg. Als Jakob sich umdrehte, sah Prometheus, dass sein Freund weinte.

»Jakob«, begann Prometheus, stand auf und ging auf ihn zu.

»Nein, stopp, bleib stehen. Ich will nicht umarmt werden, ich will nicht getröstet werden, ich will jetzt ein paar Dinge sagen.«

Prometheus stand verloren im Raum und wartete.

»Wenn ich sterbe«, sprach Jakob weiter, »wenn ich sterbe, will ich, dass du dich um meine Familie kümmerst.«

»Jakob …«

»Ich meine es ernst, ich will, dass du dich um meine Kinder kümmerst. Dass du mich als Vater ersetzt. Dass sie noch jemanden außer Semra haben, zu dem sie mit ihren Problemen und auch schönen Sachen hinkommen können. Jemand, den sie kennen. Du bist mein bester Freund, und Timur liebt dich, und das neue Kind wird dich auch lieben, wenn es da ist. Und irgendwie … ich habe einfach das Gefühl, die Kinder brauchen eine Vaterfigur. Vielleicht ist das auch reaktionärer Scheiß, wer weiß, keine Ahnung. Also wirklich: Keine Ahnung, was richtig ist und was falsch, niemand bereitet einen auf so etwas vor … aber mir wäre das wichtig. Kannst du mir das versprechen?«

»Okay, ja, klar.«

Jakob lehnte sich gegen die Fensterbank. Er wirkte unendlich alt und müde.

Die beiden Freunde sahen einander an.

»Du bist verwirrt, ich verstehe das«, sagte Prometheus.

Er verstand es wirklich, denn er war auch verwirrt.

»Okay, die andere Sache, über die ich reden muss: Ich will nicht vor mich hin vegetieren. Wenn absehbar ist, dass ich sterben muss, will ich, dass du mir hilfst.«

»Du meinst …«

»Ja, Sterbehilfe. Ich weiß nicht wie, du bist der Arzt. Morphium oder so, was auch immer.«

Prometheus' Gedanken überschlugen sich, der Grundtenor war jedoch: Ist nicht sein Ernst.

»Jakob, hey … also das kann ich nicht machen. Das kannst du auch nicht von mir verlangen, das ist zu viel, das krieg' ich nicht hin. An deinem Tod schuld zu sein … das könnte ich nicht, damit könnte ich nicht leben.«

Prometheus stellte sich auf Widerstand ein, doch sein Freund sah ihm nur fest in die Augen, schien ihn abzuschätzen und sagte dann: »Verstehe«, und: »Der Krebs wäre schuld, nicht du. Du würdest mir helfen, mir Erlösung bringen. Aber gut, ich weiß, was du meinst. Das ist vielleicht wirklich zu viel verlangt. Sorry. Ich überlege mir da was anderes.«

Prometheus stand auf und goss sich den Rest des Kaffees ein, obwohl er keinen mehr wollte. Aber er musste irgendetwas tun, dieses Gefühl der Überforderung in kinetische Energie umwandeln, sich bewegen, eine sinnvolle Tätigkeit ausführen, die Starre auflösen. Seine Hände zitterten, er wollte die zwei Faktoren Jakob und Tod nicht zusammenbringen, wollte nicht, dass sich sein Freund *was anderes* überlegte, wollte aber auch nicht weiter darüber sprechen.

(Der Bauch voll toter Mauersegler.)

»Du bist der Einzige, der mir überhaupt helfen kann, also so generell«, sagte Jakob und setzte sich wieder auf den Lederstuhl.

»Wir hören jetzt erst einmal auf, davon zu reden. Gerade stirbst du nicht, okay? Schauen wir jetzt erst einmal in die nahe Zukunft. Denken wir optimistisch, nicht so düster. Bist du dir immer noch sicher, dass du in die Studie reinwillst?«

Geschickt, die Unterhaltung so zu führen, dass ausgerechnet jenes Thema, über das ich nicht sprechen möchte, plötzlich zur besseren Gesprächsoption wird, dachte Prometheus. Wobei das unfair war, er war sich sicher, dass Jakob die Konversation nicht extra in diese Bahnen gelenkt hatte. Sein Freund war überfordert und hatte Schmerzen, körperliche und seelische.

»Natürlich will ich in die Studie rein.«

»Gut, und die andere Sache …?«

»Ja, keine Ahnung, wir müssen halt meinen Schwanz reparieren.«

Beide Männer starrten sich an und brachen dann in Lachen aus.

»Alter …«, lachte Prometheus und holte den Rezeptblock.

2

Prometheus lief wieder durch die Klinikflure, Schritt, Schritt, Linoleumquietschen, Schritt, Schritt. Er hatte Jakob ein Rezept für die kleinen blauen Pillen aufgeschrieben, ihn aber auch an die im Haus ansässige Psychiaterin mit Schwerpunkt Psychoonkologie überwiesen. Prometheus ging davon aus, dass die Probleme im Bett mit der Psyche zu tun hatten, er konnte es Jakob nicht verdenken. Doch jetzt war sein Gehirn mit anderen Dingen beschäftigt, er musste ein paar letzte Sachen erledigen, damit Jakob in die Studie aufgenommen wurde.

Zuerst ging er in das kleine Büro, das an sein Labor angegliedert war. Er zog die Schublade eines großen, grüngrauen Aktenschrankes auf und hängte Jakobs Patientenakte ein. Das wäre das.

Jetzt setzte er sich noch auf den ächzenden Bürostuhl vor dem Computer, und nach fünf Minuten Getrickse war Jakob Lautenbacher offiziell Teilnehmer der Studie.

Als Prometheus den Raum verließ, spürte er wieder, wie sein Herz sehr schnell schlug. Er sah auf seine Smartwatch, die auch seinen Puls aufzeichnete: hundertsiebenundvierzig Schläge pro Minute, nicht von schlechten Eltern. Ihm wurde übel. (Alles wird gut, alles wird gut.)

»Ist Herr Doktor Walter da?«, fragte Prometheus die Sprechstundenhilfe, die vor ihm saß. Er war in die Onkologie hochgegangen und musste jetzt nur noch eine letzte Aufgabe erledigen.

»Ja, er ist in seinem Büro. Sie können einfach klopfen«, sagte die Frau und blickte nur kurz von ihrem Bildschirm auf.

Prometheus wandte sich zu einer Tür links von ihm um und

klopfte. Nach ein paar Sekunden hörte er ein dumpfes »Jawohl, herein!« und öffnete die Tür.

Das sehr geräumige Büro seines Kollegen hatte einen Balkon, natürlich. Walter leitete die Onkologie und arbeitete schon seit über fünfundzwanzig Jahren am Klinikum. Die Balkontüren waren weit geöffnet, und von draußen hörte man das Geschrei der Möwen. Während Prometheus auf den Mann zuging, der an seinem großen, schweren Echtholzschreibtisch saß, fielen ihm der Kaffeevollautomat, die Sofagarnitur aus Leder und ein Laufband auf, das in der Ecke stand. Was für ein Arschloch, dachte Prometheus.

»Hallo, Udo!«, sagte er und setzte ein Lächeln auf.

»Ach hallo, Prometheus, schön, dich zu sehen! Wie geht's der Leber?«, fragte der ältere Arzt und lachte über seinen eigenen Witz.

Ja wow, den habe ich ja noch nie gehört, dachte sich Prometheus, sagte aber: »Gut, gut, ich hoffe, deine hat sich vom Urlaub in Spanien einigermaßen erholt.«

»Na klar, aber du weißt ja, von nichts kommt nichts!«

Udo Walter war frisch gebräunt, sportlich und gesund, ein Mann in den besten Jahren, wie man so schön sagte. Er verkörperte all das, was Prometheus auch mal sein wollte.

»Du«, begann Prometheus, »ich wollte dich etwas zu einem deiner Patienten fragen, beziehungsweise nein, ich wollte dir was mitteilen.«

»Oh, was denn, gibt es ein Problem?«

Der Arzt ließ die Mappe sinken, die er gerade studiert hatte, und lehnte sich auf seinem Stuhl zurück. Prometheus ließ sich in den Stuhl auf der anderen Seite des Schreibtischs fallen (ebenfalls Echtlederbezug, natürlich).

»Nein, nein, gar nicht. Ist alles okay. Es geht um einen Patienten mit metastasierendem Blasenkrebs, Herrn …«, Prometheus gab vor zu überlegen, »Herrn Jakob Lautenbacher, jetzt hab ich's wieder! Ein junger Vater. Ich habe ihn in meine Studie zur Immuntherapie bei Blasenkarzinomen mit aufgenommen, deshalb muss ich ihn dir leider abluchsen.«

»Ach ja, deine Studie! Ich habe gehört, die Ergebnisse schauen bisher ganz gut aus?«

»Japp, allerdings erst bei Mäusen und Zellkulturen, ich bin mal gespannt, wie die Patientenstudie jetzt läuft.«

»Große Anspannung, ne? Ha, ja, ich kenne das Gefühl. Aber du, ich dachte, die Rekrutierung sei schon abgeschlossen? Ich wusste nicht, dass ihr noch Patienten sucht, sonst hätte ich da noch ein paar passende Kandidaten, wenn du möchtest …«

»Ja, wir waren eigentlich schon fertig, allerdings ist ein Patient abgesprungen. Deshalb habe ich jemanden zum Nachrücken gesucht«, log Prometheus.

Sein Blick wanderte zu einem Globus, der kein Globus, sondern eine Minibar war. Jeder im Klinikum wusste, dass Walter sich gerne mal während der Arbeitszeit zwei bis drei Drinks genehmigte, aber seine Zahlen und Leistungen waren gut. Mit dem Erfolg, den der Kollege hatte, konnte man sich auch mal ein kleines Alkoholproblem leisten. Prometheus fand es einerseits unerträglich, dass dieser Mann so ein dermaßenes Ärzteklischee war, andererseits spürte er dennoch eine gewisse Sehnsucht, ebenfalls in diese Schublade zu passen. Nur ohne das Alkoholproblem.

»Ach so. Ich habe jetzt gar kein konkretes Gesicht vor Augen, aber du kannst dir die Krankenakte gerne von meiner Sekretärin geben lassen.«

»Nicht nötig, die habe ich schon. Ich wollte nur sicherstellen, dass es zu keinen Verwirrungen kommt, und dir Bescheid geben.«

»Nein, nein, alles gut. Ich schau mir deine Arbeit demnächst mal an, ich bin natürlich neugierig, so als alter Onkologe. Dann wünsche ich dir viel Glück mit der Studie!«

»Danke«, sagte Prometheus und dachte: Ich mir auch.

Kapitel 9

1

Prometheus schlug die Augen auf. Er war eingenickt, war durch wilde, düstere Traumlandschaften gewandelt. Ein dunkler Wald, schnelle Schritte, sein keuchender Atem und irgendetwas hinter ihm. Er hob seine Hand und betastete seine Stirn. Sie war schweißbedeckt und kalt.

Er schlug die Decke zurück und stand auf, im Zimmer und draußen war es dunkel. Er fühlte sich etwas desorientiert, noch immer angespannt und fluchtbereit. Er hatte keine Uhr und deshalb auch keine Ahnung, wie spät es war. Unsicheren Schrittes ging er durch sein Zimmer, stieß sich den kleinen Zeh am Bettpfosten und hinkte ins Bad. Dort spülte er seinen Zahnputzbecher kurz aus, ließ ihn mit Wasser volllaufen und nahm einen Schluck. Innehalten, die Zellen aufwecken. Hallo, hallo, seid ihr da? Ich brauche euch, hier ist Wasser, macht mich jetzt wach – bitte.

Er ging in sein Zimmer zurück und öffnete das Fenster. Der Mond stand hell und kalt am Himmel, Prometheus dachte wieder an Michael Collins, der bis zu diesem fernen, durch den Weltraum rasenden Gesteinsbrocken gereist war, um ihn dann letztlich gar nicht zu betreten. Wahnsinn, dachte er, einfach Wahnsinn, wie hielt man das aus? Gut, andererseits würden die meisten anderen Menschen dem Mond niemals näher kommen als in zehntausend Metern Reiseflughöhe in einem Flieger in Richtung Mallorca.

Der Mond. Er hätte einfach Astronaut statt Arzt werden sollen, dann hätte er Jakob genauso wenig retten können, also was soll's. Prometheus erinnerte sich daran, wie seine Mutter ihm abends aus *Peterchens Mondfahrt* vorgelesen und er daraufhin sein Zimmer häufig nach Maikäfern durchsucht hatte. Er hoffte auf eine Begegnung mit Herrn Sumsemann, der mit seiner Hilfe das gestohlene Bein vom Mond holen wollte. Als er das Bilderbuch dann auch gemeinsam mit Jakob gelesen hatte, waren die beiden Jungs losgezogen und hatten Maikäfer gefangen, um ihre Beine zu zählen. Er erinnerte sich an das vielstimmige, körperlose Brummen in den Feldern, an das zwischen Hagebuttenbüschen hervorblitzende Licht der untergehenden Abendsonne und an das Gefühl, wenn einer dieser kleinen, pummeligen Raumschiffe den Kopf rammte und sich in den Haaren verfing. Unglaublich, dass Maikäfer überhaupt vorankommen, so taumelnd und unkontrolliert, wie sie durch die Luft gondeln, dachte Prometheus.

Als sie damals wirklich mal ein fünfbeiniges Exemplar gefunden hatten, waren die beiden Jungs schrecklich aufgeregt mit hohlen Händen nach Hause gerannt, so hastig, dass sie erst dort gemerkt hatten, dass das Insekt entwischt war. Ihren Freundinnen und Freunden hatten sie erzählt, dass sie an jenem Tag *beinahe* mit Herrn Sumsemann zum Mond geflogen wären, dann aber doch etwas dazwischengekommen sei. Vielleicht raste Jakob ja jetzt wirklich durch den Weltraum, wer wusste das schon.

Während er den Duft der kalten Nachtluft einsog und sich seine Augen an die Dunkelheit gewöhnten, bemerkte er einen schwachen Lichtschein. Im Stall war etwas im Gange, er hörte

Frauenstimmen und Gepolter, Schnauben und leises Wiehern, und da das mit dem Schlaf sowieso nichts mehr werden würde (unglaublich, dass er wirklich mal schlafen konnte), entschied er sich, nachzusehen. Er zog seinen Mantel über, band seine Schuhe und verließ erst sein Zimmer und dann das Haus.

Draußen wehte ein scharfer Wind, der sich auf der Haut wie Nadelstiche anfühlte und sie sofort auszutrocknen schien. Ein kalter, stummer Mond wachte über die Nacht, und Prometheus hatte wieder das Gefühl, beobachtet zu werden. Mit hochgezogenen Schultern und kalter Nase stapfte er in Richtung des Stalles, von wo er das Licht kommen sah. Die wuchtige Holztür stand ein Stück weit offen. Nachdem Prometheus sich durch den Spalt geschoben hatte, stellte er fest, dass die Lichtquelle weiter hinten sein musste. Er öffnete und schloss seine ausgekühlten Hände und lief dabei die Boxengasse entlang, bis er zu einer gut ausgeleuchteten Pferdebox kam.

In der Box stand ein großes braunes Pferd, unter dessen geflochtenem, schwarzem Schweif zwei Hufe aus dem Hinterteil hervorzuschauen schienen. »Was zum …«, murmelte Prometheus.

Nach der ersten kurzen Verwirrung begriff er, gerade Zeuge einer Fohlengeburt zu sein.

Aslaug stand auf der einen Seite der Stute und streichelte sie beruhigend, während Helle auf der anderen Seite am Kopf der Stute leise sang. War das Dänisch? Oder vielleicht etwas ganz anderes? Prometheus kamen die Laute sehr fremdartig und eigen vor, irgendwie ein bisschen zu guttural für Dänisch, sicher wusste er es aber nicht. Die Melodie hatte etwas Dunkles, und er dachte sofort an Höhlen, an tiefe Wälder mit viel zu lebendigen Bäumen, an gelbe Augen in der Dunkelheit. Dieses Lied war anders als jene Gesänge, die Prometheus bisher von Helle kannte. Weiter konnte man von den fröhlichen und schnulzigen dänischen Schlagern, die die Frau sonst so gerne summte und sang, kaum entfernt sein.

»Was machst du hier?«, fragte Aslaug scharf, als sie ihn bemerkte.

»Ich … ich hatte etwas gehört. Ich konnte nicht schlafen.«

Helle zwinkerte ihm lächelnd zu, hörte aber nicht auf zu singen.

Die Stute tänzelte auf der Stelle und drehte den Kopf etwas, um Prometheus besser in den Blick nehmen zu können. Ihre Augen waren so weit aufgerissen, dass man das Weiße sehen konnte.

»Mach dich mal nützlich und hol uns neues Wasser«, befahl Aslaug und deutete auf einen fast leeren Eimer neben sich.

Prometheus betrat die Box und griff nach dem großen Messingeimer.

»Wo finde ich Wasser?«

»Du musst das Wasser aus dem Brunnen neben der Koppel holen.«

»Aber habt ihr hier keinen Wasseranschluss? Leitungswasser ist doch besser, wegen der Bakterien und so …«

»Es muss das Brunnenwasser sein, jetzt mach doch einfach, was man dir sagt, Mensch!«, zischte Aslaug.

Prometheus zuckte mit den Schultern und verließ den Stall wieder. Dann eben Brunnenwasser, was soll's. Draußen tauchte der Mond immer noch alles in ein gespenstisches Licht, und Prometheus dachte in diesem Moment an jeden Horrorfilm, den er mal gesehen hatte. Jakob hatte Horrorfilme geliebt. Vor allem die, in denen Menschen in ein neues Haus ziehen, das sich dann als verflucht, von Dämonen besessen oder sonst wie übernatürlich verkompliziert darstellt. Umzugsfilme, hatte Prometheus immer gewitzelt, und: Was findest du an den Filmen? Ich weiß nicht, hatte Jakob geantwortet, ich fürchte mich gerne. Ja, man fürchtet sich so lange gerne, bis die Angst und die Dämonen ins echte Leben vordringen, dachte Prometheus und ging zum Brunnen.

Dieser sah genau so aus, wie Kinder vermutlich einen Brunnen malen würden: rund, aus großen Steinblöcken gemauert und mit kleinem Dach, das wohl verhindern sollte, dass Schmutz in den Brunnen fiel. In der Mitte befand sich eine Kurbel, auf die ein Seil gewickelt war. An dessen Ende war ein Haken, an den Prometheus den Eimer hängte. Dann kurbelte er und ließ ihn in die schwarze Tiefe hinab. Es dauerte unangenehm lange, bis ein Klatsch!-Geräusch ertönte und anzeigte, dass der Eimer an der Wasseroberfläche angekommen war. Wie tief mochte dieser Brunnen sein, fragte sich Prometheus, fünf Meter, zehn, zwanzig? Er hatte keine Ahnung, vielleicht wollte er es aber auch nicht so genau wissen. Ein Brunnen im Mondschein, es gibt definitiv ungruseligere und angenehmere Dinge. Er ließ den Messingeimer noch etwas weiter hinab, und als er sich sicher war, dass der Eimer ausreichend gefüllt war, zog er ihn wieder hoch. Er spürte den Impuls, davon zu trinken, wollte wissen, wie dieses anscheinend besondere Wasser schmecken würde, ob es leicht salzig war oder metallisch oder vielleicht beides. Doch er beherrschte sich, wer wusste schon, was (wer) dort alles hineingefallen (gestorben) war. Er sah kurz den Mond an, der sich in der leicht wogenden Oberfläche des Wassers im Eimer spiegelte, dann trat er den Rückweg an.

»Das hat aber gedauert!«, knurrte Aslaug.

Erst jetzt bemerkte Prometheus, dass beide Frauen altmodische, gesteppte Morgenmäntel trugen. Beide sahen extrem müde und besorgt aus, und während Helle beim Singen tapfer versuchte, ihre Angst wegzulächeln, sah Aslaugs Gesicht noch finsterer als ohnehin schon jeden Tag aus.

»Der Kopf liegt nicht auf den Beinen«, sagte Aslaug wie zu sich selbst.

»Ah«, antwortete Prometheus.

»Wenn der Kopf nicht auf den Beinen liegt, gibt es Probleme.«

»Verstehe.«

Helle sang jetzt etwas lauter und schneller, sie hatte die Augen geschlossen und wippte dabei vor und zurück. Prometheus fand das alles irgendwie plötzlich furchteinflößend; der gespenstische Mond am Himmel, Helle, die diese melancholischen Melodien in der fremden Sprache sang, die hager aussehende Aslaug im Schein der kaltweißen Stallbeleuchtung, diese Fohlenbeine, diese verdammten Fohlenbeine, oh Gott, oh mein Gott. Nun bemerkte Prometheus auch, dass in der ganzen Box Kräuterbündel aufgehängt waren. Helle und ihre Schutzkräuter, na hoffentlich wirken sie, dachte er.

Die Stute schien Schmerzen zu haben und atmete schwer.

»Müsste das Pferd nicht auch liegen?«, fragte Prometheus.

»Ja. Aber was sollen wir machen? Es am Boden festnageln?«

»Vielleicht solltet ihr besser den Tierarzt rufen.«

»Bis der hier ist, dauert es zu lang.«

»Dann müsst ihr hineinfassen und den Kopf drehen«, sagte Prometheus, »also in das Pferd.«

Plötzlich sah er bei Aslaug zum ersten Mal so etwas wie Verunsicherung, was ihn selbst wiederum verunsicherte. Die sonst so resolute Frau bewegte sich zögerlich, sprach zögerlich, vermutlich dachte sie auch zögerlich, war innerlich blockiert. Prometheus registrierte zum ersten Mal Aslaugs Alter und auch die

Zartheit ihres kleinen Körpers. Ihre Arme sahen aus wie sehnige Zweige, wieso war ihm das vorher nie aufgefallen? Seltsam, wie einen die unvermuteten Unsicherheiten von Autoritätspersonen (denn als solche sah er Aslaug) selbst ins Stolpern bringen konnten. Wie furchtbar die ganze Welt plötzlich aussieht, wenn es Mama nicht gut geht, dachte Prometheus; auch, wenn man als Kind nicht weiß, wieso sie jetzt weint. (Bestimmt weint Mama gerade viel.) Als Kind sind die Gründe erst einmal egal: Wenn Eltern weinen, geht die Welt unter, so einfach ist das.

»Wir haben das noch nie gemacht, also natürlich haben wir schon Fohlen zur Welt gebracht, klar. Das machen wir oft. Aber ich musste noch nie in ein Pferd … also …«

»In ein Pferd hineinfassen?«, half Prometheus.

»Ja. Hineinfassen. Ich bin mir nicht sicher, ob ich sie nicht verletzen würde.«

Die Stute tänzelte wieder und wieherte gequält.

»Das Fohlen kann ersticken, vielleicht ist es schon tot«, sagte Prometheus.

»Ich weiß«, sagte Aslaug.

»Dann mach ich das«, sagte Prometheus und fragte sich im gleichen Augenblick, wieso zur Hölle er das jetzt gesagt hatte.

»Du? Wieso du?«

»Ich bin Arzt.«

»Tierarzt?«

»Nein, für Menschen.«

»Also kein richtiger Arzt.«

Das war vermutlich das erste Mal auf der ganzen Welt, dass ein Tierarzt im Vergleich mit einem Menschenarzt als *richtiger* Arzt bezeichnet wurde.

»Vermutlich habe ich von uns allen hier die Qualifikation, die am nächsten dran ist. Wir können es aber auch lassen.«

»Nein, nicht lassen.«

Die alte Frau griff sich mit beiden Händen an die Schläfen und wippte nun auch noch vor und zurück. Prometheus dachte an die *American-Horror-Story*-Staffel, die in einer psychiatrischen Klinik in den 50ern spielte, und spürte wieder einen Schauer über sich hinwegziehen, als streiche ihm eine eiskalte Hand die Wirbelsäule entlang. Was wusste er eigentlich über diese beiden Frauen?

»Egal. Okay. Mach es«, sagte Aslaug, verschränkte die Arme und trat ein paar Schritte zurück. Er sah, dass ihr das schwerfiel. Die Rolle der Zuschauerin passte nicht zu ihr, die Tatenlosigkeit und das Unvermögen, das hier zu regeln, ließ sie fragil wirken.

Prometheus zog erst den Mantel und dann den Pulli aus, bis er nur noch in T-Shirt und Jogginghose dastand.

»Ich brauche Fett.«

Aslaug griff hinter sich in eine Tasche und holte einen metallenen Topf heraus.

»Hier, Vaseline.«

Prometheus wusch sich zunächst die Hände bis zu den Oberarmen im Wassereimer (Mondwasser, Gischtwasser, Gezeitenwasser). Anschließend rieb er sich bis zum Ellbogen mit Vaseline ein.

Er atmete tief ein und stellte sich hinter das Pferd, plötzlich wurde ihm klar, was er im Begriff war zu tun. Da war sie wieder, die Angst. Was war, wenn das Pferd ausschlug, was war, wenn es ihn zermalmte, weil er ihm wehtat. Aslaug schien ihm die Angst anzusehen, denn sie sagte: »Sie kann nicht ausschlagen, dazu ist sie gerade viel zu sehr in Not und unbeweglich.«

»Wie soll der Kopf liegen?«

»Die richtige Position ist, wenn der Kopf des Fohlens auf den Beinen liegt, quasi Richtung Ausgang.«

»Alles klar«, sagte Prometheus und schob seine Hand zwischen den herausragenden Fohlenbeinen in das Innere der Pferdemutter.

Die Stute zuckte nur kurz, rührte sich dann aber kaum. Vermutlich stört einen das auch nicht mehr, wenn man ein halbes Huftier aus der Scheide raushängen hat, dachte sich Prometheus. Was für ein Horror es sein musste, etwas zur Welt zu bringen, das Hufe hat. Unfassbar. Wie machen das eigentlich Kühe, haben Kälber schon Hörner? Egal. Nicht ablenken lassen.

Innen ertastete er den Kopf des Fohlens, er war zur Seite gedreht. Er spürte, dass über der Nase irgendetwas gespannt zu sein schien, etwas Glattes, Dünnes, Organisches.

»Ich glaube, die Eihäute sind noch um den Kopf gewickelt.«

»Reiß sie auf!«, befahl Aslaug.

Prometheus gehorchte, benutzte seine Fingernägel und schaffte es tatsächlich, ein Loch in die Haut zu reißen. Obwohl er nichts sah, war er sich sicher, die Nase des Fohlens freigelegt zu haben. Das Jungtier bewegte sich leicht, ein gutes Zeichen. Jetzt musste er den Kopf irgendwie gerade ausrichten.

Er griff über die Fohlennase und versuchte, den Kopf weiter nach links zu ziehen, was erst nicht klappte. Er vermutete, dass sich die Stirn des Fohlens irgendwie am Beckenknochen der Mutter verkeilt hatte. Er ließ die Hand zu den Ohren des Fohlens wandern, drückte den Kopf ein bisschen zurück, und wie auf ein geheimes Zeichen drehte das Fohlen den Kopf von selbst in die richtige Position. Prometheus zog seinen Arm wieder aus dem Pferd heraus, das sich sofort auf den Boden legte. Aslaug kniete sich hinter das Pferd, nahm die Beine des

Fohlens und zog im Takt der Presswehen an ihnen. Und dann flutschte das kleine Pferdchen mit einem Rutsch aus dem Leib seiner Mutter.

Aslaug riss die restlichen Eihäute, die sich wie Folie um das Jungtier gelegt hatten, herunter. Dann begann sie, das kleine Pferd mit Strohbüscheln abzureiben, während das Tier anscheinend zu ergründen versuchte, wie ein Kopf und Beine funktionierten. Die Mutterstute drehte sich zu ihrem Kind und leckte es ab.

Wie das wohl sein mochte, so plötzlich in die Welt zu fallen beziehungsweise aus der bekannten Welt herausgeworfen zu werden. Was das Fohlen jetzt wohl denken, wie sich das anfühlen mochte; ein Ausflug in eine andere Galaxie, machte das nicht Angst, hallo, hallo, wo bin ich? Wie ist es eigentlich bei unseren Babys, fragte sich Prometheus, schreien die wirklich, um ihre Lungen von Wasser und Schleim zu befreien, oder schreien sie in Wahrheit, weil sie das hier alles schon von Anfang an nicht aushalten?

Prometheus sah zu, wie sich Aslaug und Helle um Mutter und Kind kümmerten, nahm zur Kenntnis, dass niemand die Nabelschnur durchtrennte, und wunderte sich etwas, beobachtete, wie das kleine Jungtier versuchte klarzukommen.

»Du kannst jetzt gehen«, sagte Helle zu ihm, »vielen Dank für deine Hilfe!«

»Und die Nachgeburt? Die Nabelschnur?«, fragte Prometheus.

»Das kriegen wir allein hin«, sagte Helle und zwinkerte ihm zu. Prometheus ließ seinen Mantel über der Boxentür hängen und ging mit abgewinkelten, schleimigen Armen zurück in Richtung Wohnhaus.

2

»Du bist jetzt schon drei Wochen hier, es wird Zeit«, sagte Aslaug.

Die alte Frau hatte eine Hand in die Hüfte gestemmt, die andere Hand hielt eine Gerte, mit der sie sich ungeduldig gegen die Reitstiefel schlug. Mirja, die zwischen ihnen stand, war so groß, dass Prometheus Aslaug fast nicht sehen konnte.

»Ich finde nicht, dass ich reiten können muss. Ich miste Ställe aus, flicke Zäune. Morgen versuche ich mal, das Loch im Heuboden zu reparieren. Für all das brauche ich kein Pferd.«

»Du musst reiten.«

»Nein, muss ich nicht.«

»Doch.«

»Wieso?!«

»Weil du irgendwie alles nur halb machst. Das geht nicht, du kannst nicht auf einem Pferdehof leben, ohne reiten zu können. Auto fahren willst du ja auch nicht mehr, ab und zu musst du aber schneller von A nach B kommen.«

»Also ich muss sowieso nirgends hin.«

»Doch, du musst diese Woche Holz aus dem Wald holen«, informierte ihn Aslaug.

Prometheus streichelte Mirjas Hals. Anscheinend wurde er mal wieder nicht gefragt.

»Wie, Holz aus dem Wald holen? Das macht man doch mit dem Auto.«

»Nein, Autos machen alles nur kaputt im Wald, das machen wir nicht, zumindest nicht hier. In diesem Wald holen wir das Holz immer mit dem Pferd.«

»Ah … okay … Mirjas eingebauter Kofferraum muss mir irgendwie entgangen sein.«

»Sei nicht dumm«, sagte Aslaug.

Anfangs war es Prometheus schwergefallen, mit Aslaugs grober Art zurechtzukommen, mittlerweile hatte er sich jedoch dran gewöhnt. Mit ihr umzugehen fiel ihm leichter als mit Helle. Die rundliche, freundliche Frau erinnerte ihn viel zu sehr an eine Mutter, und Mütter waren definitiv ein Thema, das er vermeiden wollte.

»Also«, versuchte es Prometheus erneut, »wenn ihr das Holz aus dem Wald holt, also meinetwegen mit einem Pferd … da braucht ihr doch eher eine Kutsche, oder? Sodass man das Holz hinten aufladen kann.«

»Nein, wir nehmen dafür Kaltblüter, die wir an ein spezielles Geschirr anspannen. Damit ziehen wir den Baum aus dem Wald. Zum Transport gibt es einen ganz kleinen Anhänger, aber keine Kutsche zum Draufsetzen.«

»Den Baum … aha … und wer fällt den?«

»Na ich.«

»Du.«

»Ja, ich.«

»… Du fällst einen Baum …«

»Ja.«

»… Im Wald, also einen richtigen, hohen Baum. Eine Fichte oder sowas.«

»Ja, aber natürlich einen kleinen.«

Prometheus sah wieder Aslaugs schmale Statur an.

»Mit einer Kettensäge?«

»Nein, das ängstigt die Tiere. Mit einer Axt.«

»Okay, also nichts für ungut, aber du willst mir wirklich erzählen, dass du einen Baum mit einer *Axt* fällst und diesen Baum dann mit einem Pferd aus dem Wald schleppst.«

»Bist du schwer von Begriff?«

»… Ich weiß gerade nicht, was ich sagen soll. Irgendwie kann ich mir das nicht vorstellen, tut mir leid.«

»Hör mal zu, ich bin vielleicht alt, aber nicht tot. Du sitzt dir vielleicht den ganzen Tag in einem Büro den Hintern platt –«

»Hallo, ich bin Arzt, schon vergessen?«

»Gut, dann eben in der Klinik. Wenn du faul bist, ist das nicht mein Problem. Wir machen das hier draußen auf jeden Fall immer schon so, wenn du ein Problem damit hast, kannst du gerne gehen!«

Mirja zwischen ihnen schnaubte und sah von Aslaug zu Prometheus und wieder zurück. Ihr schien die angespannte Stimmung nicht zu gefallen.

»Okay. Also ich soll in den Wald reiten, einen Baum fällen und zurückschleppen, ja?«

»Nein, du gehst neben dem Pferd in den Wald.«

»Und *wieso* zum Teufel soll ich dann für diese Waldsache reiten lernen, wenn ich dann sowieso nicht reite?«

»Du musst ja auch erstmal hinkommen. Und falls was ist«, sagte Aslaug kurz angebunden.

»Falls was ist.«

»Genau.«

»Aha.«

»Ja.«

Stille. Prometheus verschränkte die Hände hinter dem Kopf, drückte den Rücken durch und ließ seinen Blick an Aslaug und Mirja vorbei über die Koppeln wandern. Nebel kroch über die Wiese, als wolle er sich anschleichen, als suche er etwas ganz Bestimmtes zwischen den Pferdebeinen und Zaunpfosten. Jakob hatte Nebel geliebt, Prometheus hingegen kam er schon immer unheimlich vor.

»Und was soll das bedeuten?«, versuchte es Prometheus.

»Es kann ja alles Mögliche passieren, und vielleicht musst du schnell weg. Da ist es wichtig, dass du reiten kannst.«

Prometheus war es mittlerweile auch schon egal, er hatte keine Energie, weiter zu diskutieren. Wenn er etwas in letzter Zeit gelernt hatte, dann, dass es sinnlos war, sich mit Aslaug zu streiten.

»Steig jetzt auf«, sagte Aslaug.

Prometheus klopfte Mirja wieder etwas hilflos am Hals herum.

»Hält sie das denn aus? Mein Gewicht … und wenn ich mich jetzt so in den Steigbügel stelle, fällt die nicht um oder tut ihr das nicht weh?«

»Nein, kein Problem. Einfach zügig das andere Bein drüberwerfen, fertig.«

»Werfen?«

»Heben, was auch immer. Du weißt schon. Jetzt stell dich bitte nicht so an. Vielleicht schaffst du es ja noch, vor dem Abendessen aufzusteigen. Wäre schön, ich habe heute noch ein paar andere Sachen zu tun.«

Prometheus stellte einen Fuß in den Steigbügel, griff nach dem Sattel und schwang sich auf das Pony.

»So«, sagte Aslaug.

»So«, wiederholte Prometheus, während sich sein ganzer Körper anspannte.

Hier oben wird man ja seekrank, dachte er. Ich kann mir kaum vorstellen, dass das Leuten wirklich so dermaßen Spaß macht. Was hatte man davon? Und was hatte so ein Pferd davon, einen Menschen stundenlang auf dem Rücken durch die Gegend zu schleppen? Klassisches Stockholm-Syndrom. Ich hasse Pferde.

Aslaug hielt die Zügel fest.

»Halt dich am Sattelknauf fest, ich führe dich auf den Reitplatz.«

Aslaug ging los und schnalzte leise mit der Zunge, worauf sich das Pony in Bewegung setzte und ihr folgte. Prometheus fühlte sich, als wäre er an Bord eines Schiffs, während er sich am Sattel festklammerte und versuchte, Mirjas Rhythmus irgendwie zu folgen und sich ihren Bewegungen anzupassen.

»Das ist ganz schön anstrengend für die Oberschenkel und die Bauchmuskeln«, rief Prometheus Aslaug zu.

»Morgen werden dir die Beine wehtun«, sagte Aslaug, und Prometheus hatte kurz das Gefühl, dass ihr das gefiel. Was war wohl das dänische Wort für Schadenfreude?

Sie waren am Reitplatz angekommen. Er bestand aus einem großen, eingezäunten und mit Sand bedeckten Rechteck.

»Ich longier euch erst einmal«, sagte Aslaug. Sie tauschte den kurzen Führstrick gegen ein langes Seil aus und führte Mirja und Prometheus in die Mitte des Reitplatzes.

»Jetzt laufen wir erstmal normal im Schritt weiter.«

Prometheus und Mirja umkreisten Aslaug langsam, die sich mit der Longe in der Hand ebenfalls drehte.

»Gewöhn dich an Mirjas Rhythmus, spann die Bauchmuskeln an, und versuche, deinen Rücken nicht zu verkrampfen. Geh mit den Bewegungen mit.«

Prometheus tat sich schwer, den richtigen Rhythmus zu finden. Miriam hatte immer einen Tanzkurs mit ihm machen wollen, doch er hatte sich nicht getraut. Er hatte kein sonderlich ausgeprägtes Taktgefühl, und seine Hüfte war trotz regelmäßigen Sports so steif wie ein Brett.

Er wusste nicht, wie lange er so im Kreis trottete, und fragte sich, was Mirja dabei wohl dachte. Vermutlich war die Stute diese Übungen gewohnt, aber spannend konnte das ja nicht sein. Was machten Pferde eigentlich so den ganzen Tag in freier Wildbahn? Und gab es in Europa noch irgendwo Wildpferde? Prometheus versuchte, sich dem Pony anzupassen, damit Mirja keine Rückenschmerzen oder Ähnliches bekäme. Er hatte das Gefühl, so langsam den Dreh rauszukriegen.

»Gut so, jetzt legen wir mal einen Gang zu!«, sagte Aslaug.

Sie rief einen Befehl, und Mirja wechselte in den Trab – für Prometheus fühlte es sich an, als rutsche er auf dem Hosenboden über eine Geröllawine. Er wurde ordentlich durchgeschüttelt und bekam es gerade so hin, das Gleichgewicht zu halten. Gleichgewichtssinn. Auch nicht gerade seine Königsdisziplin.

Er schaute nach unten und dann schnell wieder hoch, der Boden hüpfte vor seinen Augen auf und ab, kein schönes Gefühl. Er hob den Blick und schaute zu den dunklen Nadelbäumen, die in der Nähe des Reitplatzes standen und die Außenlinie eines kleinen Waldstückes bildeten. Wieder stellte er sich vor, wie er beobachtet wurde, wie Eichhörnchen von Ast zu Ast sprangen und glotzten, wie Moose oder Pilze den Vögeln, Fliegen und Krautpflanzen zuriefen: Seht euch den Fleischling an, wie er da auf dem großen Tier hängt, schaut ihn an, den Versager! Vielleicht war das Rauschen des Windes vielstimmiges Gelächter, vielleicht klatschten Fliegen ihre Flügel und Spinnen ihre acht Beine zusammen und applaudierten ihm höhnisch.

»Du musst in den Steigbügeln ein wenig aufstehen und auf und ab wippen, passend zu Mirjas Schritten!«, rief Aslaug.

Prometheus versuchte, diese Anweisung umzusetzen, brauchte aber eine ganze Weile, um den Rhythmus zu finden. Es zog in seinen Oberschenkeln. Wow, Reiten war richtige Knochenarbeit.

»Das bist du nicht gewohnt, es ist normal, dass es sich sehr anstrengend anfühlt!«, sagte Aslaug.

»Ja … schon okay …«

Aslaug gab Mirja wieder einen Befehl, und sie wechselte zurück in den Schritt.

»Kurze Pause. Bisher machst du das ganz gut, bist ja noch nicht heruntergefallen.«

»Ja. Danke.«

Ein Lob aus dem Hause Aslaug, na hallo, was war denn jetzt los?

»Sitz deshalb aber nicht gleich wie ein Kartoffelsack im Sattel!«, rief sie.

Da war wieder die alte Aslaug. Zum Glück, sonst hätte man sich ja vielleicht noch Sorgen machen müssen, dachte Prometheus und musste lächeln.

»Ah, du hast Spaß! Sehr gut!«, sagte Aslaug, der diese Gefühlsregung nicht entgangen war, »dann wird es Zeit für den Galopp!«

3

Er fühlte sich, als wäre er zwei Stunden lang eine Treppe heruntergefallen. Um aus dem Bett aufzustehen, musste Prometheus sich zur Seite rollen und erst mit der Hand das eine, dann das andere Bein vom Bett schieben. Er hatte den Muskelkater seines Lebens.

Während des gestrigen Galopps hatte es sich angefühlt, als triebe jemand glühende Eisen durch seine Oberschenkel, so sehr hatte es gebrannt und gezogen. Aslaug hatte nicht zu viel versprochen, was Anstrengung und Muskelkater anging.

Es klopfte an der Tür.

»Ja?«, fragte Prometheus, der an der Bettkante saß und versuchte, wach zu werden und mit den schmerzenden Oberschenkeln klarzukommen.

Die Tür ging auf, und Helle stand im Türrahmen.

»Guten Morgen! Wie geht es dem Bauch und den Beinen?«

»Der Bauch ist okay, doch die Beine bringen mich um«, sagte Prometheus.

»Ich hab was für dich«, sagte Helle und wuselte ins Zimmer.

Sie trug ein fließendes langes Kleid mit Blumen-Print, ihre schulterlangen weißblonden Haare hatte sie zu einer Flechtfrisur aufgesteckt. Über dem Kleid trug sie einen mit Goldfäden durchwirkten … ja, was war das? Ein Umhang? Prometheus wunderte sich über die sehr festliche Aufmachung.

»Habt ihr heute irgendwas vor?«, fragte er.

Helle lächelte, ging zum Fenster und öffnete es.

»Mensch, hier ist ja eine Luft drin … und ja, heute ist ein besonderer Tag: Samhain.«

»Was ist das?«

»Na ja, viele Leute feiern es mittlerweile als Halloween. Aber Samhain ist ein alter keltischer Feiertag. Früher wurden Blutopfer dargebracht, so etwas machen wir aber natürlich nicht mehr. Also meistens.«

Sie lachte, während Prometheus sie unsicher ansah.

»Während Samhain sind die Schleier, die unsere Welt von der anderen Welt trennen, sehr dünn«, fuhr sie fort, »wir können so auch stärker mit unseren Verstorbenen in Kontakt treten, weißt du?«

»Haben die Kelten nicht auf den Britischen Inseln gelebt?«

»Die Familie meines Vaters kommt aus Wales und Schottland.«

»Ah … okay. Und deine Mutter aus Dänemark?«

»Aus Schweden.«

Helle zupfte an ihrem Umhang und strich dann den Stoff glatt.

»Interessant … also du, ich würde jetzt gerne duschen.«

»Bevor ich mein Mitbringsel vergesse, hier«, sagte Helle und kramte aus den tiefen Taschen ihres Umhangs einen kleinen Holztiegel hervor.

»Das ist eine Salbe. Reib nach dem Duschen deine schmerzenden Beine und den Rücken ein, das wird die Beschwerden lindern.«

»Danke. Was ist da drin?«

»Ach, einfach ein paar Kräuter und Öle.«

»Okay … ja danke auf jeden Fall.«

»Wenn du möchtest, kannst du auch bei uns in die Sauna gehen, das dürfte deine Muskeln entspannen.«

»Nein danke, Sauna und ich vertragen uns nicht sehr gut.«

»Wieso? Kommst du mit der Hitze nicht zurecht? Oder magst du einfach das Gefühl nicht, zu schwitzen?«

»Ich denke, beides«, antwortete Prometheus, »vor allem wird mir aber auch schwindelig.«

»Ach so, wenn du magst, habe ich dafür ein kleines Elixier, das hilft deinem Kreislauf auf die Sprünge bei einem Saunagang.«

Natürlich hat sie dafür ein Elixier, dachte Prometheus, wäre auch ein Wunder gewesen, wenn nicht.

»Das ist nett, danke, ich setze aber lieber aus.«

»Wie lief denn das Reiten gestern insgesamt?«, fragte Helle.

»Hat Aslaug denn nichts erzählt?«

»Doch, aber ich kann mir nicht vorstellen, dass es so schlimm war, wie sie sagt.«

»Na ja, also bis zum Trab ging alles gut, beim Galopp bin ich zweimal runtergefallen …«

»Oh!«

»… Beim zweiten Mal bin ich auf Aslaug draufgefallen …«

»Aber wie kann das sein, sie hatte dich doch an der Longe?«

»Na ja, ich denke, meine Begabungen liegen definitiv woanders.«

»Wo denn zum Beispiel? Was machst du gerne?«, fragte Helle und setzte sich unaufgefordert neben ihn aufs Bett.

Sie war anscheinend in Plauderstimmung.

»Ich weiß nicht …«, begann Prometheus, »früher war ich gerne in der Natur, mein bester Freund und ich waren bei den Pfadfindern, ist aber schon lange her. Ich mochte das alles sehr«, sagte er, und leiser: »Schade, dass wir das in letzter Zeit nicht mehr gemacht hatten.«

Er sah gedankenverloren aus dem Fenster und dachte an Mauersegler, an Pilze, Farne und den Wald aus seiner Kindheit, der so ungewöhnlich warm gewesen war, vor allem, je tiefer man hineinging. Hexenwald hatte ihn Jakob damals genannt.

»Ach, wie schön!«

»Ja.«

»Die Gegend hier ist auch sehr speziell. Sie hat so ein bisschen was von … ich weiß nicht. Oft fühlt es sich an, als liege ein Zauber auf der Landschaft.«

Sie beugte sich verschwörerisch zu Prometheus hinüber.

»Manchmal kann ich die Gräser, Bäume und Füchse flüstern hören«, sagte sie mit einem Lächeln auf den Lippen, das er nicht ganz deuten konnte.

Er dachte an die Moose und Farne, die ihn vor ein paar Wochen am Meer beobachtet haben mochten, an die knorrigen Birken und das Gefühl, dass die Natur dort lebendiger als anderswo war. Er dachte an den kalten Wind, an den Strand und seinen eigenen Plan, sah seine Hände im Sand vor sich, hörte das Rauschen der Gischt; über allem der Mond.

»Damals, als wir Menschen diesen Hund in den Weltraum geschossen haben, das war ganz schön scheiße.«

Helle sah ihn interessiert von der Seite an.

»Welchen Hund?«

»Die Hündin Laika, das war in Russland. Sie wollten bestimmte Daten sammeln, letztlich kam raus, dass es sich nicht gelohnt hatte. Sie ist völlig umsonst in der Raumkapsel gestorben. Ganz allein.«

Helle sah aus dem Fenster. Prometheus fror, doch ihr schien die Kälte gar nichts auszumachen.

»Nun, die Menschen machen die seltsamsten und auch die schrecklichsten Sachen, wenn sie gute Absichten haben. Denkst du nicht?«

»Ich weiß nicht«, sagte Prometheus unsicher.

»Menschen tun schlechte Dinge nicht immer nur, weil sie schlecht sind. Oft wollen sie helfen, etwas besser machen, und das geht dann fürchterlich schief. So sind die Menschen eben.«

Prometheus schwieg und sah ebenfalls aus dem Fenster. Draußen schoben sich Nebelbänke übereinander und untereinander.

»So, jetzt dusch du mal, und komm dann zum Essen, ja?«

»Ja.«

»Ich habe Waffeln gemacht!«

»Toll, danke.«

Nachdem Helle das Zimmer verlassen hatte, saß Prometheus noch eine ganze Weile allein am Fenster.

4

»Ich habe Waffeln gemacht!«

Jakob öffnete Prometheus die Tür.

»Du siehst gut aus«, sagte Prometheus.

Jakob sah wirklich gut aus. Er war zwar noch ein bisschen schlanker geworden, jedoch nicht viel. Mit einer Chemotherapie würde er vermutlich nicht Waffeln backend vor ihm stehen.

»Wo ist deine Familie?«, fragte Prometheus, während er die Wohnungstür hinter sich zuzog.

»Sind bei Semras Eltern für zwei Tage. Ich hatte keine Lust mitzukommen, bin ganz froh, mal ein bisschen Alleinzeit zu haben.«

»Verstehe.«

»Was willst du auf den Waffeln haben?«

»Hmmm … B–«

»Banane und Schoko, oder?«, unterbrach ihn Jakob.

»Als könntest du Gedanken lesen.«

»Oder als seist du so spontan wie ein Fahrplan, Herr Doktor Grabow. Eventuell liegt es daran, meinst du nicht?«

Jakob zog Prometheus seit jeher mit seiner fehlenden Spontaneität auf, doch das störte ihn nicht. Er mochte es einfach, wenn Dinge geplant und geordnet vonstattengingen.

»Komm, als ob du hier wilde Waffelexperimente machen würdest, Herr Apfel-Zimt«, zog Prometheus ihn auf.

»Das denkst du, deine Therapie macht einen ganz neuen Menschen aus mir. Deshalb esse ich heute Erdbeeren mit Sahne zu den Waffeln.«

»Mein Gott, vielleicht sollte ich dich direkt in das MRT-Gerät schieben, vielleicht hast du schon Metastasen im Hirn!«, antwortete Prometheus mit gespielter Besorgnis.

»Setz dich schon mal. Willst du ein Bier?«

»Bier zu Waffeln?«

»Wieso nicht?«

»Um neun Uhr morgens?«

»Na klar«, antwortete Jakob und holte die nächsten zwei Waffeln aus dem Waffeleisen.

Als er mit der Kelle neuen Teig aus der Edelstahlschüssel schöpfte, sah Prometheus, dass Jakobs Hand dabei etwas zitterte.

»Hast du einen Tremor an der Hand?«

»Was?«

»Das Zittern, hast du das öfter?«

»Das? Ach Quatsch, das ist nichts. Willst du jetzt ein Bier?«

»Du solltest während der Immuntherapie nichts trinken.«

»Ach was, ein Bierchen kann nicht schaden«, sagte Jakob und holte zwei Flaschen aus dem Kühlschrank.

Bevor Prometheus widersprechen konnte, hatte sein Freund sie schon geöffnet und beide auf den Tisch gestellt. Als Prometheus die Etiketten zu sich drehte, sah er, dass Jakobs Bier alkoholfrei war – im Gegensatz zu seinem eigenen.

»Bin doch nicht bescheuert«, sagte Jakob lachend.

»Das wäre mir neu.«

Jakob schaltete das Waffeleisen aus und setzte sich zu Prometheus an den Tisch. Dort stand schon ein großer Teller mit mehreren kreisrunden Waffeln, daneben geschnittene Bananen und Äpfel, Schokosauce, Apfelmus, Zimt, Zucker, Erdbeeren und Sahne.

»Du hast ja ganz schön aufgefahren«, sagte Prometheus.

»Keine halben Sachen für meinen Lebensretter.«

Sie aßen und sprachen über angenehm belanglose Dinge, über Fußball, den Film *The Ritual*, der auf dem schwedischen

Königsweg spielte und ein Horrorfilm genau nach Jakobs Geschmack war, über Timurs Eintritt in eine Fußballmannschaft und wie selbstbewusst ihn das machte. Und dann, nachdem sie sich angenehm vollgegessen und schläfrig über dieses Meer aus Worten hatten treiben lassen, nachdem sie einander all diese harmlosen Gedanken zugespielt hatten wie in einem wohlwollenden Pingpong-Match, nahm *es* plötzlich wieder Platz zwischen ihnen ein. *Es* machte sich breit, *es* setzte sich zwischen sie auf das Sofa, auf das sie sich zurückgezogen hatten, legte die Füße auf den Couchtisch und war plötzlich … da.

»Hast du schon die Ergebnisse meiner Blutwerte?«, fragte Jakob, der sich noch eine Tasse von dem Kaffee holte, den er aufgebrüht hatte.

»Ja, habe ich. Sie sind okay. Wir müssen bald mal wieder ein CT machen.«

Es stimmte, die Blutwerte waren okay. Die Zahl der T-Zellen war leicht angestiegen, vielleicht lag es daran, dass sie nicht mehr von den Tumoren ausgebremst und auf die Krebszellen aufmerksam wurden. Vielleicht. (Vielleicht aber auch nicht.) Eigentlich sollte der Wert höher sein, es wäre besser, wenn er höher wäre. Es ist nicht dramatisch, es muss nichts bedeuten, und doch war dieser Sachverhalt für Prometheus wie ein dauerndes Jucken im Hinterkopf. Egal. Es würde alles gut werden (musste alles gut werden), keine Angst.

Nur.

Keine.

Angst.

5

Eigentlich schade, dass wir nach Schnuffelchens Tod keinen neuen Hund geholt haben, dachte Prometheus und starrte in die Flammen, bis seine Augen wehtaten und er auch dann noch helle Flecken sah, nachdem er den Blick schon längst abgewandt hatte. Er beobachtete, wie Helle einen Korb mit Gebäck, Milch und Bier unter einen Holunderbaum stellte und leise dabei sang.

»Samhain ist ein altes Fest«, sagte Aslaug und reichte ihm einen Keramikbecher mit Wein.

Sie standen hinterm Haus auf einer Wiese, in der Mitte loderte ein großes Feuer. Rote Funken schwirrten in der Luft herum wie Glühwürmchen, das Prasseln und Knistern und Knacken versetzte Prometheus zurück in die Kindheit, versetzte ihn zurück an einen Abend voller Mauersegler, an einen Abend der Freundschaft und des Zusammenhalts.

Die Nacht war mild, und der Mond stand kalt und hell über ihnen. Eigentlich wollte Prometheus gar nicht mitfeiern, doch Helle und Aslaug hatten ihn dazu überredet. Er wusste nicht, was er von diesem ganzen heidnischen und abergläubischen Kram halten sollte, doch er fügte sich einfach und stellte sich dazu.

»Glaubst du an diese Sachen?«, fragte Prometheus Aslaug, die neben ihm stand und sich gerade einen großen braunen Wollschal um ihren Hals wickelte.

»Was für Sachen?«, fragte sie zurück und hob den Weinbecher auf, den sie am Boden abgestellt hatte.

»Na all diese Rituale und so … diese Göttinnen, Götter, Feen und Geister und all das, von dem Helle öfter spricht.«

»Ja, ich glaube daran.«

»Ist das nicht … ungewöhnlich?«

»Was ist daran ungewöhnlicher, als an einen Christengott zu glauben. An eine Art alten Mann im Himmel, an Wunder, Heilige, Engel, all sowas?«

»Hm. Stimmt auch wieder«, sagte Prometheus und trank einen Schluck Wein.

Helle stand ihnen gegenüber auf der anderen Seite des Feuers und wiegte sich zu ihrem eigenen Gesang hin und her. Sie trug das bunte, fließende Gewand und hatte ihren Kopf mit einem Kranz aus Holunderzweigen geschmückt. Das Flackern der Flammen tanzte auf ihrem Gesicht und gab der ganzen Szene einen ursprünglichen, irgendwie prähistorischen Touch.

»Mit dem Essen unter dem Holunderbaum ehrt sie Hulda. In Deutschland sagt man Frau Holle.«

»Was? Aber ist das nicht nur eine Märchengestalt, die das Wetter macht?«

»Das ist das, was diese zwei Männer in ihrem Märchenbuch draus gemacht haben. Hulda ist die schützende Göttin, die helfende Mutter.«

»Ah«, sagte Prometheus.

»Helle verehrt unsere große Göttin sehr«, sagte Aslaug und lächelte, während sie ihre Frau beobachtete.

Prometheus hatte unbewusst begonnen, sich ebenfalls hin und her zu wiegen. Aus den Bereichen, die vom Schein der Flammen nicht berührt wurden, hörte er es rauschen, knacken und tippeln. Vermutlich wurden sie von den Ponys bei ihrem seltsamen Treiben beobachtet, von Vögeln, die eng aneinandergedrängt und mit aufgeplustertem Federkleid auf Zweigen und Ästen saßen, von Würmern und vielleicht von Schnecken, die auf ihrem silbrig-klebrigen Schleim über raue Baumrinde krochen, während ihre Stielaugen hin und her wippten.

»Weißt du, Helle kommt aus einer Gegend, in der die alten Rituale sehr wichtig waren. Sie kommt aus einem Dorf, in dem nur Frauen lebten und die große Göttin verehrten.«

Prometheus starrte sie an.

»Nur Frauen? Wie soll das gehen?«, fragte er.

»Was heißt denn hier *wie soll das gehen*, denkst du, wir Frauen sind ohne euch Männer nicht fähig zu existieren?«

Als Prometheus Aslaug ansah, stellte er fest, dass wieder die kalte Härte in ihre Augen gekrochen war. Wenn sie nicht gerade auf Angriff gebürstet war, verteidigte sie sich so hart gegen alles und jeden, dass auch das wieder eher ein Angriff war. Aslaug teilte immer aus. Unglaublich, dass sie mit der offenen, freundlichen und liebenswürdigen Helle verheiratet war. Wie die beiden sich wohl gefunden haben mochten? Vielleicht war Aslaug ja nur zu ihm so hart. Vielleicht mochte sie ihn nicht.

»Nein, aber irgendwie müsst ihr euch ja fortpflanzen, oder? Dafür braucht ihr Männer«, antwortete Prometheus.

»Deshalb muss kein Mann dort im Dorf leben.«

»Heiratet dort dann niemand?«

»Ehen zwischen Männern und Frauen gibt es nicht.«

»Und nur zwischen Frauen? Also untereinander?«

»Manchmal, ja«, sagte Aslaug und nahm noch einen Schluck Wein.

Helle hatte die Augen geschlossen, summte und wiegte sich lächelnd vor und zurück. Auf Prometheus wirkte der Anblick irgendwie beruhigend, meditativ, lindernd.

»Wieso leben in diesem Dorf nur Frauen?«, setzte er die Unterhaltung fort.

»Nun … der Ort liegt tief in einem Wald, und diese Gegend ist einfach keine gute Gegend für Männer.«

»Was soll das bedeuten?«, fragte Prometheus.

»Es –«

Aslaug hielt plötzlich inne und lauschte. Prometheus hatte ebenfalls das knirschende Geräusch von Rädern auf Kies gehört, und Helle stoppte ihren Gesang und drehte den Kopf in Richtung Haus.

»Wer ist das, erwartet ihr noch Besuch?«, fragte Prometheus.

»Das werden unsere neuen Gäste sein!«, sagte Helle und strich sich ihr buntes Gewand glatt, »da kommen die ja genau zum richtigen Zeitpunkt!«

Kapitel 10

1

»Ich denke, für Patientin 27 ist die Studie vorbei.«

Prometheus lehnte an seinem Schreibtisch, die Arme verschränkt, die Stirn in Falten gelegt.

»Sie ist nur noch am Kotzen, wir kriegen sie gar nicht mehr vom Tropf los. Durch die Monozyten im Blut hat sie irre hohen Blutdruck. Dazu Schwäche, beginnende Anämie …«

Prometheus' Assistent Eran stand mit einem Tablet vor ihm und hatte ihn in den letzten drei Minuten durch die desaströse Krankengeschichte von Patientin 27 geführt.

»Ja, ich habe verstanden. Brich die Studie mit ihr ab, ist okay.«

»Alles klar … was machen wir mit ihr?«

»Wie ist das Tumorwachstum?«

»Rasant. Ich denke, sie hat noch eine Woche, die Metastasen in den Lungen sehen nicht gut aus.«

»Okay, ich überweise sie auf die Palliativ. Ist sie ansprechbar?«

»Gerade nicht, aber ihre Familie ist da.«

Prometheus dachte nach. Er versuchte, sich zu erinnern, welche Patientin das war. Die mit den dunklen Haaren und den vielen Kindern? Oder war es die ältere Frau, deren Mann immer Brotdosen mit geschmierten Stullen mitbrachte, die sie sowieso nicht aß?

»Alles klar, kannst du mit ihnen reden? Ich spreche mit der Patientin, wenn sie wach ist.«

»Okay«, murmelte Eran und machte sich mit seinem Stift ein paar Notizen auf dem Tablet.

Ich könnte jetzt im Wald sein, dachte Prometheus. Stattdessen bin ich hier und höre eine Hiobsbotschaft nach der anderen. Was für ein Sonntag, dachte er. Heute kommt auch diese Doku über Paralleluniversen, muss ich die also wieder in der Mediathek nachschauen.

»Wie sieht es bei den anderen aus?«, fragte Prometheus.

»Relativ unauffällig … hier und da ein wenig Fieber, aber alles im nichtkritischen und zu erwartenden Bereich.«

»Wie geht es Patient 51?«

»Wieso, war was mit dem?«

Das ist mein vielleicht sterbender bester Freund, wie sehr kann etwas mit jemandem sein, du Arsch, dachte Prometheus.

»Ach, ich hatte gestern zufällig mit seiner Familie gesprochen. Sie haben mich gebeten, mal nach ihm zu sehen«, log er.

»Ach so … Moment, ich schaue nach.«

Stille.

»Hmmm …«

Oh mein Gott, was heißt hmmm, sag es einfach!!!, dachte Prometheus.

»Was gibt's?«, fragte er ruhig.

»Die myeloiden Zellen im Blut gehen nicht runter … der Wert ist gleichbleibend hoch, das Immunsystem wird um die Krebszellen herum entsprechend noch etwas ausgebremst. Allerdings bin ich mir nicht sicher, was das bedeutet. Die Schwankungsbreite und der Vertrauensbereich lassen jetzt nicht unbedingt den Schluss zu, dass Patient 51 nicht auf die Therapie anspricht. Vielleicht braucht der einfach etwas länger? Seine Metastasen sind jedenfalls nicht größer oder mehr geworden, das ist gut, vorher war das Wachstum ja ziemlich schnell. Hm … aber die Primärtumorlast ist gestiegen. Der ursprüngliche Tumor ist gewachsen, vermutlich aufgebläht durch die Immunreaktion. Zumindest wäre das denkbar. Also ich denke, ihm geht es okay«, schloss Eran.

»Das klingt gut«, sagte Prometheus.

Er fand wirklich, dass es gut klang. Vielversprechend. Er war sich immer sicherer, dass seine Methode funktionieren würde, dass er da wirklich einer Sache auf der Spur war, dass er Jakob heilen könnte.

Alles wird gut, dachte er sich.

Alles wird gut.

2

»Alles scheiße«, sagte Prometheus und rieb sich die noch müden Augen.

»Hm?«, fragte Miriam verschlafen und griff nach ihm.

»Ach, in der Klinik. Ich muss ins Labor.«

»Was? Es ist Sonntag, wir wollten heute wandern gehen, kann Eran das nicht übernehmen? Oder ruf Asaf an.«

Prometheus schwang die Füße aus dem Bett und blinzelte in die Sonne, die sich, durch die Rillen der Jalousie in Scheiben geschnitten, durch das Schlafzimmer tastete. Wieder griff Miriam nach ihm, er streckte seine Hand aus und fing ihre Finger auf, drückte sie kurz und ließ dann los.

Miriam richtete sich auf und rieb sich das Gesicht.

»Ist etwas passiert? Mit der Studie?«

Ihre Stimme klang jetzt wach und besorgt.

»Nein«, sagte Prometheus.

Eigentlich wollte er gar nicht mit ihr darüber sprechen und ärgerte sich jetzt, dass ihm die Bemerkung herausgerutscht war.

»Es gibt ein kleines Durcheinander bei den Datensätzen, kein Drama, aber ich sollte mich drum kümmern«, erklärte er und zog sich dabei frische Boxershorts an.

»Willst du nicht duschen?«, fragte Miriam.

»Nee.«

»Wer war denn am Telefon?«

»Eran«, sagte Prometheus.

Das war gelogen. Es war sein Vorgesetzter gewesen, Dr. Kumar, der Fragen zu den Studienergebnissen hatte, die er nicht aussagekräftig genug fand. Genau genommen war jener Vorgesetzte der Meinung, dass sich die Daten in eine ungünstige Richtung entwickelten. Doch das stimmte nicht, fand Prometheus, es stimmte nicht, und der Typ stieg einfach nicht richtig durch die Daten durch. Ja klar, hier und da gab es kleine Ausreißer, und er verstand auch, dass Leute vielleicht meinten, nach acht Wochen müssten die Ergebnisse schon schlagkräftiger sein und expliziter in eine Richtung weisen. Das lag aber nur daran, dass diese Leute eben nicht so tief drin waren wie er, dass sie sich nicht genug mit der Materie auskannten, um zu verstehen, was das alles bedeutete. Seine Therapie funktionierte (sie musste funktionieren), da war er sich sicher.

»Ich fürchte, ich werde etwas länger in der Klinik sein«, sagte Prometheus und schlüpfte in die Jeans, die zusammengeknüllt am Boden lag.

»Ich verstehe nicht, wieso du jetzt extra in die Klinik musst. Du hast, wie gesagt, Angestellte, ruf doch einfach an. Oder mach nen Videocall oder sowas.«

»Ich muss das selber machen«, sagte Prometheus und holte sich ein frisches Hemd aus dem Schrank.

»Du musst Arbeit auch mal Arbeit sein lassen, jetzt ist Sonntag«, versuchte es Miriam erneut und stand ebenfalls auf.

Sie zog die Jalousie hoch und öffnete das Fenster. Draußen hörte Prometheus das helle *Sriii Sriii* der Mauersegler. Er trat ebenfalls ans Fenster und sah zu, wie die sichelförmigen Vögel wie kleine Bumerangs durch die Luft sausten, wie sie aufstiegen und sich dann eine Millisekunde später in die Tiefe fallen ließen, um sich kurz vorm Aufschlag auf ein Hausdach oder einen Baum oder den Boden wieder zu fangen und gewehrkugelgleich die Luft zu durchstoßen.

Jakob hatte Prometheus damals erklärt, dass der lateinische Name *Apus apus* auf Deutsch so etwas wie *ohne Beine* bedeutete. Es stimmte natürlich nicht, dass ein Mauersegler keine Beine hat, sie waren nur sehr klein und wurden nur wenig genutzt; wenn, dann um sich an einer Wand oder etwas Ähnlichem festzukrallen oder aber um sich die Füßchen im Flug kühlen zu lassen und ihre Temperatur darüber zu regulieren. Wie gerne würde Prometheus jetzt einfach aus dem Fenster springen und mitfliegen, weg von alldem, weg von seinem Leben, das plötzlich so schwer, unwegsam und kompliziert geworden war.

»Das ist nicht nur Arbeit«, sagte Prometheus, »hier geht es um Jakob.«

Miriam trat von hinten an ihn heran, legte ihm die Arme um den Bauch und barg ihre Stirn zwischen seinen Schulterblättern.

»Stimmt. Tut mir leid«, sagte sie leise.

»Wir haben schon lange nichts mehr richtig unternommen, ich weiß. Ich weiß auch, dass ich daran schuld bin, wirklich«, sagte Prometheus, »wird echt Zeit, dass wir mal wieder etwas gemeinsam machen. Nur wir beide.«

»Vielleicht ein Urlaub.«

»Ja. Dieses Mal meine ich es wirklich ernst, okay?«

»Okay. Was schwebt dir vor?«

Prometheus löste sich aus der Umarmung und suchte ein paar Sachen zusammen (Notebook, Notizblock, Handy, den Mut, das alles durchzustehen), die er mit in die Klinik nehmen musste.

»Ich weiß nicht«, sagte er, und: »Wie wäre es mit Dänemark?«

3

»In der Kontrollgruppe haben die meisten das Gröbste hinter sich. Also die, die eine positive Prognose haben und bei denen die Chemotherapie anschlägt.«

Prometheus drückte sich mit Daumen und Zeigefinger gegen die Nasenwurzel. Er hatte rasende Kopfschmerzen, er schlief zu wenig und zu schlecht. Außerdem beunruhigte ihn, dass es den Chemoleuten deutlich besser ging als seinen Patientinnen und Patienten.

»Gut für sie. Und wie sieht es bei unserer Immungruppe aus?«, fragte er.

Bitte, ich brauche gute Nachrichten, dachte er.

»Die Ergebnisse sind gemischt, es ist nicht so richtig ideal.«

Immerhin nicht schlecht, oder?

»Was heißt das?«

»Na ja, man sieht wenig Fortschritt. Beziehungsweise …«

Eran zögerte.

»Hm?«

»Ich finde, man sieht eigentlich keine echte Verbesserung.«

»Ich schau mir das mal an. Ich geb dir für den Rest des Tages frei, behalte aber dein Handy in der Nähe, falls ich doch eine Rückfrage habe, ja?«

»Alles klar«, sagte Eran und begann, seine Sachen zusammenzupacken.

»Hatte Dr. Kumar irgendwas zu dir gesagt?«

»Nee. Soll ich die neuen Daten dann morgen in die Tabelle einpflegen? Die Tumormessungen und so?«

»Nein, das mache ich heute«, sagte Prometheus.

Eran hielt mit dem Packen inne und sah ihn erstaunt an.

»Dein Ernst?«, fragte er.

»Ja.«

»Keine Ahnung, was mit dir los ist, aber ich gehe jetzt einfach nach Hause, bevor du es dir anders überlegst.«

Eran schwang sich augenzwinkernd seinen Rucksack über die Schulter und ging in Richtung Tür.

»Ach ja«, sagte er, »bevor ich es vergesse: Der Walter hat sich angekündigt, er will heute noch unbedingt vorbeikommen und die Ergebnisse anschauen.«

»Onkologie-Walter?«, fragte Prometheus und dachte an den Mahagoni-Schreibtisch, den kleinen Balkon, den Dunst von Geld und Erfolg, den der ältere Kollege immer verströmte. Hatte er mit Kumar gesprochen? Wieso ausgerechnet heute?

»Ja, genau der, er meinte heute Abend oder so«, antwortete Eran, »tschüss dann!«

Er wartete nicht mehr auf Prometheus' Abschiedsgruß und verließ den Raum.

Prometheus legte den Stapel Krankenakten in einen Karton und trug ihn in sein Büro.

4

Es gibt diesen einen Moment, in dem ein Leben den Bach runtergeht.

Ein paar Sekunden, Minuten oder Stunden, ganz egal. Im Nachhinein kann man den Finger drauflegen und sagen: Da, das war es, das war der Moment, der alles verändert hat.

Und dann gibt es noch den Moment, in dem man es merkt.

Der Moment, wenn man erkennt, dass man in der Falle sitzt, dass da etwas war, was das ganze Raum-Zeit-Kontinuum in zwei Hälften geschnitten hat; alles zerteilt hat in ein Davor und ein Danach.

Die Frage ist nur: Wie weit liegen diese beiden Momente auseinander? Und welche richtige oder falsche Entscheidung liegt allem zugrunde? Wo hat man einen Fehler gemacht? Es ist eine bequeme Lüge, dass es bei solchen Momenten kein Richtig oder Falsch gibt; bloße Augenwischerei, um alle Verantwortung und ähnliche Beschwerlichkeiten von sich zu weisen.

Richtig und Falsch, Davor und Danach. Man denkt immer erst daran, wenn alles zu spät ist, wenn alles vorbei ist, wenn man schon auf der anderen Seite steht. In den schönen Momenten denkt man natürlich nicht daran.

Wenn man mit seinem besten Freund am Meer Muscheln sammelt und in die Wellen rennt, als wären die kleinen, dünnen Grundschuljungenkörper nicht genau das, sondern Wellenbrecher aus Stahl.

Wenn man nachts im Garten der Eltern zeltet und mit angeschalteter Taschenlampe eingemummelt in Schlafsäcken dasitzt und sich Gruselgeschichten erzählt (»Kennst du die Geschichte *Die schwarze Rose?*« – »Nein.« – »Es war einmal ein

Mann, der wollte für seine Frau eine rote Rose kaufen. Doch der Blumenhändler hatte keine roten Rosen mehr, bot ihm dann eine schwarze Rose an. Der Mann überlegte kurz, doch dann nahm er sie mit nach Hause. Seine Frau freute sich sehr, doch nachts …«).

Wenn man sich dann so erfolgreich gruselt, dass man dann doch lieber ins Haus zum Schlafen geht, sicher ist sicher.

Wenn man sich einen grünen Hügel hinunterkullern lässt und wettet, wer schneller unten ankommt.

Wenn man dann unten in der Wiese nebeneinanderliegt, Grashalme kaut, wie man es in den Cowboyfilmen gesehen hat, und überlegt, wofür man die zwanzig Pfennig gleich im Süßwarenladen ausgeben sollte (»Cola-Kracher, was sonst?«).

Wenn man gemeinsam Grashüpfer jagt, seinen besten Freund anguckt und ihn so, so liebt. Das denkt man da natürlich nicht, dass man ihn so, so liebt, klar. Man denkt da sowieso nichts, man ist glücklich und fängt Grashüpfer, der Rest ist unwichtig.

Wenn man das erste Mal Liebeskummer hat, und der beste Freund sagt: Ich mache niemals mit dir Schluss.

Wenn man das Neugeborene seines besten Freundes und dessen Frau in den Armen hält (»Er hat deine Augen!«) und man heulen muss wie ein Kleinkind.

Wenn der beste Freund sagt, dass er noch einmal Vater wird, und wie *er* dann heulen muss wie ein Kleinkind.

An die Gefahr denkt man nicht, wenn man sich im Davor befindet. Doch das alles, diese schönen Momente, all diese Liebe und Nähe und diese riesigen Lawinen voll Glück sind das, was einem im Danach das Herz herausreißen wird.

5

Es klopfte an der Tür.

»Ja?«, fragte Prometheus und legte den Bogen mit den MRT-Bildern von Patient 11 beiseite.

Die Tür öffnete sich, und Dr. Walter trat ein.

»Udo, hallo«, sagte Prometheus, stand auf, ging um seinen Schreibtisch herum und streckte dem Onkologie-Chef die Hand entgegen.

»Na, ich hatte ja angedroht, dass ich mir gerne mal die Studie ansehen möchte, hehe.«

Der ältere Arzt strahlte Prometheus aus blauen Augen an, um die sich Lachfalten wie feine Spinnweben zogen. Udo Walter war sympathisch. Prometheus beneidete ihn darum, er selbst wirkte auf Fremde oft distanziert und manchmal auch unterkühlt, doch er war einfach etwas zurückhaltender. Nichts überstürzen, erstmal schauen. Jakob ist ein Strahlemann, alle, die ihn treffen, mögen ihn sofort, dachte Prometheus, und: Ich wünschte, ich wäre auch so.

»Setz dich doch«, sagte Prometheus und wies auf seine Sitzecke.

Bestimmt bemerkt er, dass es kein echtes Leder ist, dachte Prometheus, Miriam würde sicher wieder sagen, dass niemand außer mir auf so etwas achtet, aber das stimmt nicht.

Der Kollege setzte sich auf einen der Sessel.

»Kaffee? Tee? Wasser?«, fragte Prometheus.

Dr. Walter schielte hinüber zur Kaffeemaschine, schien sie abschätzig zu mustern und verneinte dann.

»Danke, für mich nichts.«

Prometheus goss sich selbst ein Glas Wasser ein und setzte sich dem Onkologen gegenüber.

»So, wie läuft denn die Studie bisher?«, fragte der ältere Arzt.

»Ach, bisher eigentlich ganz vielversprechend.«

»Ja?«

Dr. Walter musterte Prometheus ernst, aber nicht unfreundlich. Er hatte ein Pokerface aufgesetzt, schien abzuwarten, schien … zu taktieren.

»Ja.«

»Hm, das ist schön zu hören, dass du es so einschätzt. Clara schien die Ergebnisse ja etwas anders interpretiert zu haben.«

»Na ja, sie ist ja auch Radiologin.«

»… die deine Bilder macht. Und natürlich ausgewiesene Expertin.«

»Klar. Aber sie ist mit dem Projekt und allem ja gar nicht vertraut. Mit den Inhalten, mit den Zielen, mit den … Besonderheiten dieser Forschung.«

»Na ja«, sagte Dr. Walter und lehnte sich auf seinem Sessel zurück.

Gönnerhaft, überlegen, überheblich, dachte Prometheus, und: Was für ein Arschloch.

»Als Radiologin kann sie ja durchaus einschätzen, ob ein Tumor kleiner oder größer geworden ist«, fuhr der Onkologe fort, »und sie meint, dass da jetzt nicht sooo ein ausgeprägter Abwärtstrend zu sehen sei.«

Prometheus spürte, wie seine Hände schwitzten, wie die Hitze in seinen Kopf stieg, wie sein Herz schneller pochte. Er war genervt, gestresst, ausgelaugt, er hatte gar keine Zeit für dieses Gespräch, er hatte Miriam versprochen, dass er nicht so lange in der Klinik bleiben würde, doch jetzt sah alles danach aus, dass es wieder einmal ein typischer Tag werden würde.

»Nun«, begann Prometheus, »es gibt durchaus Abwärtstrends in der Tumorlast, das kann ich so nicht stehenlassen. Sie hat nicht die gesamte Tabelle vorliegen, also nicht alle Daten, Clara ist ja nicht drin im Projekt. Vielleicht erinnert sie die Tumorgrößen falsch oder bringt die Patienten durcheinander. Es gibt starke Anzeichen, dass die Therapie anschlägt.«

»Das klingt ja gut«, sagte Dr. Walter und blickte ihn weiter direkt an.

Prometheus' Augen begannen zu tränen bei dem Versuch, nicht zu blinzeln, doch er wollte nicht der Erste sein, der nachgab. Schließlich wandte sein älterer Kollege die Augen ab und blickte zur Fensterfront hinüber.

»Kann ich mal ein paar der Daten sehen?«, fragte er.

Nein, verdammte Scheiße, fick dich und hau ab!, wollte Prometheus brüllen, er wollte den anderen Arzt am Kragen packen und rauswerfen, als hätte er nicht schon genug Probleme, als hätte er nicht schon genug Stress, als –

»Klar«, antwortete er ruhig, ging zum Schreibtisch und nahm die Akte der Patientin 7 in die Hand. Kurz zögerte er, vielleicht war Patient 3 besser? Er war sich nicht sicher, Konzentration fiel ihm unter Stress manchmal schwer. Doch dann besann er sich, er wollte nicht, dass ihm die Unsicherheit anzusehen war. Festen Schrittes, wie um das vorherige Zögern auszugleichen, ging er auf Dr. Walter zu und gab ihm die Akte.

»Direkt am Anfang findest du eine grafische Darstellung der Tumorlast im zeitlichen Verlauf«, sagte Prometheus und stellte sich an die Kaffeemaschine.

Er wollte eigentlich keinen Kaffee, wollte nichts, außer sich wieder an den Rechner setzen und die Daten einpflegen und überprüfen, doch jetzt steckte er in dieser Situation fest und musste sich fügen. Um den Händen etwas zu tun zu geben, brühte er sich dann eben einen Kaffee auf. Was soll's.

»Ich dachte eher, du zeigst mir Datensätze des Projekts am Rechner?«, fragte der Onkologe und wog die Akte in der Hand.

»Die werden gerade überarbeitet, die sind nicht aktuell. Ich will auch nicht, dass sich die Versionen gegenseitig überschreiben, wenn jemand gerade dran arbeitet«, sagte Prometheus und holte sich eine Tasse aus dem kleinen Schrank neben der Maschine.

»Sicher nicht auch eine Tasse?«

»Nein danke«, sagte Dr. Walter leicht abwesend, während er sich durch die Akte blätterte.

Stille. Papiergeraschel. Kaffeegeblubber.

Was für eine Zeitverschwendung, dachte Prometheus, und: Miriam wird mich umbringen, wenn ich jetzt schon wieder den ganzen Tag hier hänge.

»Nun, vielleicht verstehe ich etwas falsch, aber irgendwie sieht es doch so aus, als würde die Tumorlast zunehmen?«, fragte der ältere Arzt mit gerunzelter Stirn.

»Hm?«, fragte Prometheus.

Er war nervös.

»Na hier, in der ersten Datenerfassung ist der Primärtumor sechsundsiebzig Millimeter groß … in der zweiten ändert sich nichts, aber hier in der dritten Untersuchung gebt ihr die Tumorgröße mit fünfundachtzig Millimeter an.«

Prometheus griff nach dem Blatt, das Dr. Walter gerade in der Hand hatte.

»Zeig mal, Udo.«

Er sah sich die Daten an. Stimmt, aber es war ja noch recht am Anfang. Ein Aufquellen des Tumors, während das Immunsystem ihn attackierte, war nicht ungewöhnlich. Doch wie sollte er es dem Onkologen begreiflich machen? Für ihn zählte im Klinikalltag ja einfach nur die nackte Tatsache, ob ein Tumor kleiner oder größer wurde, egal, wieso und wie sehr.

»Das muss ein Zahlendreher sein«, sagte er und wusste nicht, wieso er das gesagt hatte.

Natürlich war es kein Zahlendreher, Eran checkte alles immer doppelt und dreifach, nachdem er neue Daten eingetragen hat und während er die Krankenakten auf den neuesten Stand brachte. Und jetzt dämmerte Prometheus auch, dass er ihm die falsche Akte gegeben hatte. Eine Akte mit einer eher ungünstigen Krankengeschichte, doch wenn er ehrlich mit sich selbst war, sahen die alle nicht so rosig aus wie erhofft. Vermutlich brauchte er mehr Zeit, es würde sich alles fügen. Alles würde sich fügen, und er würde künftig auch mehr schlafen, damit ihm solche Fehler nicht passierten.

»Ach?«

»Ja, das muss sicher achtundfünfzig Millimeter heißen«, log Prometheus' Mund von selbst weiter, während sein Kopf noch zu evaluieren versuchte, was genau sein Plan hier war.

»Oh, dann solltest du das schnell aktualisieren«, sagte Dr. Walter.

Prometheus nickte und erzählte einfach weiter; er sprach davon, wie überlastet und im Stress alle im Team seien und dass es da zwangsläufig zu Flüchtigkeitsfehlern käme, wie schwierig es auch sei, gute Leute zu finden, all das.

Der ältere Onkologe nickte lächelnd, und Prometheus konnte einfach immer noch nicht einschätzen, ob der Kollege ihm glaubte oder ob er lauerte und nur vorgab, die Geschichte zu schlucken.

Sie sprachen noch ein wenig über die Studie, tauschten sich anschließend im Plauderton über aktuelle Paper aus, bis Dr. Walter endlich aufbrach und Prometheus wieder allein ließ.

Dieser ließ sich auf seinen Schreibtischstuhl fallen und starrte auf den Aktenstapel vor sich.

Scheiße, dachte er, und: Was ist, wenn es wirklich ein Zahlendreher war? Er *wusste*, dass seine Therapie funktioniert, anfangs war er sich nicht so sicher gewesen, aber mittlerweile war er überzeugt. Er brauchte nur noch etwas Zeit, doch würde er die haben, wenn Dr. Walter überall herumerzählte, dass die Daten nicht stimmten? Dann würde er die Studie abbrechen müssen, doch was wurde dann aus seinen Patienten (aus Jakob), was sollte er den Familien sagen (Jakobs Familie) …? Die Studie musste zum Wohle aller weitergehen.

Er öffnete die große Tabelle mit allen Tumorgrößen und Blutwerten und allen möglichen anderen Daten, die sich als Ergebnis der schier endlosen Messungen in den Reihen und Spalten tummelten.

Was war, wenn es wirklich einen Zahlendreher gab? So etwas war doch möglich, oder?

Er wechselte zum Tabellenblatt mit den Tumorgrößen. Ja, hier und da waren sie nicht ganz ideal, doch das würde noch passieren, da war er sich sicher! Zeit. Er brauchte Zeit. Er wechselte zu den Blutwerten zurück.

Wenn sich diese Woche keine Besserung zeigte, würden die Patienten demnächst alle auf der Palliativstation landen.

Etwas mehr Zeit, nur etwas!

Und es ging den Leuten doch ganz gut, Jakob zum Beispiel … der würde ja wohl kaum jetzt mit seiner Familie in einem Kurzurlaub auf Rügen sein, wenn die Therapie so gar nicht anschlagen würde, oder?

Er öffnete wieder die Tabelle mit den Tumorgrößen.

Mit einer Chemotherapie wäre das alles nicht möglich gewesen, und wer weiß, wie Jakob das überhaupt weggesteckt hätte. Die Chemo hätte ihn vielleicht umgebracht! Und jetzt konnte er mit Timur Drachen steigen lassen, er konnte Eiskaffee trinken und mit seinen langen Weberknechtbeinen durchs Meer staksen, verdammt, er konnte auch wieder mit Semra schlafen, dafür hatte Prometheus gesorgt. Wie das möglich war? Durch ihn, durch seine Hilfe, seine Therapie. Er hatte das alles im Griff.

Er scrollte sich durch die verschiedenen Zahlenreihen.

Und überhaupt, er wusste ja, dass es auch bei den Mausversuchen Anlaufschwierigkeiten gegeben hatte, die sich dann als Übergangsphase herausgestellt hatten. Es hatte einfach nur ein wenig gedauert, bis die Immunreaktion so richtig Fahrt aufnahm. Das war hier sicher auch der Fall, es war keine Stagnation.

Er scrollte sich zu Patientin 7 durch.

Die Menschen mussten Geduld haben, Innovationen fielen einem in der Regel nicht ins Haus, oder? Eventuell muss man einfach die Streubreite der Daten etwas optimieren, das ist ja auch irgendwie Auslegungssache, also ein bisschen, ein klein wenig, oder? Oder?

Er suchte die Spalte mit der letzten Messung.

Ja, hier und da gibt es Ausreißer, aber vielleicht sind das alles nur Artefakte, vielleicht sind das keine richtigen Datenpunkte.

Er fand die Spalte und dann auch die richtige Zeile.

Womöglich sollte man sie in der Statistik ausschließen, diese Ausreißer, damit sich ein homogeneres Bild ergab. Ich weiß, was ich hier mache, dachte er, ich brauche nur etwas mehr Zeit, und hey, Fehler beim Übertragen können passieren, oder?

Und dann korrigierte er den Zahlendreher.

Und noch einen.
Und noch einen.
Bumm, bumm, bumm.
Sein Herz schlug wie eine Voodoo-Trommel.

Kapitel 11

1

Mirja war Prometheus lieber. Misstrauisch betrachtete er den großen und schweren Kaltblüter namens Olav, ließ seine Augen über die kräftige Muskulatur des Pferdes wandern, sah hinunter zu den riesigen Hufen.

»Olav ist ein ganz Lieber«, sagte Aslaug, tätschelte das braune Pferd am Hals und strich ihm anschließend über seine blonde Mähne, »das ist ein deutsches Kaltblut … was super ist, da sprecht ihr schon die gleiche Sprache!«

Sie lachte über ihren eigenen Witz, Prometheus verzog nicht einmal die Mundwinkel.

»So. Hier der Rucksack, pass auf, dass das Leder nicht von der Axt fällt. Hier, so entfernt man es.«

Aslaug zeigte Prometheus, wie man den ledernen Klingenschutz vom Axtblatt herunternahm.

»Ich habe dir Wasser und ein paar Karotten für Olav mit eingepackt. Und natürlich Wasser für dich. Meinst du, du findest die Stelle?«

»Ja, denke schon«, antwortete Prometheus.

Er hatte keine Ahnung, aber dachte sich, dass er sowieso einfach einen x-beliebigen Baum umhacken würde, wen juckte das schon?

Aslaug hatte ihn früh geweckt und war mit ihm und Olav

eine Stunde spazieren gegangen. Sie hatte ihm gezeigt, wie man das große Kaltblut führte und auch, wie man das geschlagene Holz am Geschirr befestigte.

»Du ziehst mit Olav den Baum aus dem Wald, am Waldrand hackst du ihn klein, und dann kommst du damit nach Hause. Denk dran, die Holzstücke auf dem kleinen Hänger gut zu sichern.«

»Wieso habt ihr keine richtige Kutsche, wäre das nicht einfacher?«, fragte Prometheus.

»Kannst du eine Kutsche fahren? Also ein Gespann lenken?«, fragte Aslaug.

»Nee, aber …«

»Also, wieso fragst du dann?«

»… egal.«

»Hast du noch andere Fragen?«

»Ja, zum Beispiel: Wie soll ich das bitte hinbekommen?«

»Du kannst doch Holz hacken, wo ist das Problem?«

»Ich hab das seit meiner Jugend bei den Pfadfindern nicht mehr gemacht, das ist ziemlich lange her.«

»Ach, Unsinn, jeder kann Holz hacken. Du hast zwei gesunde Arme und eine Axt. Und da ist auch genug Holz im Wald. Du hältst mit den Händen die Axt fest und haust auf das Holz.«

»Wieso kommst du nicht mit? Oder machst es selber?«

»Ich habe andere Dinge zu tun.«

»Ah ja.«

»Ja.«

»Und das Holzholen kann nicht warten, ja?«

»Nein, kann es nicht.«

»Ihr könnt das doch noch gar nicht verbrennen, es muss doch erst ablagern.«

»Ja, und denkst du, es hüpft dann irgendwann selbst aus dem Wald und legt sich in unseren Schuppen?«

»Ich geh dann mal.«

»Ja. Wenn ein Unfall oder so passiert, schirr Olav ab, der findet den Weg heim, und dann wissen wir ja, dass was ist.«

»Und wenn ich das nicht kann, zum Beispiel, weil ich eingeklemmt oder bewusstlos bin?«

»Nach einer Weile würden wir nach dir suchen«, sagte Aslaug knapp und drückte Prometheus die Pferdezügel in die Hand.

Unsicher zog Prometheus daran, und Olav setzte sich schwerfällig in Bewegung. Bei jeder Bewegung, die das Kaltblut machte, rasselte und klapperte es, und Prometheus kam sich vor, als zöge er gerade in einen mittelalterlichen Krieg. Er setzte den Rucksack auf, schulterte seine Axt (was für ein Gedanke! Seine *Axt*) und ging den Weg entlang, den Aslaug ihm gewiesen hatte.

Was für eine Schnapsidee.

2

Helle kam aus dem Haus, stellte sich neben Aslaug und küsste sie. Dann blickte sie in dieselbe Richtung wie ihre Frau und wischte die Hände an ihrer Schürze ab. Sie war gerade dabei gewesen, Brot zu backen.

»Der kriegt doch nie im Leben einen Baum gefällt.«

»Natürlich nicht.«

»Wieso schickst du ihn dann los?«

»Beschäftigung und Zeit zum Nachdenken.«

Helle legte ihren Arm um Aslaugs Hüfte.

»Hat er dir mittlerweile gesagt, was mit ihm ist?«, fragte Aslaug.

»Wieso sollte er das ausgerechnet *mir* sagen?«, fragte Helle mit gespielter Verwunderung.

»Keine Ahnung, vielleicht, weil du der freundlichste und mütterlichste Mensch der Welt bist und eine Gabe hast, Dinge aus Leuten herauszukitzeln?«, antwortete Aslaug und lächelte ihre Frau an.

»Du meinst, weil ich nicht so miesepetrig wie du bin?«

»Was? Ich bin nicht miesepetrig!«, rief Aslaug.

»Zu mir nicht, aber zu anderen schon.«

»Dich mag ich ja auch. Also? Hat er dir was gesagt?«

»Gesagt hat er mir nichts, nein.«

»Hm.«

Aslaug zog mit ihrer Schuhspitze Kreise in den staubigen Boden, während die Sonne über ihnen kurz hinter den dichten Wolken hervorblitzte.

»Ich denke aber, ich weiß, was mit ihm ist«, sagte Helle und streckte sich.

»So?«

»Ich glaube, er hat einen umgebracht.«

Aslaug schaute über die Koppel und verfolgte den Weg von Prometheus und Olav auf dem kleinen Landwirtschaftsweg in Richtung Wald.

»Das verwundert dich jetzt aber nicht, oder?«, fragte Helle, »gerade du …«

»Nein, und ich glaube, du hast Recht.«

»Sonst hättest du ihn ja nicht mit Olav in den Wald geschickt.«

»Genau.«

Über ihnen trieb der Wind die Wolken wie Schiffe vor sich her, Möwen zogen ihre Kreise und riefen einander geheime Dinge zu, unter allem lag das kaum wahrnehmbare Geräusch des donnernden Meeres. Es war ein kalter und bewölkter Herbsttag, die Natur wirkte rau und eckig und spitz, und der abgelegene Hof lag in der Landschaft wie die einzige Raumstation auf einem unbewohnten Planeten.

»Meinst du, dieser Ausflug hilft ihm, sich besser zu fühlen?«, fragte Helle, legte ihrer Frau die Hand an die Wange und sah ihr in die Augen.

»Nein, der soll aber auch keine Linderung bringen.«

»Nein?«

»Nein.«

»Sondern?«

»Er muss trauern. Es soll wehtun.«

3

»Das tut weh …«

Prometheus ließ die Hände sinken, mit denen er Jakob gerade den Bauch abgetastet hat.

»Wir müssen ein neues MRT machen.«

Jakob setzte sich auf. Er sah verletzlich und dünn aus, unausgeschlafen und abgespannt.

»Sind das neue Metastasen?«, fragte er.

»Das werden wir im MRT sehen.«

»Und der Rest? Die anderen Tumore? Sind die kleiner geworden?«

»Ja«, sagte Prometheus.

Das stimmte nicht ganz, genau genommen stimmte es gar nicht, einer war sogar noch gewachsen. Aber vielleicht brauchte Jakob nur Zeit? Bei zwei anderen Patienten war die Tumorlast zurückgegangen, das würde (musste) auch bei Jakob passieren, da war sich Prometheus sicher.

»Hast du noch andere Beschwerden?«, fragte Prometheus und setzte sich auf einen Hocker mit Rollen.

Sie waren in einem Untersuchungszimmer der Klinik, alles war weiß und kahl und ungemütlich, alles wies darauf hin, dass das hier eine Ausnahmesituation war, dass nichts mehr normal war, definitiv nicht. Kalte Professionalität, ein Ort, in dem das Leben und Sterben messbar und genormt war, an dem man sich automatisch unbehaglich fühlen musste.

Jakob knöpfte sein Hemd zu und rollte die Ärmel auf.

»Jakob?«

»Ich weiß nicht«, antwortete er zögerlich, »vielleicht ist es nichts.«

Prometheus beugte sich vor und stützte sich mit den Unterarmen auf den Knien ab. Er spürte, wie die Anspannung in ihm wuchs. Bitte nicht noch ein Symptom, bitte nicht noch etwas.

»Was ist es, sag es einfach. Jedes Detail ist wichtig, das weißt du doch.«

»Nun … ich bin mir nicht sicher, ob das irgendwas damit zu tun hat.«

»Hau es einfach raus, ich bin der Arzt.«

»Also ich habe seit ein paar Tagen Kopfschmerzen auf der linken Seite. Ich hab mir halt einfach immer eine Schmerztablette eingeworfen, aber jetzt ist noch was komisch.«

»Was denn?«, fragte Prometheus.

»Ich weiß nicht, wie ich es beschreiben soll …«

»Irgendwas mit den Augen?«, half Prometheus nach und hoffte dabei auf ein Nein, hoffte inständig, dass dieses Wort fallen möge.

»Ja«, sagte Jakob.

»Was genau?«, fragte sein Freund.

Nicht gut. Gar nicht gut.

»Ich habe das Gefühl, nicht mehr so scharf zu sehen.«

Prometheus rollte mit seinem Stuhl an die Untersuchungsliege ran, auf der Jakob saß. Er nahm seine Pupillenleuchte und sah sich damit die Reaktion der Augen seines Freundes bei Lichteinfall an.

»Schau mal nach oben … okay, jetzt nach unten … links …. rechts …«

Prometheus kniff die Augen konzentriert zusammen.

»Folge dem Finger mit deinen Augen.«

Jakob tat wie geheißen.

»Stell dich mal vor mich. So, ich greife jetzt hinter dich, und du sagst mir, wann meine Finger in deinem Sichtfeld auftauchen. Sobald du rechts etwas siehst, rechter Arm hoch, wenn du links was siehst, den linken heben. Verstanden?«

Jakob nickte. Prometheus ließ seine Hände langsam nach vorn kommen. Ziemlich schnell hob Jakob den linken Arm. Prometheus ließ die Hände weiter nach vorn kommen und wartete; erst, als seine Finger schon fast parallel zu Jakobs Nase waren, hob sein Freund den rechten Arm.

»Dein rechtes Gesichtsfeld ist etwas eingeschränkt«, sagte Prometheus und versuchte, dabei möglichst gelassen zu wirken.

»So? Was heißt das?«

»Wir werden ein CT machen, und dann schauen wir mal.«

»Du glaubst, ich habe Hirnmetastasen, oder?«, fragte Jakob leise.

»Gerade glaube ich gar nichts, ich will einfach reinschauen und Dinge auch ausschließen – wie zum Beispiel einen Tumor. Vielleicht ist es auch eine durch die ganzen Medikamente ausgelöste Migräne«, antwortete Prometheus.

»Ja, vielleicht.«

Beide saßen da, sahen sich an, schwiegen.

»Und was tut da im Bauch so weh?«, fragte Jakob.

»Ich denke, das sind die alten Metastasen. Die sitzen einfach ungünstig, ich lasse ein MRT machen, und dann sollten wir auch über eine OP nachdenken, vielleicht schneiden wir die raus. Dann hat dein Immunsystem auch leichteres Spiel, also wenn weniger Metastasen da sind und die bestehenden auch kleiner sind, falls wir sie nicht vollständig entfernen können.«

»Okay.«

»Das wird schon«, sagte Prometheus und klopfte seinem Freund auf die Schulter.

Als sich ihre Blicke kreuzten, sah Prometheus, dass Jakob sich nicht sicher war. Er sah zum ersten Mal Zweifel im Blick seines Freundes. Zweifel an ihm, an der Therapie, an der eigenen Entscheidung, all das. Dabei hatte er die Immuntherapie so herbeigesehnt. Ich wollte nicht, dass du mitmachst, dachte Prometheus. Aber gut, das wird schon alles irgendwie funktionieren. Wichtig war nur, die Studie nicht abzubrechen, sondern sie durchzuziehen – und dafür hatte Prometheus mit der *Korrektur* der Daten gesorgt.

»Alles wird gut«, sagte Prometheus und sah seinem Freund fest in die Augen.

»Alles wird gut«, wiederholte Jakob und lächelte schwach.

Draußen vorm Fenster schraubten sich die Mauersegler in die Luft, um sich kurz darauf in die Tiefe fallen zu lassen.

(Wann kommt der Aufschlag?)

4

Ich fühle mich gerade wie Will Smith in *I am Legend*, nur, dass ich nicht mit meinem Hund als fast einziger Mensch durch postapokalyptische Städte ziehe, sondern mit meinem Pferd durch eine komplett verlassene Geisterlandschaft, dachte Prometheus, und: Wie schön wäre es, der letzte Mensch auf Erden zu sein.

Er ließ seinen Blick über die weite Ebene streifen, über die dahinter beginnenden Hügel, die den Horizont begrenzten und den Himmel auf ihren Kuppen zu tragen schienen, über den Wald, auf den er zulief und der wie eine dunkle, feuchte Wand vor ihm aufragte.

Alles war in Nebel getaucht, die unscharfen, dunklen Umrisse von Weidezäunen säumten wie wachende Gerippe den Weg. Frost hatte die Grashalme und Zweige, die Steinchen und kleinen Blätter überzogen und zu filigranen Kristallen konserviert. Es war noch früh am Morgen, und die Sonne ließ sich zwar immer mal kurz blicken, das reichte jedoch nicht, um Eiskristalle und Nebel vom Platz zu weisen und die gespenstische Atmosphäre zu verjagen.

Prometheus spürte, dass seine Klamotten und Haare die Feuchtigkeit der Luft aufsogen und klamm wurden, er zog den Schal, den er von Aslaug bekommen hatte, fester um sich.

»Frierst du gar nicht?«, fragte Prometheus das große Pferd. Doch Olav beachtete ihn gar nicht, sondern trottete stur weiter auf den Wald zu. Er schien den Weg zu kennen, für ihn war das wohl Routine, und gelassen und sicher wies er dem nervösen Menschling neben sich den Weg.

Was wird heute eigentlich noch zu Pferd gemacht, dachte er, irgendwie finde ich es gut, dass die beiden dafür kein Auto benutzen. Er fragte sich, wie es wohl gelaufen wäre, wenn er nicht mit dem Auto, sondern mit einem Pferd abgehauen wäre. Er stellte sich vor, wie er im gestreckten Galopp über die Autobahn jagte, wie ihm die lange, blonde Pferdemähne entgegenflatterte und sein Gesicht kitzelte, wie er in den Steigbügeln stand und sich tief über den Pferdehals beugte, um wenig Luftwiderstand zu haben. Was für eine absurde Vorstellung, dachte er, gleichzeitig aber auch megacool. Prometheus, der Schurke, der Vagabund, der Gesetzlose.

Olav bog links auf einen Weg ein, der aus kleinen Steinen und Geröll bestand. Prometheus schaute nach unten und achtete darauf, nicht zu stolpern, während das Pferd gemächlich und sicher einen Huf nach dem anderen über die Steine wandern ließ und immer die richtigen Stellen zu finden schien, und das, ohne hinzusehen.

Prometheus dachte an die letzte Nacht zurück, an Samhain, an Helles Gesänge und Sprüche, an Aslaug, wie sie leise vor sich hin lächelte, als sie über Helle sprach, an die neuen Gäste – zwei junge Paare aus Hessen. Heute Abend ging die Feier weiter, Helle hatte erklärt, dass man dieses Fest wohl mehrere Tage lang feierte.

Irgendetwas stimmte mit dem einen Paar nicht, fand Prometheus. Die Stimmung zwischen beiden war angespannt, und die Frau sah irgendwie unglücklich aus. Alles an ihr war zurückgenommen, und Prometheus hatte noch nie jemanden gesehen, der so traurig und gleichzeitig so schnell Wein trank wie sie. Alle vier neuen Gäste waren jung und attraktiv, sie verkörperten genau das, was Prometheus immer so wichtig gewesen war, das er gejagt und verfolgt hatte. Aber diese eine Frau … ihre Augen sahen aus, als sei sie schon tot. Prometheus fühlte sich ihr seltsam nah.

Ihr Mann war ein Arschloch. Man musste kein großartiger Menschenkenner sein, um das festzustellen, er war arrogant, vermutlich erfolgreicher, als ihm guttat, und kalt. Zwischen ihm und seiner Frau gab es keine Leichtigkeit, keine Verbundenheit, sie spielten nicht und schwirrten nicht umeinander wie er und Miriam früher – da war einfach nur Leere zwischen ihnen.

In den letzten Tagen dachte er häufiger an Miriam. Wie gerne würde er sie anrufen und ihr alles erklären, wie sehr wünschte er sich, sie möge zuhören, lange zuhören, weil das, was er zu sagen hatte, nicht in fünf Minuten gesagt war. Und dann würde sie ihn vielleicht verstehen und seinen Kopf in ihren Armen bergen, um all die Dunkelheit von ihm fernzuhalten.

Vielleicht kann ich mir einen anonymen Mailaccount einrichten und ihr schreiben, dachte Prometheus. Was wäre, wenn sie nicht antwortet? Oder nein, noch schlimmer: Was wäre, wenn sie antwortet?

Er wusste, er konnte nie mehr zurück. Er lief gegen den kalten Wind an, der ihm Nadelstiche über die Haut jagte, neben sich ein gewaltiges Huftier, und dachte daran, dass er nie mehr nach Hause kommen würde. Sein Zuhause war jetzt ein Pferdehof (Pony!) mit zwei alten Frauen, alle beide auf ihre Art und Weise durchgeknallt. Wobei Helle vermutlich die Durchgeknalltere war, was er aber gar nicht böse meinte, nein; er meinte es fast liebevoll.

An dem Abend, als die beiden neuen Paare ankamen, hatte Helle die Gäste gleich verhaftet und mit zum Feuer genommen. Sie hatten Wein getrunken, Helle hatte eine kleine Ansprache gehalten – manche Teile sprach sie auf Dänisch oder Schwedisch, andere auf Deutsch, damit alle die wichtigen Passagen verstanden. Anschließend hatte sie ihnen erklärt, dass sie jetzt durch das Feuer springen sollten, um sich von alten Lasten zu reinigen. Dieser Vorschlag war auf wenig Begeisterung gestoßen, doch Helle war einfach als Erste durch das Feuer gesprungen, um ihnen zu zeigen, dass ihnen nichts Schlimmes passieren würde. Aslaug war ihr gefolgt, und dann hatten sie doch tatsächlich noch drei Ponys durchs Feuer getrieben, unter anderem Rasmus.

Während Prometheus noch gehadert hatte, war Aslaug zu ihm gekommen und hatte ihm erklärt, dass jemand, der mit dem Auto ins Meer fahren wollte, doch sicher keine Angst vor ein bisschen Feuer hätte. Prometheus hatte gar nicht erst versucht, zu erklären, dass er gar nicht ins Meer hatte fahren wollen, Aslaug hätte ihm die Lüge sowieso nicht abgenommen. Deshalb hatte er seinen Becher auf dem Boden abgestellt, Anlauf genommen und war durchs Feuer gesprungen. Und dann hatte er gebrannt.

Genau genommen hatte sein Mantel gebrannt, denn er war der Einzige, der nicht daran gedacht hatte, Kleidungsstücke, die irgendwie herumwirbelten, auszuziehen. Selbst Helle hatte ihren flatterigen Umhang abgelegt, doch ihm war die Idee gar nicht gekommen. Er hatte es zuerst auch nicht gemerkt, er war gesprungen, hatte anscheinend allerhand Glut auf dem Mantel, hatte dann seinen Weinbecher geholt, und alles war in Ordnung. Zumindest genau so lange, bis Aslaug plötzlich trocken zu ihm gemeint hatte: Du brennst. Na ja, und dann war er eben mit einem geborgten Mantel herumgelaufen, der dabei war abzufackeln. Der Mantel war ruiniert, doch was kümmerte ihn sein Aussehen, er war auf dem Hof ja sowieso so eine Art Knecht.

Olav und er kamen jetzt am Wald an, in dessen dunkles Inneres ein schmaler, aber gut ausgetretener Pfad führte. Prometheus sah keine Tiere, die Fichten und Birken und Kiefern lagen still vor ihm, und doch spürte er, dass er nicht allein war. Er wurde beobachtet, sein laienhaftes und unsicheres Auftreten wurde bestimmt von allen Lebewesen sofort bemerkt; von Wildschweinen, Pilzen und Moosen, von den Vögeln in den Zweigen und den kleinen krautigen Stauden, die sich geduckt über den Waldboden verteilten.

Was will dieser lächerliche Fleischling mit der Axt, dachten die Fichten bestimmt, wie will dieser Winzling einen von uns fällen? Dieses Männchen, dieser Schwächling, dieser Versager, der ja nicht einmal sich selbst fällen kann, wir alle haben es damals im Schein des Mondes am Meer gesehen, wir alle; die Möwen rufen es vom Himmel, die Pilze erzählen es sich über Kilometer hinweg unter der Erdoberfläche. Seht euch die dünnen Zweiglein an, mit denen er die Axt hält, schaut die Schwäche in seinen Wurzeln, schaut die viel zu dünne Rinde. Der soll uns gefährlich werden?, flüsterten die Bäume, niemals, niemals, nicht der, niemals.

Prometheus versuchte, sich vor dem Geflüster der Bäume zu verschließen, er stapfte mit Olav den Weg entlang und tauchte in die kühle und feuchte Atmosphäre des Mikrokosmos Wald ein. Fast kam es ihm vor, als wäre er ins Wasser gesprungen, so feucht und dick und schwer war die Luft. Der Nebel sammelte sich zwischen den Bäumen, verhedderte sich und sponn alles ein, sodass die Welt in tausenden Graustufen weichgezeichnet wurde und man den Impuls hatte, sich nach der großen Spinne umzusehen, die all das verursacht hatte. Prometheus hob den Blick: Es sah aus, als wäre einem Maler einfach die Farbe ausgegangen, die Baumkronen liefen wie in der *Unendlichen Geschichte* ins graue Nichts aus, alles um ihn herum verblasste so sehr, dass er sich fragte, ob überhaupt noch irgendetwas da war, ob er noch da war, hallo, hallo?

Plötzlich hielt das Pferd an. Prometheus blieb ebenfalls stehen und blickte sich um. Ja, das könnte die Stelle sein, die Aslaug beschrieben hatte. Ehrlicherweise könnte das aber auch jede andere Stelle sein. Als würde er sich auskennen, als würde er sich nur mit einer Beschreibung und mit einem Pferd an einem Strick auch nur irgendwie in einem Wald zurechtfinden können. Jakob konnte sowas, er aber nicht. Sowieso niemand, niemand konnte das so wie Jakob, weil niemand Jakob war, nicht einmal Jakob war noch Jakob – denn der war fort. Er war nur noch Erinnerung, ein vor Monaten hinterlassener Handabdruck an einem angelaufenen Fenster, eine vergessene Jacke auf Prometheus' Stuhl im Flur, der Mund und die Nase, vielleicht auch die Augen im Gesicht seiner Kinder. Jakob ist nicht mehr, sondern war, ein Präteritum mit einer Durchschlagskraft, die alles in die Knie zwang. Nicht nur im übertragenen Sinne, denn Prometheus ging gerade in die Knie, er stützte sich auf die Axt und sank in den leicht matschigen Boden, während Olav ihm dabei zusah.

Das war anscheinend sein neues Ding, also kraftlos neben Huftieren zusammenzusacken und zu heulen. Er schluchzte und haute mit den Händen auf den Boden, boxte erst auf die Erde ein, dann auf sich selbst. Tränen vermischten sich mit Matsch, Prometheus zerschnitt mit wortlosen, undefinierbaren Schreien die Stille im Wald. Ein Schwarm Krähen erhob sich empört krächzend in die Luft, dreisterweise aufgescheucht von diesem lästigen Menschling.

Prometheus schrie und weinte, dann begannen Worte aus ihm herauszufallen, es ging um Liebe, um Schuld, um Bedauern und Reue, er murmelte, dann schrie er wieder, dann flüsterte er in seine vors Gesicht geschlagenen Hände.

»Wieso«, rief er, »wieso, wieso, wieso, wieso?«

Doch die Bäume antworteten nicht.

5

»Stell dir vor, Bäume könnten reden. Was würdest du sie fragen?«

Jakob lief vor Prometheus, gemeinsam mit Bine, seiner neuen Hündin.

»Was?«, fragte Prometheus und kletterte hinter ihm den Hang hoch.

Jakob war wie eine Gämse, schnell und geschickt kraxelte er überall hoch und auch wieder herunter, und das, obwohl er so lange Arme und Beine hatte. Oder half das vielleicht? Prometheus wusste es nicht, er wusste nur, dass er nicht so gut klettern konnte wie sein Freund (und es auch nicht so gerne tat), ihm den Wunsch aber nicht hatte abschlagen können, zu seinem achtzehnten Geburtstag mit ihm in die Alpen zu fahren.

Jakob wartete kurz, bis Prometheus aufgeholt hatte. Bine stand neben ihm und hechelte nur leicht, auch ihr Herrchen war nicht wirklich außer Atem. Ihre hellbraunen Flanken hoben und senkten sich regelmäßig, bei jedem Einatmen sah man die Rippen der schmalen Windhündin.

»Wenn du mit Bäumen sprechen könntest, also dass sie auch antworten können: Was würdest du sie fragen?«, wiederholte Jakob seine Frage.

Prometheus stützte die Hände in die Seiten und keuchte etwas. Meine Güte, wieso ist Jakob kaum außer Atem, dachte er, oder anders gefragt, wieso bin ich so im Arsch?

»Ich weiß nicht«, sagte Prometheus, stellte sich aufrecht hin und drückte sein Kreuz durch.

Sein Blick wanderte über die Landschaft. Karge Felsvorsprünge reckten sich gen Himmel, zerklüftete Gipfel wachten über die Landschaft. Dazwischen leuchtend grüne Almen, die sich in sanften Wellen über das nackte Gestein legten; dahingesprenkelte Höfe und Kühe und Weinreben, alles durcheinander, alles so reich und lebendig.

»Südtirol ist schon schön«, sagte Prometheus.

»Ja, klar, deshalb sind wir ja hier. Ist aber keine Antwort auf meine Frage.«

Jakob setzte seinen Rucksack ab und holte eine Wasserflasche und eine kleine Metallschale heraus. Er goss ein wenig Wasser für Bine in die Schale, dann nahm er selbst einen Schluck aus der Flasche und bot auch Prometheus etwas an.

»Keinen Durst?«, fragte er, als dieser ablehnte.

»Lass mal, du musst dein Wasser ja mit dem Hund teilen, ich nehme mein eigenes.«

Er packte seine Wasserflasche aus, trank einen Schluck und dachte nach.

Das Gute an Jakob war, dass er jetzt nicht sagen musste: Moment, ich denke nach, dass er nicht erläutern musste, dass er die Frage nicht vergessen hatte. Er konnte einfach nachdenken, und sein Freund wartete ab.

»Ich glaube, ich würde sie fragen, wie es da unten so ist. Im Boden. Die kriegen da ja alles mit, also mit ihren Wurzeln.«

»Ja, stimmt. Die meisten Leute hätten wissen wollen, wie es oben so ist. Wieso wählst du unten?«

»Na ja, ich könnte ja auf einen Baum klettern und selbst

nachsehen. Den Blick von oben kennt man ja gut, auch aus Flugzeugen oder so. Ich find das schon geil, klar. Wie gerne würde ich mal in einem Raumschiff über der Welt kreisen. Aber ich will wissen, wie es da ist, wo niemand hinsieht. In der Dunkelheit, in dieser Zwischenwelt zwischen Himmel und Hölle.«

»Du glaubst an die Hölle?«, fragte Jakob und hob belustigt die Augenbrauen, »seit wann denn das?«

»Na ja, nicht an die Christenhölle oder so, das war gerade einfach ein Bild.«

»Okay. Also ich glaube an eine Hölle.«

»Echt?«

»Ja. An die auf Erden, an die, die sich manchmal im Leben vor einem auftut und einen verschlingen will.«

»Zum Beispiel im Erdkundeunterricht von Herrn Dobler.«

»Ja, diese Hölle ist sogar wissenschaftlich nachgewiesen, da stellt sich die Frage nach dem Glauben gar nicht mehr«, sagte Jakob und lachte anschließend über seinen eigenen Witz.

Noch so ein Jakobding: am lautesten über den eigenen Witz lachen. Prometheus liebte das, aber er liebte ja auch seinen besten Freund.

»Und du?«, fragte Prometheus.

»Was *und ich?*«

»Was würdest du einen Baum fragen?«

Jakob setzte seinen Rucksack wieder auf, und Prometheus tat es ihm gleich. Die Windhündin tanzte um beide herum, tippelte vor und zurück und stupste sie an. Schneller, wollte sie sagen, los, wir müssen weiter, wir müssen klettern und rennen und rennen und noch mehr rennen, los, los!

»Ich würde ihn fragen, wie es sich anfühlt, wenn ein Ast im Sturm abbricht«, sagte Jakob.

»Mann, das ist irgendwie düster.«

»Findest du? Ich weiß nicht. Man zupft immer so gedankenlos an Blättern oder bricht einen Zweig ab. Was ist, wenn das den Pflanzen wehtut? Ich würde das schon gerne wissen wollen.«

»Ich glaube, ich würde mir von den Bäumen vor allem erzählen lassen, wie es früher so war. Also als sie erst eine Eichel oder eine Ahornnase und dann ein dünnes Stämmchen mit zwei Blättern waren. Ich würde sie fragen, ob sie damals Menschen kannten und wie die so drauf waren. Und ich würde sie fragen, ob sie Menschen mögen«, sagte Prometheus und folgte seinem Freund, der an einer Weggabelung nach links abgebogen war.

»Ich wette, die hassen uns«, rief Jakob nach hinten.

»Meinst du?«

»Klar, wir machen alles einfach nur kaputt. Menschen machen immer alles kaputt, vor allem, wenn sie es gut meinen.«

»Aber wenn man es gut meint, ist es dann nicht weniger schlimm?«

Jakob nahm die Hündin auf und hob sie auf einen kleinen Felsvorsprung, bevor er sich selbst hochzog.

»Nein, ist es nicht«, sagte er und drehte sich zu seinem Freund um, »es ist genauso schlimm.«

6

Er hatte anscheinend fertiggeweint. Erschöpft lag Prometheus auf dem matschigen, kalten Boden und atmete schwer. Der Kaltblüter neben ihm zupfte gemächlich hier und da ein wenig

Gras vom Wegesrand und interessierte sich nicht sonderlich für den am Boden liegenden Menschling. Was sollte er auch tun? Es waren nur Menschen, dass die sich seltsam verhielten, wusste ja jedes Fohlen.

Prometheus rappelte sich auf, und als er wieder stand, wischte er sich die verquollenen Augen mit seinem Ärmel, wodurch er sich aber einfach nur Schlamm ins Gesicht schmierte.

»Scheiße«, sagte er.

Was würden Aslaug und Helle denken, wenn er so zurückkam? Und dann auch noch ohne Baum, das ging nicht. Er griff nach der Axt, die neben ihm auf dem Boden lag, rotzte in seinen Ärmel (war jetzt auch schon egal) und bog links in einen kleinen Trampelpfad ein. Vielleicht war der von Wildschweinen geformt worden oder von Rehen oder … Wölfen? Hier gab es Wölfe, das hatte Aslaug ihm erzählt. Er wandte sich um, doch Olav stand brav an Ort und Stelle und sah ihm hinterher. Hätte er ihn mit in den Wald nehmen sollen? Keine Ahnung, dachte er. Er ging weiter.

Der Wald wurde wärmer, je näher die Bäume beieinanderstanden. Wälder haben ein ganz eigenes Klima, die Temperaturen und die Luftfeuchtigkeit sind konstanter als außerhalb, wo jeder Windstoß und jede Wolkenformation alles ändern konnten.

Prometheus hatte Wälder schon immer gemocht, wenngleich er sie manchmal auch als gruselig empfand. Am liebsten waren ihm Laub- oder Mischwälder, Nadelwälder hatten für ihn oft etwas Düsteres, etwas Gefährliches, das er sich nicht erklären konnte. Er dachte an das Buch von Walter Moers, in dem es hieß, dass Hexen immer zwischen Birken stünden. Das immerhin konnte in diesem Wald ja schon einmal nicht passieren, doch wo waren die Hexen hier? Also außer auf dem Pferdehof, gekleidet in bunte Gewänder und wahlweise kitschige Schlager oder seltsame, altertümliche Lieder singend. Prometheus dachte an Helle und fragte sich, ob sie und Aslaug eigentlich Kinder hatten. Er wusste wenig über die beiden Frauen und nahm sich vor nachzufragen.

Der Wald wurde immer dichter, und Prometheus dachte schon daran, umzukehren, als er auf eine Gruppe junger, schlanker Fichten stieß. Ihr Stammdurchmesser betrug ungefähr zwanzig Zentimeter, und sie waren vielleicht fünf oder sechs Meter hoch.

Er lehnte sich zurück und blickte hoch. So eine schaff ich, dachte er. Vorsichtig nahm er den Lederschutz vom Blatt und stellte sich an den Baum, der ihm am nächsten stand. Um ihn herum war genug Platz, fand er. Aslaug hatte gesagt, dass er erst auf einer Seite einen ordentlichen Keil bis circa zur Mitte des Stammes einschlagen sollte. Anschließend sollte er auf die gegenüberliegende Seite wechseln, und der Baum müsste dann in die andere Richtung fallen, die er zuerst geschwächt hatte. So weit die Theorie.

Prometheus legte die Axt an den Baumstamm und klopfte erst ein paarmal dagegen. Dann holte er nur ein bisschen aus und hieb ins Holz: Erst einmal üben, dieselbe Stelle mit wenig Schwung zu treffen. Immer und immer wieder hieb er mit der Axt gegen den Stamm. Anfangs haute er fast immer an eine andere Stelle, doch nach und nach gelang es ihm, dasselbe Stück vom Stamm zu treffen, das er beim ersten Hieb erwischt hatte.

Okay, jetzt mit mehr Schwung, dachte er, und holte aus. Doch seine Finger waren schwitzig, und die Axt flog nach hinten weg. Wow, sowas kann echt schiefgehen. Wieso zum Teufel habe ich keine Handschuhe an? Anfängerfehler.

Er zog den Mantel aus und wischte sich erst die Stirn und dann die Hände ab. Anschließend holte er die Axt zurück. Er stellte sich wieder in Position, Beine schulterbreit aufgestellt, die Körperachse leicht schräg. Er dachte daran, wie Jakob mit seinen dünnen, aber sehnigen Spinnenärmchen spielend leicht hatte Holz fällen können (Hieb), dachte daran, wie Jakob während der Behandlung immer schwächer wurde (Hieb), wie er am Ende nicht einmal mehr die Schnabeltasse (Schnabeltasse! Mein Gott!) halten konnte (Hieb, Hieb, Hieb). Prometheus kam jetzt richtig ins Schwitzen, immer wieder musste er sich die Hände abwischen. Er sah die Augen seines Freundes vor sich, die er seit über dreißig Jahren gekannt hatte. Dachte an die Lachfältchen, die sich mittlerweile in ihren beiden Gesichtern gebildet hatten (Hieb), die Sorgenfalten, all das. Sie waren gemeinsam aufgewachsen und durch dick und dünn gegangen, wie man so schön sagte. Alles hatten sie miteinander zum ersten Mal erlebt oder geteilt, sobald etwas im Leben des anderen passiert war, wurde sofort Bericht erstattet (Hieb); seien es erste Küsse, das erste Blitzerfoto, das erste Mal aufs Maul bekommen – wenn sie nicht gemeinsam am selben Ort waren, erzählten sie sich danach alles haarklein.

»Jakob war mein Bruder«, knurrte Prometheus den Baum an und schlug auf ihn ein, er schluchzte und zitterte und hieb jetzt wieder so manches Mal daneben.

Sie waren wie Brüder gewesen, so eng verbunden wie diese jungen Fichten hier, deren Wurzeln sich miteinander verwoben und verschränkten. Sie waren einander nah, näher, als er jemals einer Partnerin gewesen war, und dann war der Krebs gekommen und hatte mit seiner Axt gewütet, doch nicht nur das: Prometheus hatte dem Krebs geholfen, hatte sich für die falsche Behandlung entschieden. Ja, er hatte anfangs nicht gewollt, dass Jakob in der Immuntherapiestudie mitmachte, ja, sie hatten ihn dazu gedrängt. Dennoch hatte die letzte Entscheidung bei ihm gelegen, dennoch hätte er sagen können und auch müssen: Schön und gut, liebe Leute, aber ich mache das nicht. Aber er hatte das nicht getan, denn irgendwann hatte er *gewollt*, dass Jakob mitmachte (Hieb, Hieb, Hieb).

»Weil ich ein verfickter, arroganter Pisser bin, weil ich denke, ich bin Gott«, brüllte er den jungen Baum vor sich an und schlug mit der Axt komplett wahllos auf ihn ein. Auf dem Stamm sammelten sich Kerben und Striemen, Prometheus peitschte die Fichte für etwas aus, das er selbst getan hatte. Er war der Tumor, der über diesen kleinen Baumbestand herfiel und einen der ihren aus ihrer Mitte reißen wollte; viel zu früh, weil man so junge Bäume ja eigentlich gar nicht fällte.

Schwer atmend taumelte er zurück und ließ die Axt zu Boden sinken. Er stützte sich auf seinen dreckigen Knien ab und keuchte. Sein Herz wummerte, als wolle es aus seinem Brustkorb springen und wegrennen – vor ihm, vor dem Wald, vor allem, vor der ganzen Welt. Prometheus richtete sich auf und sah die Gruppe junger Fichten an.

Er wollte den Baum nicht mehr fällen.

7

Als er mit Olav auf dem Hof einbog, war er schlammverschmiert, erschöpft und innerlich noch wunder als ohnehin schon. Prometheus blieb mit dem Pferd in der Hofmitte stehen, ging nach hinten und begann, Äste und Reisig von diesem kleinen schlittenartigen Wagen zu laden. Er hatte nicht mit leeren Händen zurückkommen wollen und einfach herumliegendes Holz eingesammelt. Da kam die traurige Frau aus dem Haus und zündete sich eine Zigarette an. Als sie ihn sah, winkte sie unsicher, und Prometheus grüßte zurück.

»Hey … ist alles okay?«, fragte sie.

»Ja, bin im Wald hingefallen.«

»Oh, okay. Was hast du gemacht?«

»War Holz holen.«

Prometheus wollte sich nicht unterhalten. Nicht, weil er sich für seinen Aufzug schämte, solche Kategorien hatte er schon lange hinter sich gelassen. Er wollte einfach allein sein, nicht sprechen, eigentlich auch nicht existieren, aber na ja, eins nach dem anderen.

»Ach so«, antwortete die Frau und starrte leer vor sich hin.

»Ist bei dir alles in Ordnung?«, fragte Prometheus, obwohl er das gar nicht vorgehabt hatte.

»Nee.«

»Okay.«

Sie schwiegen, und Prometheus begann, den Hänger vom Pferdegeschirr abzumachen. Beziehungsweise versuchte er es, denn er wusste eigentlich gar nicht, wie man damit umging.

»Warte«, sagte die Frau, drückte die Zigarette in einem Blumenkübel aus und kam zu ihm rüber.

»Wie heißt du nochmal?«, fragte er sie, »habe das leider vergessen, sorry.«

»Kein Ding. Ich bin Julia, und du? Herkules oder sowas, ne? Sowas Ungewöhnliches?«

Sie klopfte Olav auf den Hals und streichelte ihn zwischen den Ohren, wofür sie sich auf die Zehenspitzen stellen musste.

»Prometheus.«

»Ah, okay. Schau mal, du musst hier erst den Riemen lösen.«

Julias Handgriffe saßen und sahen professionell und geübt aus. Sie zog ein Haargummi von ihrem Handgelenk und band sich ihre roten Haare zu einem Knoten, damit ihr die Strähnen nicht immer ins Gesicht fielen, während sie sich streckte und beugte, das Pferd umrundete und einen Riemen nach dem anderen löste.

»Gut, jetzt halt mal das Brustblattgeschirr fest«, sagte sie.

Prometheus tat wie geheißen und hielt das schwere Lederteil fest, das vorn an Olav festgemacht war und mit dem er das Gewicht des Anhängers zog.

»Alles klar, leg das einfach auf den Wagen.«

Noch ein paar Handgriffe, und Olav stand nur noch mit Trense und Zügel vor ihnen.

»Er sollte in den Stall, du musst ihn mit Heu trockenreiben, er hat etwas geschwitzt.«

»Klar ... mache ich gleich. Woher kannst du das alles?«

»Mein Vater hat ein Gestüt«, sagte sie, ohne ihn anzusehen.

»Oh, cool.«

»Ja, na ja.«

Julia ging in den großen Stall und kam kurz darauf mit einer Decke zurück.

»Legen wir ihm das erstmal um, das tut es auch für den Moment.«

Sie deckten Olav mit der rauen, grauen Wolldecke ab.

»Du«, begann Prometheus, »vorhin hast du gemeint, bei dir sei nicht alles in Ordnung. Was ist denn los?«

Er fand die Frage plump und viel zu vertraulich, außerdem war er sich immer noch nicht sicher, ob er das überhaupt wissen wollte. Julia sah ihn kurz mit ihren traurigen Augen an und legte dann ihren Kopf an Olavs Nase.

»Sorry, das ist eigentlich viel zu privat«, begann Prometheus abzuwiegeln.

»Nee, schon okay. Ehrlich gesagt fragt mich das nie jemand.«

»Was? Dein Mann wird dich das doch wohl fragen?«

»Ja, aber er meint es nicht so. Der will nur hören, dass alles gut ist.«

»Oh, verstehe. Das tut mir leid.«

»Ja. Ist auch schon ein Teil der Antwort auf deine Frage. Mein Leben ist scheiße, Pech gehabt. Ich meine: Schau dir meinen Mann an!«

Prometheus wusste nicht, was er sagen sollte, und lächelte verlegen. Julia musterte ihn.

»Aber wenn ich mir dich so anschaue, scheint dein Leben ja jetzt auch nicht der absolute Oberhammer zu sein, oder?«

Prometheus legte die Hand auf Olavs Rücken und begann, ihn ebenfalls zu streicheln. Jetzt stehen wir beide hier und streicheln dieses Pferd, was für ein Quatsch, dachte Prometheus.

»Mein Leben ist auch im Arsch«, sagte er, »liegt aber nicht an meinem Mann.«

»Da hast du mir was voraus.«

»Also ich habe keinen Mann, ich habe eine Freundin. Oder hatte, weiß gerade nicht. Doch, hatte.«

»Ich glaube, ich bekomme eine Idee von der Art der Scheiße«, sagte sie und lächelte.

»Ach so, ja nee, das mit der Trennung ist ein Kollateralschaden von was anderem. Es ist alles wahnsinnig kompliziert.«

»Ist es das nicht immer?«, fragte Julia.

»Wie meinst du das?«

»Das Leben. Das ist doch immer wahnsinnig kompliziert.«

»Ja, schon.«

Stille. Die Sonne war immer noch hinter den Wolken verborgen, dicke Nebelschwaden befühlten Hauswände, Koppeln und Wangen.

»Mein bester Freund ist tot«, sagte Prometheus.

Einfach so.

»Das ist übel«, sagte Julia.

»Ja.«

Sie standen da, streichelten das Pferd und hörten den Krähen zu, die auf dem Hausdach saßen und zu ihnen herunterbrüllten.

Dann sagte Julia plötzlich: »Mein Baby ist tot.«

»Das ist … okay, ich finde gerade keine Worte dafür, wie schlimm das ist«, sagte er.

»Ja«, sagte sie und steckte sich eine weitere Zigarette an.

Prometheus wusste nicht, was er sagen sollte, verstand jetzt aber die Traurigkeit, die ununterbrochen aus ihren Augen zu fließen schien. Wie reagierte man auf sowas, oh mein Gott, wieso hat sie das gesagt, was mache ich jetzt, dachte er.

Niemand sagte etwas.

»Willst du eine?«, fragte sie und hielt ihm die Packung Zigaretten hin.

»Ich rauche nicht«, sagte er.

»Ich auch nicht.«

Prometheus zögerte kurz, griff dann zu und steckte sich eine Zigarette in den Mund.

Kapitel 12

1

Er war so schwach. Wie ein zerschmetterter, dünner Vogel lag Jakob im Krankenhausbett und schaute Prometheus aus dunklen Augenhöhlen an.

»Hey«, sagte sein Freund und lächelte.

»Hey«, sagte Prometheus und setzte sich auf den Holzstuhl neben Jakobs Krankenbett.

»Wie lief die OP?«, fragte Jakob mit dünner Stimme, »haben sie alles rausbekommen?«

»Sie lief gut, die Chirurgen haben das meiste rausbekommen.«

»Aber nicht alles.«

»Nein, aber …«

»Aber das erledigt deine Therapie, stimmt's?«, sagte Jakob.

Prometheus schwieg und sah auf seine gefalteten Hände.

»Ich weiß, dass ich sterben werde.«

»Was, nein, sag sowas nicht.«

»Mein Krebs wächst zu schnell für deine Therapie.«

»Hör auf damit.«

»Hey, ich wohne in diesem Körper. Ich denke, ich kann ganz gut einschätzen, wann es zu Ende geht, denkst du nicht?«

Jakob lächelte und tastete nach Prometheus' Hand. Seine Hand war so dünn und kalt.

»Es fühlt sich an, als zöge sich die Haut ganz eng um meine Knochen, als würde … ich weiß auch nicht. Als würde ich in mein Inneres gezogen.«

»Jakob …«

Prometheus' Hände zitterten.

»Wenn du mich nicht retten konntest, hätte es keiner gekonnt.«

Jakob streichelte die Hand seines Freundes, der jetzt angefangen hatte zu weinen. Die Geste war außergewöhnlich intim, hätte man die beiden gefragt, hätte sich vermutlich keiner von ihnen daran erinnern können, dass sie einander mal gestreichelt hatten. Umarmt, klar. Aber gestreichelt?

»Du hast alles getan, die Ergebnisse sahen ja gut aus. Jeder hätte da weitergemacht, sonst hättest du das alles bestimmt abgebrochen und wärst noch irgendwie umgeschwenkt. Und ich wollte die Immuntherapie ja. Bei der Chemo hätte ich sicher auch keine Chance gehabt.«

Prometheus' Schultern bebten unter seinen Schluchzern. Da saß er, ganz nach vorn gebeugt, unfähig, seinem besten Freund (superbesten Freund!) ins Gesicht zu sehen.

»Jakob …«

»Wie es ist, sterben zu müssen, weiß man erst, wenn man die Worte hört und selbst damit gemeint ist. Also, sag mir die Wahrheit. Ich muss sterben, oder?«

»Nein!«, rief Prometheus.

»Ich brauche dich jetzt als mein Arzt, bitte, Prometheus. Sei ehrlich zu mir.«

Prometheus weinte immer noch, und als er zu seinem Freund aufblickte, sah er, dass auch ihm die Tränen in den Augen standen. Diese Augen, die früher so voll Schalk und Lustigkeit waren und jetzt nur noch Traurigkeit und Müdigkeit beinhalteten.

»Ich … ich weiß es nicht«, sagte Prometheus.

Das war die Wahrheit. Die Therapie konnte immer noch anschlagen, es musste das letzte Wort noch nicht gesprochen sein, es gab noch Chancen, es war noch nicht zu spät, es war noch nicht zu spät, es war noch nicht zu spät.

»Ich wünschte, ich könnte einfach schummeln«, sagte Jakob und leckte sich die trockenen Lippen.

Prometheus goss seinem Freund Wasser aus einer der wiederbefüllbaren Krankenhausflaschen in ein Glas, stellte einen Strohhalm hinein und hielt es ihm hin, sodass Jakob trinken konnte.

»Was meinst du mit Schummeln?«, fragte Prometheus und wischte sich mit den Händen übers Gesicht, nachdem er das Wasserglas wieder abgestellt hatte.

»Wenn man das irgendwie skippen könnte. Wenn ich sagen könnte: *Nee, sterben ist nichts für mich, da mache ich nicht mit!* Oder wenn man es heimlich irgendwie überspringen könnte, wenn man das irgendwie schwänzen könnte, weißt du?«

»Ja, sterben schwänzen wäre gut«, stimmte Prometheus ihm zu.

»Apropos schwänzen: Ich muss gerade dran denken, wie wir Geschichte geschwänzt haben, um zur Loveparade zu fahren. Und wie wir dann einfach zwei Tage weg waren, weil die Karre liegengeblieben ist und wir kein Geld hatten.«

»Ach du scheiße, ja«, sagte Prometheus, und sein Gesicht hellte sich auf.

»Du Arschloch bist nachts im Auto eingepennt und hast mich ausgesperrt.«

»Hey, ich hatte dich nicht *aus*-, sondern mich *ein*gesperrt!«, rief Prometheus und lachte.

»Ja, ja, ja.«

Auch Jakob lächelte.

»Du warst doch auf dem Weg in so ein Dorf, um ein Münztelefon zu finden! Und ich war müde, hatte mich also eingesperrt und habe gepennt«, erzählte Prometheus.

»Und ich habe wie ein Wahnsinniger gegen die Scheibe gehauen, und du bist einfach nicht aufgewacht!«

»Äh ja, das lag vermutlich daran, dass ich meine Kopfhörer aufhatte, durch die mich die wundervolle Natalie Imbruglia zärtlich in den Schlaf sang.«

»Du hast Natalie Imbruglia gehört?«, fragte Jakob ungläubig.

»Nee, aber Kerstin, du weißt doch, mit der ging ich damals. Die hatte mir so ein Mixtape gemacht. Fand sie nicht schlecht.«

»Wen, Kerstin?«, fragte Jakob.

»Ja klar, die auch. Aber ich meinte Natalie Imbruglia.«

»Wir haben den Anschiss des Jahrtausends bekommen«, sagte Jakob und blickte dabei so glücklich, als sei das eine erstrebenswerte und wunderbare Sache.

»Aber nur von unseren Eltern. Herr Kastner fand es cool und hatte uns die zwei Geschichtsstunden nicht einmal als Fehlstunden eingetragen«, entgegnete Prometheus.

»Stimmt, der war eh cool. Der hätte nicht nur Geschichte, sondern einfach alles unterrichten sollen.«

»Na ja, dafür haben wir alle Fehlstunden des nächsten Tages doppelt und dreifach zu spüren bekommen.«

»Ja«, sagte Jakob, »und das nur, weil wir eine Mathearbeit verpasst haben. Kleinlich, oder?«

Beide lachten.

»Krass, das weiß ich gar nicht mehr«, sagte Prometheus.

»Du weißt doch, ich bin der Mann mit den Spinnenbeinen und dem Elefantengedächtnis!«, rief Jakob mit heiserer Stimme.

In diesem Moment wurde Prometheus so von Liebe überschwemmt, dass er instinktiv nach Jakobs Hand griff.

»Ich liebe dich«, sagte Prometheus.

»Mann«, sagte Jakob und lachte nervös, »jetzt geht's aber los. Wenn du mit sowas anfängst, stehe ich anscheinend ja nicht mehr nur mit einem, sondern mit beiden Beinen im Grab.

»Keine Ahnung, das war plötzlich so in meinem Kopf, ich musste das einfach sagen … doof?«

»Ne, schon okay. Ich liebe dich auch«, sagte Jakob.

Stille. Dann Prometheus: »Fuck. Das war echt seltsam.«

»Total!«

Beide lachten wieder.

»Bevor wir heiraten, müssen wir dich aber erst einmal wieder fit kriegen«, sagte Prometheus.

»Wenn es einer schafft, dann du«, sagte Jakob.

»Du musst dich jetzt erstmal erholen, dann passen wir nochmal die Dosis an und machen noch das Kopf-CT. Wobei wir da schauen müssen, wann wir einen Termin kriegen – vielleicht nach deiner OP, wenn wir doch noch ein paar Metastasen rausholen. Und dann schauen wir, dass wir dem Krebs in den Arsch treten!«

Jakob lächelte schwach, und Prometheus krampfte der Magen. So viel Zutrauen lag im Blick seines besten Freundes, so viel Sicherheit, dass er es schon hinbekommen würde. Jakob hatte sein Leben in Prometheus' Hände gelegt und war sich so sicher, das Richtige getan zu haben.

Alle dachten das. Prometheus' Eltern waren so stolz auf ihn und riefen ihn jeden Tag an, um Neuigkeiten zu erfahren. Jakobs Eltern überhäuften Prometheus mit Liebe und Dankbarkeit dafür, dass er ihren Sohn retten wollte. Jakobs Schwester, die in den USA lebte, schrieb auch alle zwei bis drei Tage eine Mail an ihn und erkundigte sich nach dem Stand der Dinge. Und Miriam. Sie überschüttete ihn mit Liebe und Unterstützung. Alle feuerten sie ihn an, alle vertrauten ihm und seinen Fähigkeiten als Wissenschaftler. Prometheus, der Held. Prometheus, der Überflieger. Prometheus, der Mann, der die Menschheit mit den Fähigkeiten der Götter retten wollte.

Doch hatte er das verdient? Er sah auf seinen kranken Freund hinab, lächelte ihm aufmunternd zu und verließ das Krankenzimmer. Und dann schloss er den Materialraum gegenüber auf, knipste das Licht an, schloss die Tür hinter sich und brach weinend zusammen.

2

Das Telefon klingelte. Prometheus sah auf die Uhr, es war halb fünf am Morgen. Wer rief ihn so früh an?

Neben ihm bewegte es sich unter der Decke.

»Was ist los?«, murmelte Miriam.

»Schlaf weiter«, sagte Prometheus, nahm das Handy und verließ den Raum.

Das Klingeln hatte aufgehört, Erans Nummer erschien als verpasster Anruf auf dem Display. Prometheus rief zurück.

»Hey, was gibt's?«, fragte er, als sein Kollege sich meldete.

»Patient 51 ist gerade im OP, Hirnblutung«, sagte Eran.

»Was? Was ist passiert?«

Patient 51. Das war Jakob.

»Weißt du noch das Kopf-CT, das eigentlich für gestern

geplant war, dann aber auf morgen verschoben wurde? Das hätten wir mal lieber gleich machen sollen.«

»Was ist passiert?«, schrie Prometheus jetzt ins Telefon.

»Er hatte einen Schlaganfall und kam sofort als Notfall in den OP. Habe noch keine Neuigkeiten, aber wir gehen von Hirnmetastasen aus.«

Prometheus' Herz drohte, in der Brust zu zerplatzen. Hätte er jetzt auf die Pulsuhr gesehen, hätte er vermutlich die Zahl hundertfünfzig gesehen, vielleicht auch hundertsechzig.

»Ist er noch im OP?«, fragte er und versuchte, einhändig in seine Sneaker reinzukommen.

»Ja, sind noch mittendrin.«

»Ich komme.«

Alles wird gut.

3

Alles am Mauersegler ist auf ein Leben in der Luft zugeschnitten. Die Schwingen sind lang und sichelförmig, um ihre Besitzer im rasanten Gleitflug über Stadt und Land jagen zu lassen. Die Tiere schlagen mit den Flügeln, bis sie eine starke Thermik finden, die sie wie Düsenjets durch den Raum segeln lässt. Sie sind schnell und frei und fliegen so enge Wendungen, dass man ihnen mit dem Kopf kaum folgen kann, wenn man sie beobachtet.

Wie gerne wäre Prometheus jetzt ein Mauersegler-Krabat; ein Müllersjunge, der sich auf Geheiß des Meisters nicht in einen Raben, sondern in einen Segler verwandelte, sich in die Luft warf und davonjagte, der sich immer höher schraubte, viel zu hoch, bis er in der eisigen, dünnen Luft erfror und wie ein Komet zu Boden stürzte. Er würde an Laika denken und an Michael Collins, aber bloß nicht an Jakob, bloß nicht an Jakob.

Das Ende von allem kam schnell. Die Radiologin, die sowieso schon so misstrauisch gewesen war, hatte Unregelmäßigkeiten bei den Daten an die Klinikleitung gemeldet. Die von ihr festgestellten Tumorgrößen der Patientinnen und Patienten, die sie untersucht hatte, wichen von denen in Prometheus' Tabelle ab.

Jakobs Vater hatte eine Obduktion in Auftrag gegeben, wobei mehrere massive Metastasen in allen möglichen Organen gefunden worden waren. Die bei der Autopsie erfassten Daten wichen ebenfalls erheblich von den Studienergebnissen ab, weshalb sich die Klinikleitung einschaltete, Prometheus suspendierte und eine Untersuchung startete. Außerdem wurde routinemäßig die Polizei informiert. Doch das alles passierte erst, nachdem Prometheus vor Semra stand; vor Semra mit ihrem kleinen Sohn zu Hause und dem neuen Kind im Bauch, vor Semra, die gerade ihre große Liebe verloren hatte, genau wie er. Aber sie standen nicht auf derselben Seite, waren nicht auf dieselbe Art und Weise betroffen.

Semra war bei der ganzen Sache unterstützende Beifahrerin gewesen, aber gelenkt hatte sie den Wagen nicht, der gegen die Wand gefahren war. Prometheus hatte am Steuer gesessen, er hatte die Entscheidungen gefällt, die mit zu diesem Punkt geführt hatten. Während das alles über Semra wie eine große, gnadenlose Naturgewalt hereingebrochen war, war Prometheus an der Sache direkt beteiligt gewesen. Er war kein normaler Trauernder, das war ihm klar. Und deshalb musste er gar nicht nach den Gründen fragen, wieso Semra weinend auf ihn einschlug, er wehrte sich nicht mal, sondern ließ ihre kleinen Fäuste immer und immer wieder auf seinen Körper trommeln, bis Jakobs Vater Prometheus' Büro betrat und der Sache ein Ende machte.

Während in Semras Augen gerade entschiedenste Wut zu lesen war, spiegelten die Augen von Jakobs Vater vor allem Verwirrung wider; neben all dem Schmerz natürlich.

»Was ist passiert?«, fragte der alte Mann, »wie konnte das geschehen?«

Semra sank kraftlos weinend an die Brust ihres Schwiegervaters.

»Er hatte Metastasen im Gehirn«, sagte Prometheus tonlos, »das war nicht abzusehen …«

»Doch! Du konntest es absehen, du warst sein behandelnder Arzt, das war dein verfickter Job!«, schrie Semra ihn an.

Prometheus konnte sie nicht ansehen.

»Es gab keine Anzeichen darauf. Morgen wäre sein CT gewesen, ich wollte schauen, was in seinem Kopf los war.«

»Wieso habt ihr das nicht sofort gemacht, als er zu dir kam? Wieso habt ihr den Termin nach seiner OP festgesetzt? Ich verstehe das nicht … wieso erst morgen und nicht vorgestern, vor seiner OP?«, fragte Jakobs Vater.

»Ich wollte ja sofort eins machen, aber es gab keinen freien Termin …«

»Es war ein Notfall!«, rief Semra.

Ihre Fäuste waren geballt, und sie zitterte so stark, dass Prometheus sich sicher war, dass sie gleich wieder auf ihn losgehen würde.

»Ich wusste nicht, dass es ein Notfall werden würde.«

»Red keinen Scheiß!«

»Doch, Jakob kam wegen der Kopfschmerzen zu mir und sagte mir auch, dass es nicht so schlimm sei.«

»Als würdest du Jakob nicht kennen! Seit wann jammert er herum? Du weißt, dass er Symptome und so immer kleinredet, sonst wären wir ja gar nicht in diese Situation gekommen! Außerdem weiß ich, dass er dir von den Sehstörungen erzählt hat!«

»Stimmt das?«, fragte Jakobs Vater.

»Ja«, sagte Prometheus, »aber …«

»Welcher Arzt macht bei einem Krebspatienten bei den Symptomen nicht sofort ein CT?«, schrie Semra Prometheus an und legte die Arme um sich, als wolle sie sich selbst trösten und festhalten.

Ihre Augen waren verheult, ihr Gesicht verquollen.

Nun begann auch Prometheus zu weinen. Er wollte das nicht, wollte sich hier nicht so verletzlich zeigen, wollte allein sein, um den Gefühlen freien Lauf zu lassen, doch jetzt brach alles aus ihm heraus. Er sah Semra an und erkannte die immer noch vorhandene Zuneigung im Gesicht von Jakobs Vater, das war alles zu viel für ihn. Er sackte auf einem seiner Sessel zusammen und schluchzte.

»Oh ja, jetzt weint er!«, rief Semra höhnisch.

»Semra, lass gut sein«, sagte Jakobs Vater.

»Nein! Ihm ging es doch nur um seine scheiß Studie! Sonst hätte er doch gemerkt, dass die Tumore nicht kleiner werden, und hätte vielleicht noch auf Chemo umgeschwenkt! Weil seine Behandlung scheiße nutzlos ist! Du Monster, du hast deinen besten Freund für deine Karriere geopfert!«

Semra sank weinend in sich zusammen.

»Das ist nicht fair, Prometheus würde Jakob niemals bewusst gefährden, er ist sein Freund. Natürlich hätte er sofort die Reißleine gezogen, stimmt's?«, fragte Jakobs Vater und wandte sich an Prometheus.

Doch dieser konnte nicht antworten, konnte nur weinen. Alles in ihm zog sich zusammen, und er fühlte sich, als würde er fallen.

»Ein richtiger Zocker bist du, du tust immer so lieb, aber eigentlich bist du skrupellos. Dich interessiert doch nichts als deine Karriere, Miriam sagt das auch! Nie hast du Zeit für sie, nie für andere. Immer geht es nur um dich, dich, dich!«

Semra war nicht zu bremsen.

»Wir sollten jetzt keine Dinge sagen, die wir hinterher bereuen«, versuchte Jakobs Vater nochmal einzuschreiten.

Auch ihm standen die Tränen in den Augen.

»Ich will jetzt zu Jakob«, sagte Semra.

»Ich denke, es ist besser, wir gehen jetzt«, sagte Jakobs Vater zu Prometheus.

Er ging hinüber zu ihm und legte ihm die Hand an den Nacken. Nun rannen auch bei dem Mann die Tränen, der wie ein zweiter Vater für Prometheus war.

»Es tut mir so leid«, flüsterte Prometheus.

»Ich weiß, es ist nicht deine Schuld. Wir reden morgen.«

Semra ging wortlos zur Tür hinaus, Jakobs Vater folgte ihr.

Kapitel 13

1

Prometheus schob den Löffel durch seine Suppe, ließ ihn Wellen erschaffen und kleine Nudeln und Karottenstücke mit sich reißen.

»Die Suppe ist vegetarisch, kein Pferd«, sagte Aslaug zu ihm.

»Ja, ich weiß … danke.«

Stille, Löffelklappern, Uhrenticken.

»Geht es dir heute nicht gut?«, fragte Helle.

»Ihr glaubt, mir ging es mal gut, seit ich hier bin?«, fragte Prometheus zurück.

Helle und Aslaug wechselten einen Blick und aßen dann schweigend ihre Suppe weiter.

»Tut mir leid«, sagte Prometheus nach einer Weile, »ich bin heute irgendwie durch den Wind.«

»Das ist schon okay«, sagte Helle, »die neuen Gäste sind auch ein bisschen niedergeschlagen. Vielleicht ist es die Jahreszeit.«

»Julia, also die Rothaarige, hat mir erzählt, dass ihr Baby tot ist.«

»Oh nein, wie furchtbar!«, sagte Helle.

»Ja, das ist schlimm«, sagte Aslaug leise.

Helle griff nach ihrer Hand. Während Helle und Prometheus weiter in ihrer Suppe löffelten, hatte Aslaug innegehalten.

»Ich hatte auch mal ein Kind«, sagte sie.

Sowohl Prometheus als auch Helle ließen ihre Löffel sinken und sahen sie an.

»Ein kleines Mädchen … ich habe sie Freyja genannt. Sie war eine kleine Kämpferin. Das musste sie auch sein, denn die Welt, in die sie hineingeboren wurde, war rau.«

Die Uhr tickte leiste an der Küchenwand, füllte die angespannte Stille. Das Licht spiegelte sich in den Glasaugen der Tiere, die ebenfalls zuzuhören schienen, die mit ihren toten Löffeln und Öhrchen der Geschichte der alten Frau lauschten.

»Ich nannte sie Freyja, weil es ein starker Name ist, weil er einer starken Göttin gehört und auch Herrin bedeutet. Ich wollte, dass sie genau das wird: eine Herrin, niemandem untertan, vor allem keinem Mann. Als ich Freyja zur Welt brachte, war ich noch sehr jung, gerade sechzehn. Die Umstände ihrer Zeugung waren sehr unglücklich. Ihr Vater hatte mich vergewaltigt.«

Helles Hand lag immer noch auf der von Aslaug, ihr Daumen strich sanft über die runzelige Haut der hageren Frau.

»Freyja war stark wie ein Pferd und schön wie der Mond. In ihren Augen trug sie die wilde blaue See …«

Aslaug wendete ihren Kopf zum Küchenfenster, wobei ihr eine Haarsträhne ins Gesicht rutschte. Wie alt sie aussieht, dachte Prometheus in diesem Moment, so klein und fragil; sonst wirkt sie immer so stark, doch jetzt sieht es aus, als könne man sie mit einer Hand zerbrechen, wie ein trockenes Zweiglein, ganz einfach.

»Ich lebte damals allein mit meinem Vater in diesem Haus, meine Mutter war gestorben, als ich fünf oder sechs Jahre alt war. Es war ihr Haus und davor das ihrer Mutter. Mein Vater hatte gesagt, sie sei die Treppe hinuntergefallen …«

Ihre Stimme brach ab, ihr Blick starrte aus dem Küchenfenster in die schwarze Leere, sie war wie entrückt.

»Ich glaube, er hat sie gestoßen. Mein Vater war Alkoholiker, er trank von morgens bis abends Schnaps und Bier, und es war am besten, wenn man ihm aus dem Weg ging. Freyja war ein lebhaftes kleines Baby, wenn man sich über sie beugte, brabbelte sie vor sich hin und streckte die Hand nach einem aus, während sich an ihrem Mund kleine Bläschen bildeten.«

Ihr Gesicht war zu einem gequälten und doch sehnsüchtigen Lächeln verzogen.

»Nachts schrie sie oft, weil sie Hunger hatte. Mein dürrer Mädchenkörper gab nicht genug Milch, wir hatten wenig Geld und nicht immer genug Essen im Haus. Mein Vater konnte die Schreie nicht ertragen.«

Aslaug griff nach ihrem Weinglas und nahm einen Schluck. Dann sah sie erst ihre Frau an und blickte Prometheus dann fest ins Gesicht.

»Eines Nachts fegte ein heftiges Gewitter über das Land hinweg, der Himmel brüllte, und Hagel fiel auf die Erde und zerstörte das Getreide. Freyja weinte und weinte, vielleicht, weil sie Angst vor dem Gewitter hatte, ich weiß es nicht. Mein Vater hatte wieder sehr viel getrunken und brüllte, ich möge mein Kind zum Schweigen bringen, sonst würde es was setzen; doch egal, was ich versuchte, Freyja hörte nicht auf zu weinen. Schließlich riss mein Vater mir das Kind aus den Armen, verließ das Haus und ging zum Brunnen. Ich hängte mich an ihn, zerrte an seinen Armen und schrie, er solle mein Kind loslassen, doch ich war klein und schwach und er so groß und viel stärker als ich. Er legte Freyja in den Eimer des Brunnens und ließ ihn hinab, vermutlich bis zur Mitte. Dann trug er mich ins Haus zurück, während ich schrie und zappelte. Drin sperrte er mich in die Vorratskammer und verriegelte sie. Wenn ich mein Ohr an die Wand legte, konnte ich mein Kind im Brunnen schreien hören. Doch nach einigen Stunden wurde es still. Das Gewitter hatte aufgehört und das Weinen auch. Als mein Vater mich herausließ, rannte ich zum Brunnen und kurbelte den Eimer hoch. Mein Kind war erfroren.«

Aslaugs Stimme war ein wenig rau geworden, doch sie sah nicht aus, als würde sie gleich weinen. Prometheus starrte sie an, Helle hatte ihr übliches leichtes Lächeln abgelegt und schaute ernst zu ihm hinüber.

»Wenn eine Frau ihr Baby verliert, ist das eines der schlimmsten Dinge auf der Welt. Nichts und niemand kann diesen Verlust ersetzen, nichts kann den Schmerz verschwinden machen. Die einzige Chance ist zu lernen, mit dem Schmerz und der Trauer zu leben. Doch irgendetwas bleibt immer in einem beschädigt. Das heißt nicht, dass man kein glückliches Leben mehr führen kann. Man kann eine Familie gründen, weitere Kinder bekommen und diese sehr lieben und zufrieden sein. Doch irgendetwas von mir ist in jener Nacht dort draußen im Brunnen mit meinem Kind gestorben, und seitdem bin ich an dieser Stelle defekt.«

Stille.

»Ich weiß nicht, was ich sagen soll«, sagte Prometheus, »es tut mir so leid. Das klingt grauenvoll.«

»Ja. Freyja liegt im Garten unter dem Augenbaum begraben, unter dem Holunder. Der Stamm sieht aus, als seien dort tiefe Augen eingelassen, daher hat das Haus auch seinen Namen: Øjetræ. Baum mit Augen. Hulda beschützt mein Kind, das ist in Ordnung.«

»Und dein Vater? Wie ging es dann mit euch hier im Haus weiter?«

»Das erzähle ich vielleicht mal wann anders«, sagte Aslaug, und dann zu Helle gewandt: »Lass uns heute Nacht für die Frau und ihr totes Kind ein kleines Opfer bringen, ja?«

»Ja«, sagte Helle leise und gab ihrer Frau einen Kuss.

»Willst du die Suppe nur anstarren, oder isst du sie auch mal? Helle stand nicht zum Spaß eine Stunde in der Küche«, brummte Aslaug in Prometheus' Richtung.

Helle zwinkerte ihm zu, als wolle sie sagen: Mit Aslaug ist alles okay, mach dir keine Sorgen.

Prometheus schob den Löffel in die kalt gewordene Suppe.

2

»Wir bringen jetzt erst einmal Hulda ein Opfer. Kein Blutopfer, das braucht es nicht, aber wir bieten ihr Brot, Früchte und Wein dar.«

Wie am Tag zuvor legte Helle einen Korb unter dem Holunderbaum nieder, den Prometheus jetzt mit ganz anderen Augen sah. Er beobachtete Aslaug und staunte über das zufriedene Lächeln in ihrem Gesicht, während sie die Szene beobachtete. Sie muss unglaublich stark sein, dachte er, und: Ich bin so schwach.

Prometheus stand zwischen Robin, dem Ehemann von Julia, und Mert. Dessen Frau Amira unterhielt sich leise mit Aslaug. Die beiden Paare waren heute den ganzen Tag gewandert, und alle sahen etwas müde aus. Prometheus schätzte, dass sie ungefähr im gleichen Alter wie er selbst waren, und er hatte sich in einem ruhigen Moment kurz mit Mert unterhalten. Sie kamen aus Frankfurt am Main und wollten sich auf eine Wanderung im Königsweg vorbereiten. Sie fuhren in zwei Tagen weiter in den Norden, um dort zu zelten und ihre Ausrüstung zu testen. Der Königsweg ist eine der berühmtesten und längsten Wanderrouten Schwedens, hatte Mert erzählt, wir werden tagelang durch dichte Wälder, kahle Ebenen und Moore ziehen, wir werden Bergketten besteigen und alles, das wird mega! Merts Vater war anscheinend Robins Chef, und Prometheus wurde den Eindruck nicht los, dass Robin gar nicht so richtig Lust auf die Sache hatte. Vielleicht wollte er sich einschleimen.

»Samhain lüftet die Schleier zwischen der Welt der Lebenden und der Toten«, sagte jetzt Helle, als sie sich wieder aufgerichtet und zu ihnen gedreht hatte.

»Diese Zeit gibt uns die Möglichkeit, mit unseren Verstorbenen in Kontakt zu treten. Ich möchte, dass wir jetzt ans Feuer gehen, uns an den Händen fassen und dass jeder von uns an eine verstorbene Person denkt, die ihm nahestand und die wir schmerzlich vermissen. Wir sagen ihren Namen und dann, was uns auf der Seele brennt. Es muss nichts Großes sein, vielleicht einfach, dass wir die Person vermissen oder Ähnliches.«

Helle schaute sie erwartungsvoll an. Prometheus stellte fest, dass er nicht der Einzige war, der sich mit dieser Situation unwohl fühlte. Robin zog die Augenbrauen spöttisch hoch, und Amira lachte unsicher. Doch Mert wiegte sich gedankenverloren auf seinen Fußballen vor und zurück und schien nachzudenken, und Julia kaute auf ihren Lippen und sah angestrengt zu Boden.

»Kommt ans Feuer«, sagte Aslaug, stellte ihren Weinbecher auf den Boden und ging auf die Flammen zu.

Die Nacht war kristallklar. Die Sterne beobachteten sie vom Himmel aus, die Bäume zeichneten sich als harte schwarze Umrisse gegen den Nachthimmel ab und wiegten ihre Häupter im leichten Wind. Es war komplett still, man hörte kein Flügelschlagen, kein Zirpen oder Tippeln. Selbst die Pferde waren still. Normalerweise war immer ein Schnauben zu hören, das dumpfe Auftreffen von Hufen auf weichem Gras, wenn die Ponys ihre Runden über die Koppel zogen – doch nichts.

Julia setzte ihren Weinbecher ab, stellte sich neben Aslaug und tastete vorsichtig nach ihrer Hand. Helle nahm die andere Hand ihrer Frau und strahlte alle erwartungsvoll an. Robin nahm Julias Hand, Amina die von Robin, Prometheus die von Amina, Mert die von Prometheus, und Helle griff nach Mert, sodass sich der Kreis schloss.

Das Feuer loderte heiß in ihrer Mitte, Prometheus war es unangenehm, so nah an den Flammen zu stehen. Die Hitze brannte auf seinem Gesicht und flüsterte Gefahr, Gefahr; er versuchte, die Warnungen des Feuers zu ignorieren.

»Ich denke heute an meine Mutter«, sagte Helle und sah zum Himmel auf, »sie schenkte mir mein Leben und lehrte mich, die Göttin zu verehren. Mutter, du fehlst mir.«

Prometheus hörte, wie Robin »Ach du Scheiße« murmelte, und spürte sofort wieder die Abneigung gegen ihn aufsteigen.

»Ich denke heute an meine Tochter«, sagte Aslaug und sah ebenfalls zum Himmel auf, »sie wäre heute 56 Jahre alt.«

Aslaug machte eine Pause und sah zu Prometheus hinüber.

»Freyja, es tut mir leid«, sagte sie und senkte den Blick zu Boden, genau wie Helle vorher.

Stille breitete sich aus. Keiner wusste so recht, wie es weitergehen sollte.

»Ich denke an meinen Sohn Emil«, sagte Julia leise, »er wäre heute drei Monate alt.«

Prometheus sah, wie Aslaug anfing, sich langsam vor und zurück zu wiegen.

»Emil, ich hätte dich so gerne richtig kennengelernt«, sagte Julia.

Alle schienen betroffen zu sein, nur Robin wirkte seltsam distanziert und unberührt.

»Danke, Julia«, sagte Aslaug.

Stille.

Anschließend trauten sich alle, etwas zu sagen. Mert sprach von seinem Großvater und bat ihn um Verzeihung dafür, dass er ihn nicht häufiger besucht hatte. Amira richtete ihre Worte an ihre Tante, die für sie wie eine Mutter gewesen war, und wünschte ihr, ihren Mann im Himmel wiedergefunden zu haben. Robin erzählte widerwillig von seiner Mutter, die drei Jahre zuvor an Krebs gestorben war und die er vermisste. Jetzt blieb nur noch Prometheus.

Und er sagte nichts.

Er spürte, wie sich mehrere Augenpaare auf ihn richteten, sah aus seinen Augenwinkeln, dass alle ihn anstarrten und darauf warteten, dass er etwas sagen würde – doch er konnte nicht.

Seine Hände wurden schwitzig, er fragte sich, ob Laika ihn von oben beim Scheitern beobachtete, stellte sich wieder all die Tiere und Pflanzen um sich herum vor, die leise miteinander in der Sprache der Natur flüsterten und tuschelten und auf ihn zeigten.

»Prometheus, an wen denkst du heute Nacht?«, fragte Helle mit betont sanfter Stimme.

Er sagte nichts.

»Gibt es niemanden, den du vermisst?«, fragte Amira, »das muss dir nicht peinlich sein, wir alle haben ja was gesagt.«

»Ich«, sagte Prometheus, doch dann stockte er wieder.

»Ich«, begann er erneut, »ich denke an meinen besten Freund Jakob.«

Stille.

Die Flammen züngelten um die Äste herum, die in der Mitte zu einem großen Haufen aufgeschichtet waren. Das glühende Holz knackte und prasselte wie diese kleinen Knallfrösche, die Jakob und er als Kinder zu Silvester anzünden durften.

Jakob.

Jakob.

Immer Jakob.

Prometheus schwitzte jetzt am ganzen Körper, sein Herz begann zu rasen. Herzinfarkt, kam es ihm in den Sinn, nein, stopp, Panikattacke. Ich kann das nicht, ich kann das nicht, dachte er, ich kann das nicht.

»Ich kann das nicht«, sagte Prometheus und ließ die Hände der anderen los. Er stolperte rückwärts aus dem Kreis, drehte sich um und lief ins Haus. Dort holte er sein Handy und seinen Autoschlüssel, eilte an der Gruppe vorbei hinters Haus zur Scheune, wo er sein Auto geparkt hatte. Er öffnete den Wagen, stieg ein, schloss die Tür und atmete kurz durch.

Ein.

Aus.

Wieder ein.

…

…

Aus.

Nein, es war immer noch nicht besser. Er startete den Motor. Auf dem Weg zur Straße fuhr er am Feuer vorbei, an der Gruppe Menschen, die ihm ratlos hinterhersahen, doch er schaute nicht zurück.

3

So muss sich ein Blutkörperchen in den Adern fühlen, dachte Prometheus, der mit seiner Arztkutsche viel zu schnell durch die Nacht schoss, alles um einen herum ist Schwärze, und man wird im Strom mitgerissen. Er hatte gar nicht das Gefühl, dass er die Kontrolle über diese Fahrt hatte. Irgendetwas trieb ihn, irgendetwas jagte ihn, er musste weg, weg, weg.

Er schaltete das Fernlicht aus, weil es ihm unangenehm hell vorkam, stellte das Autoradio an und gleich wieder aus; sein Kopf duldete keine Nebenbuhler, alles in ihm war laut und wund und aufgerieben. Wo soll ich hin, wo soll ich nur hin, dachte er. Wie soll ich nur weiterleben?

Er jagte durch die Nacht, raste vorbei an kleinen Schafherden, an Holzkirchen und Flussläufen, doch das alles war für ihn unsichtbar. Er hatte einen Tunnelblick, sah nur nach vorn, war für alles andere blind.

Ich weiß nicht, wo ich hinsoll, ging es ihm durch den Kopf.

Die Tankleuchte begann zu blinken.

4

Bumm, bumm, bumm. Prometheus öffnete die Augen und rieb sich mit den Händen über das Gesicht, um das Dröhnen in seinem Schädel wegzubekommen. Es war mittlerweile hell geworden, er hatte die Nacht im Auto geschlafen. Sein Nacken war steif, und er fühlte sich fast wie nach einer Stunde auf dem Reitplatz.

Bumm, bumm, bumm.

Er schreckte auf und schaute zum Seitenfenster. Dort stand Aslaug.

Prometheus stöhnte leise und kurbelte das Fenster runter.

»Wir müssen reden«, sagte die alte Frau.

»Ich will nicht reden«, antwortete Prometheus.

Er hustete, sein Hals war so trocken wie eine Salzwüste. Aslaug streckte ihm eine Wasserflasche zum Fenster rein.

»Dachte mir schon, dass du das brauchen wirst.«

»Wie hast du mich gefunden?«, fragte Prometheus und nahm die Flasche entgegen.

»Das war einfach, du bist nach Norden gefahren, in diese Richtung gibt es hier sowieso nur diese eine größere Straße. Als ich dein Auto damals vom Strand zu uns gefahren habe, habe ich gesehen, dass dein Tank fast leer ist. Deshalb war mir klar, dass du sowieso nicht weit kommen würdest, weil die Tankstellen auf dieser Strecke nachts geschlossen haben. Na ja, und dann dachte ich mir: Wo würde so ein Idiot wie du Rast machen? Und dann habe ich einfach den erstbesten Autostrand gesucht, und siehe da, hier sind wir.«

Nett.

»Ich muss weiter.«

»Hvadbehar … du hast kein Benzin.«

»Ich weiß, ich gehe zu Fuß zu der Tankstelle, an der ich vorbeigekommen bin. So weit sollte das gar nicht weg sein, ich –«

»Ich habe Diesel dabei.«

»Danke, ich –«

»Ich habe Diesel dabei, und du kriegst ihn, nachdem wir geredet haben. Danach kannst du fahren, wohin auch immer du willst«, sagte Aslaug.

Prometheus seufzte. Er wollte nicht mit Aslaug sprechen, er

wollte sich nicht ausquetschen lassen oder rechtfertigen müssen. Doch sie ließ ihm keine Wahl. Er stieg aus dem Auto aus.

Sie waren allein an einem sehr breiten Strand. Der Himmel war wolkenverhangen, und der Wind trieb eine kleine Schicht Sand vor sich her und in ihre Gesichter. Aslaugs lange graue Haare wehten um ihr Gesicht, doch sie kümmerte sich nicht weiter darum und stapfte in ihrem olivgrünen Regenmantel vor Prometheus her in Richtung Meer.

Sie liefen ein Stück und schwiegen, bis Aslaug stehen blieb und sich zu Prometheus umdrehte.

»Du hattest doch gefragt, was nach dem Tod meiner Tochter mit meinem Vater passiert ist«, sagte Aslaug.

Prometheus nickte. Sie schaute aufs Meer und schien nach Worten zu suchen.

»Wie ich schon erzählt habe, war mein Vater Alkoholiker. Seine Leber und sein Herz waren kaputt, deshalb hatte er auch immer wieder mit seiner Gesundheit zu kämpfen. Insgesamt war unser Zuhause freudlos, seit meine Mutter gestorben war. Es ging um Schnaps, Ärzte, Geld, all das. Immer Geschrei, Schläge. Nie ein gutes Wort. Mein Vater war ein durch und durch schlechter Mensch … ich weiß gar nicht, wieso meine Mutter ihn genommen hatte.«

Aslaug schwieg, und Prometheus wartete, bis sie weitererzählte.

»Eines Tages kam ich vom Einkaufen nach Hause, das muss so ein Jahr nach Freyjas Tod gewesen sein, da fand ich meinen Vater in der Küche am Boden liegen. Er war hochrot, keuchte und sagte mir, ich solle einen Arzt rufen und ihm seine Medikamente holen. Er hatte einen Herzinfarkt.«

Aslaug schwieg.

»Und dann?«

»Habe ich einen Stuhl herangezogen und mich auf ihn gesetzt. Und dann habe ich meinem Vater beim Sterben zugesehen.«

Prometheus bekam eine Gänsehaut.

»Es war überraschend schwer für mich«, sagte Aslaug, »ich hätte erwartet, dass es mir leichter fiel.«

»Und doch hast du nicht eingegriffen?«

»Nein. Ich habe ihn zwar nicht direkt getötet, aber ich habe ihn sterben lassen. Ich habe ihn nicht gerettet.«

Sie setzte sich wieder in Bewegung, und Prometheus lief wieder neben ihr her. Was für ein ungleiches Paar sie abgeben mussten: die zierliche, alte Aslaug und dann er – ein großer, abgewrackt aussehender Mann in einem angekokelten, verdreckten Lodenmantel.

»Ich glaube, ich hätte es auch nicht getan«, sagte Prometheus.

»So?«, fragte Aslaug und sah ihn von der Seite an.

»Er hat dein Kind ermordet.«

»Ich weiß. Trotzdem war es falsch, nichts zu tun.«

»Er hatte es verdient.«

»Findest du? Ich weiß nicht, ich bin mit Todesurteilen nicht so schnell bei der Hand.«

Zwei Kinder mit bunten Bommelmützen rannten an ihnen vorbei, jedes steuerte jeweils einen bunten Drachen an einer Schnur. Doch keine, wie Prometheus und Jakob sie in ihrer Kindheit gebastelt hatten, keine in der Form von Drachenvierecken mit bunten Girlanden an den Ecken. Die Kinder hatten moderne Lenkdrachen in aerodynamischen Formen, die nur so durch die Luft sausten und sich in abenteuerlichen Manövern hinabstürzten und kurz vorm Aufprall wieder in die Höhe stiegen.

»Wie Mauersegler«, sagte Prometheus leise.

»Was?«, fragte Aslaug.

»Ach, die Drachen, die erinnern mich an Mauersegler, das sind Vögel, die wie Schwalben aussehen.«

»Ich weiß, was Mauersegler sind.«

»Ja … das waren die Lieblingsvögel von meinem besten Freund.«

Sie stapften weiter durch den Sand und trotzten dem Wind. Aslaug erinnerte Prometheus dabei an eine knorrige Kiefer, die an einer Klippe stand, Wind und Wetter standhielt und die Gezeiten des Meeres unter sich bezeugte. Dass sie nicht weggepustet wird, ein Wunder, dachte Prometheus und lehnte sich noch stärker in den mit Salzwasser und Algenduft geschwängerten Wind.

»Weißt du, was das Besondere an Mauerseglern ist?«, fragte Aslaug.

»Dass sie zehn Monate im Jahr ununterbrochen fliegen können? Im Flug essen, schlafen, sich paaren? Das sie fast zweihunderttausend Kilometer im Jahr zurücklegen?«

»Ja, das ist ziemlich besonders. Aber das meinte ich nicht.«

»Was denn dann?«

»Mauersegler haben Füße, die nicht für das Laufen auf dem Boden ausgerichtet sind. In der Luft sind sie graziös und fliegen so elegant daher, aber am Boden sind sie verloren. Wenn ein Mauersegler landet, kann er auch wieder selbst starten. Viele Menschen sagen, dass ein Mauersegler, sobald er einmal gelandet ist, nicht mehr abheben kann, doch das ist Unsinn.«

»Okay, ja.«

»Es sei denn, der Mauersegler ist geschwächt. Etwa weil er sehr alt oder noch zu jung ist, weil er krank ist. Ein geschwächter Mauersegler kommt allein nicht mehr hoch, ist er einmal abgestürzt. Man muss ihn in die Luft werfen, dann kann er weiterfliegen.«

Prometheus sagte nichts.

»Was hat dich so geschwächt, dass du allein nicht mehr hochkommst?«, fragte sie ihn, blieb stehen und sah ihn direkt an.

Prometheus blieb ebenfalls stehen. Er wusste nicht, was er sagen sollte.

»Hm?«

»Nichts, ich bin okay.«

»Ich habe dich vor sechs Wochen mit deinem deutschen Auto im dänischen Sand steckend gefunden. Du hattest keine richtigen Klamotten an und hast geweint wie ein Baby, als Helle dich traf. Du rufst niemanden an, niemand ruft dich an, du hast kein Geld und wohnst auf einem Hof mit zwei fremden Frauen, von der eine ganz offensichtlich ein bisschen abgedreht ist und die andere eine mürrische Alte. Und du sagst mir, du bist okay?«

»Ja … Keine Ahnung. Ich will nicht drüber reden.«

»Wen hast du umgebracht?«

Prometheus zuckte innerlich zusammen. Woher wusste sie das? Er hatte doch nichts erzählt, oder? Wenn sie Wein getrunken hatten oder Aquavit? Nein, das konnte nicht sein.

»Du fragst dich, woher ich das weiß, oder?«

»Ja. Ich meine nein, ich habe ja nicht gesagt, dass es stimmt.«

»Herrje, jetzt stell dich nicht so dumm an. Natürlich stimmt es. Und ich weiß es, weil es aus jeder deiner Zellen schreit. Es ruft: Ich habe jemanden auf dem Gewissen! Wieso solltest du sonst fliehen, wieso sonst heimatlos umherziehen, wieso sonst immer wieder Dinge andeuten. Ich tippe mal: Es ist dieser Jakob.«

Prometheus stiegen die Tränen in die Augen. Sein Kinn

bebte, er spürte, wie sich der Inhalt seiner Nase selbstständig machte. Und dann brach er zusammen. Er sank in den Sand, weinte und erzählte Aslaug alles.

Erzählte, wie sein bester Freund Krebs bekommen hatte.

Erzählte, wie Jakob, ihre Familien und alle Freunde erwartet hatten, dass Prometheus ihn gesund machte.

Erzählte, wie er sich dazu hatte überreden lassen und dann wirklich begann zu glauben, das zu schaffen. Wie er wirklich sicher war, das hinzukriegen.

Erzählte, wie ihm die Kontrolle über alles entglitten war, wie die Ergebnisse nicht das lieferten, was er sich erhofft hatte.

Erzählte, wie er die Ergebnisse gefälscht hatte, damit die Studie nicht abgebrochen wurde, weil er sich so, so sicher war, dass das noch klappen würde.

Und er erzählte, wie es nicht klappte. Wie Jakob immer kränker wurde, wie er plötzlich die Hirnblutung bekam und starb. Wie alles zusammenbrach. Wie er ganz plötzlich alles und jeden verlor, vor allem: Jakob.

Und jetzt erzählte er noch mehr. Wie sehr er seinen besten Freund geliebt hatte, wie sehr er ihn bewundert hatte, wie nah sie sich gestanden hatten. Dass er das Gefühl gehabt hatte, ohne ihn nicht leben zu können, mit dieser Schuld nicht leben zu können.

Er erzählte, wie sehr er seine Mama vermisste, und ja, er sagte wirklich *Mama.* Dass seine Freundin dachte, er sei ein Monster, dass er selbst dachte, er sei ein Monster.

Und er erzählte Aslaug, dass er wirklich ins Meer fahren wollte, dass er sich ausgemalt hatte, vom Meer verschluckt zu werden und für immer vom Mond durch die Gezeiten gesteuert zu werden und nie wieder all diesen Schmerz spüren zu müssen, der mit jedem Herzschlag durch seinen Körper jagte.

Aslaug hörte zu, unterbrach ihn nicht, war ganz still und konzentriert. Sie hatte sich vor ihn in den Sand gesetzt, ihre Beine mit den Armen umschlungen und war einfach nur da. Und als er fertig war, sagte sie nichts, bis Prometheus sich beruhigt hatte, bis die Schluchzer abebbten und der Atem wieder regelmäßiger war.

Und dann fragte sie: »Was wirst du jetzt tun?«

Und er sagte: »Ich weiß es nicht.«

Dann schwiegen sie wieder, Aslaug beugte sich nicht zu ihm, umarmte ihn nicht. Das tat ihm gut, es war genau richtig. Umarmungen würde er jetzt nicht aushalten, er würde das Gefühl haben, sofort in tausende Einzelteile zu zerbröseln, das ging nicht. Sie sahen beide rüber aufs Meer. Die Sonne stand hoch am Himmel, und Prometheus dachte: Wie schön alles sein könnte, wenn die Realität nicht im Weg wäre.

»Du musst deine Mutter anrufen.«

»Das geht nicht, sie wird mich nie wieder sprechen wollen. Ich bin sicher, sie verachtet mich.«

»Gesprochen wie ein richtiger Idiot.«

»Wieso nennst du mich dauernd Idiot? Hör auf damit.«

»Dann verhalte dich nicht wie einer! Du glaubst doch nicht wirklich, dass deine Mutter dich nicht mehr liebt? Und was ist mit deinem Vater, der auch nicht mehr?«

»Ich kann ihnen nie wieder in die Augen sehen.«

»Unsinn. Ich würde alles dafür geben, meine Tochter jetzt hier vor mir sitzen zu haben.«

»Aslaug, das mit deiner Tochter tut mir –«

»Darum geht es jetzt nicht. Ich würde alles dafür geben, dass mein Kind hier vor mir säße, egal, was es angestellt hätte. Es wäre mir wirklich egal, ob meine Tochter eine ganze Stadt in Schutt und Asche gelegt hätte. Du hast ziemlich schlimme

Fehler gemacht, ja. Vermutlich musst du ins Gefängnis, ja. Aber deine Eltern lieben dich. Nicht alle Eltern lieben ihre Kinder, das sieht man ja an meinem Vater. Aber deine Eltern lieben dich, bei allem, was du mir über sie erzählt hast, bin ich mir absolut sicher.«

Prometheus schwieg, dann fing er wieder an zu weinen. Er würde alles dafür geben, wenn seine Mutter jetzt hier wäre. Er wünschte sich nichts mehr, als dass sein Vater jetzt bestürzt »Mensch, Marvin« sagte.

»Du liebst deine Eltern?«

»Ja«, sagte Prometheus mit erstickter Stimme.

»Gut, dann rufst du sie jetzt an.«

»Ich habe meine SIM-Karte weggeworfen.«

»Wieso hast du deine SIM-Karte weggeworfen? Welcher Idiot wirft denn seine SIM-Karte weg?«

Aslaug runzelte die Stirn.

»Damit mich niemand findet.«

Aslaug überlegte kurz.

»Okay, doch gar nicht so dumm. Dann hier, nimm mein Handy.«

Sie zog ein Smartphone aus ihrer Jackentasche und hielt es ihm hin. Prometheus zögerte. Er sah zu den Dünen und dem angrenzenden Wald hinüber, dann zum Meer. Die Landschaft war immer dabei, er kannte keine andere, die so eigen war, die so gleichförmig und doch so abwechslungsreich und lebendig wirkte. Vielleicht schauten die Eichhörnchen vom letzten Mal zu, vielleicht ließen sich die Quallen und Muscheln ganz nah ans Ufer treiben, um zu hören, wie es mit diesem seltsamen Menschling weiterging.

Er atmete tief ein und griff nach dem Telefon.

5

Maria Grabow war gerne Hebamme. Schon von klein auf war sie komplett begeistert von Babys, was dem damals von ihr erwarteten Rollenbild ganz wunderbar entsprach. Ihre eigenen Eltern hatten immer gehofft, dass sie mal gut heiraten und viele Kinder gebären würde, wobei *gut heiraten* für ihre Eltern etwas anderes bedeutete als für sie.

Sie fand, sie hatte gut geheiratet. Sie heiratete einen Mann, der sie zum Lachen brachte, der ihr den Rücken frei hielt und der sanft und gutmütig war. Ihren Eltern war er nicht reich genug, nicht gesellschaftlich erfolgreich genug, aber sie interessierte das nicht. Das war etwas für ihre Schwester, nicht für sie. Oft sah sie zu Hermann rüber und fragte sich, womit sie so einen guten Menschen verdient hatte. Er war geduldig, gütig und verzieh allen alles. Sie selbst war hektisch, ehrgeizig, verzettelte sich oft – doch er glich sie immer aus. Er unterstützte sie, als sie die Ausbildung zur Hebamme machte, obwohl ihre Eltern es lieber gesehen hätten, dass ihre Tochter nicht arbeitete. Eine Verkäuferinnenlehre wäre ja noch in Ordnung gewesen, aber Hebamme?

Maria Grabow liebte ihren Beruf, weil sie Kinder liebte. Und doch war sie sich nie sicher, ob sie ein eigenes Kind haben wollte. Bei ihren werdenden und frischgebackenen Müttern sah sie immer so viel Liebe, so viel Glück und Aufregung. Gleichzeitig gab es jedoch auch immer so viel Sorgen, so viel Schmerz, so viel auszuhalten. Sie war sich nicht sicher, ob sie das alles durchstehen würde. Doch Hermann hatte immer gesagt: Das kriegen wir schon hin. Und er hatte ihr immer und immer wieder gesagt, dass sie eine fantastische Mutter werden würde. Also bekamen sie doch irgendwann ein Kind.

Die Sorge war von Anfang an da. Die Sorge, ob er richtig

aß, richtig wuchs, sich richtig entwickelte. Ob er im Kindergarten Anschluss fand, ob er in der Schule mitkam, ob er den Schulweg unbeschadet überstand. Die nagende Sorge, wenn er zur vereinbarten Zeit nicht nach Hause kam, weil er beim Spielen die Zeit vergessen hatte. Kinder bringen so viel Liebe und Erfüllung mit, gleichzeitig aber auch so viel Angst und Schmerz, das hatte sie früh gelernt.

Nicht zu wissen, wie es dem eigenen Kind ging, das offensichtlich Probleme hatte, nicht einmal zu wissen, wo es war: Das war für Maria Grabow eine ganz neue Dimension Angst. Das war der Endgegner, der sie nachts nicht schlafen und tagsüber nicht essen ließ.

Sie hatte aufgehört, das Haus zu verlassen, weil sie in der Nähe des Telefons bleiben wollte. Ja, sie hatte ein Handy, aber was war, wenn Prometheus auf dem Festnetzanschluss anrief und niemand war da? Was war, wenn er sie brauchte? Was, wenn er nach Hause kam? Also saß sie Tag und Nacht in der Stube neben dem Telefon, strickte ruhelos oder versuchte mehr schlecht als recht, sich mit Kochsendungen abzulenken.

Hermann hatte aufgehört, zu sprechen und zu lachen. Er war zwar nicht sehr gesprächig, aber immer ausgeglichen und gut gelaunt gewesen, doch jetzt goss er jeden Abend die Pflanzen am Fenster und sah dabei raus. Ganz so, als würde sein Junge genau in diesem Moment in die Straße einbiegen. Die Pflanzen überlebten diese übertriebene Zuneigung nicht und ertranken eine nach der anderen. Maria hatte sie zum Großteil schon ersetzt, das war ihrem Mann aber nicht einmal aufgefallen.

Hermann sah aus dem Fenster, er seufzte, er goss.

Dann ging er schlafen.

Am nächsten Tag ging er zur Arbeit, wo er nicht sprach oder lachte.

Dann ging er nach Hause.

Und dort sah er aus dem Fenster, er seufzte, er goss.

Tag und Nacht schienen für die Grabows keine Bedeutung mehr zu haben, ihr Leben war auf Pause gestellt, während das Leben der anderen Menschen sich weiterdrehte. Zu Jakobs Beerdigung wurden sie eingeladen und erschienen auch, hielten sich aber ganz am Rand. Als sie nach der Trauerfeier nach Hause gingen, hatte Hermann alle Pflanzen in der Wohnung so dermaßen übergossen, dass die Untersetzer überliefen und die Teppiche jetzt von Wasserflecken geziert wurden.

Auch heute saß Maria Grabow wieder neben dem Telefon, während ihr Mann aus dem Fenster sah, seufzte und goss. Im Fernsehen lief *Wer wird Millionär*, doch die Grabows interessierten sich weder für die Fragen noch für die Kandidaten.

Er goss.

Sie wartete.

Und dann klingelte das Telefon.

Hektisch drückte Maria den Stummschalteknopf der Fernbedienung und riss den Hörer ans Ohr. Erst einmal hörte sie nichts, nur Rauschen und irgendein krisseliges Geräusch. Und dann:

»Mama?«

6

»Prometheus?«, kam die zitternde Stimme seiner Mutter aus dem Telefon.

»Mama, ich –«

»Marvin? Marvin? Junge! Maria, mach das Telefon auf laut!«

»Warte, Mama …«

Prometheus hörte, wie wild Tasten gedrückt wurden.

»Wo geht das denn?«, klang seine Mutter durch den Hörer, dann der Vater: »Gib mal her.«

Prometheus begann wieder zu weinen. Er hatte das Gefühl, noch nie so etwas Schönes gehört zu haben wie seine Eltern, die sich um das Telefon stritten und versuchten, die Freisprechanlage anzuschalten.

»Prometheus? Hörst du uns?«, rief seine Mutter.

»Ja, Junge, hörst du uns?«, wiederholte der Vater.

»Ich höre euch beide«, sagte Prometheus und lachte, während ihm Tränen und Rotz durchs Gesicht liefen.

Aslaug lächelte leise, stand schwerfällig auf und entfernte sich ein paar Schritte. Sie verschränkte die Arme hinter ihrem Rücken und sah aufs Meer.

»Junge, wo bist du?«, fragte der Vater aufgeregt.

»Ich bin in Dänemark.«

»Was machst du denn in Dänemark?«, rief die Mutter.

»Ich weiß nicht … ich weiß es wirklich nicht«, antwortete er.

Und dann erzählte er. Erzählte, wie er geflohen war, wie er ins Meer fahren wollte (seine Mutter schluchzte dabei laut auf), wie er bei den Frauen unterkam und sich nicht getraut hatte, sich bei irgendjemandem zu melden.

»Was ist mit Semra? Und Jakobs Eltern?«, fragte er.

Er hatte Angst vor der Antwort. Am anderen Ende entstand eine Stille.

»Semra ist … sie ist sehr unglücklich, weißt du? Sehr verzweifelt«, sagte der Vater.

»Sie hasst mich, oder?«

»Nein«, sagte der Vater, »ja« seine Mutter.

»Oh …«

»Sie kann gerade nicht klar denken, gib ihr Zeit«, sagte seine Mutter.

»Und was ist mit Ingrid und Joachim?«

Er hatte besonders Angst davor, was Jakobs Eltern sagen würden. Die zwei Menschen, die ihn wie einen Sohn behandelt hatten. Die ihm fast genauso nah wie seine eigenen Eltern gewesen waren.

»Sie machen sich Sorgen um dich. Wir … wir dachten alle … wir dachten, du hast dir vielleicht … dir vielleicht etwas angetan.«

Prometheus' Mutter brach jetzt vollends in Tränen aus. Sein Vater übernahm wieder.

»Sie wissen, dass du Jakob helfen wolltest. Sie sind sich auch sicher, dass du nichts gemacht hast, also nichts … nichts bewusst gemacht hast, das schlecht für ihn war. Sie wollen mit dir reden. Es geht ihnen sehr schlecht, aber sie wollen mit dir sprechen.«

Prometheus konnte nicht antworten, er wurde komplett von Schluchzern geschüttelt.

»Junge, sag uns, wo du bist. Wir kommen.«

»Ihr … nein … es ist so weit weg.«

»Red keinen Unsinn«, sagte der Vater, »wir holen dich.«

»Wenn ich in Deutschland bin … da muss ich vor Gericht, oder?«

»Ja, mein Junge. Du musst wohl auch ins Gefängnis, es gibt einen Haftbefehl. Aber wir sind an deiner Seite, wir schaffen das.«

Prometheus schnäuzte sich wieder in den Ärmel.

»Und Miriam, was ist mir ihr?«

»Wir haben nichts von ihr gehört, Liebling«, sagte seine Mutter.

Das hatte Prometheus fast schon erwartet. Miriam war so zornig gewesen, bevor er seine Flucht begonnen hatte. Er war sich absolut sicher, dass sie nichts mehr von ihm wissen wollte. Es ging ja nicht nur um Jakob, es waren ja auch einige ihrer Patienten in der Studie. Menschen, die ihr vertraut hatten.

Sie sprachen noch kurz, dann stand Prometheus auf und ging zu Aslaug ans Meer.

»Aslaug … wie lautet die Adresse des Hofs?«

Sie drehte sich zu ihm um, lächelte und sprach die Adresse ins Telefon.

7

»Mit Schuld leben ist schwer«, sage Helle und goss sich, Aslaug und Prometheus etwas von dem frisch aufgebrühten Tee in ihre Keramiktassen.

»Wenn man eine Schuld hat, bezahlt man dafür«, sagte Aslaug.

»Ich muss ins Gefängnis«, sagte Prometheus leise, »aber das ist nicht das Schlimmste. Ich werde mich für immer fragen, ob Jakob noch am Leben wäre, wenn er die andere Therapie gemacht hätte.«

»Ja. Das wird nie wirklich aufhören. Aber man kann damit leben«, sagte Aslaug.

»Ich finde immer noch nicht, dass du Schuld hast bei dem, was deinem Vater passiert ist.«

»Ich habe entschieden, ob ein Mensch leben und sterben soll, obwohl es mir nicht zustand. Und ich habe dafür bezahlt. Teuer«, entgegnete sie, und um ihren Mund bildete sich ein harter Zug.

Prometheus traute sich nicht, nachzufragen.

»Wir fahren jetzt.«

Die Tür zum Wohnzimmer war aufgegangen, und Julia kam rein, auf dem Rücken einen Wanderrucksack, in der Hand eine weitere Tasche. Die anderen waren anscheinend schon an den Autos.

Helle stand auf, ging zu der jungen Frau rüber und legte ihr eine Hand auf die Schulter, die andere auf den Bauch. Julia zuckte erschrocken zurück und schaute unsicher zu Aslaug und Prometheus.

»Wenn ihr in ein paar Wochen oder Monaten auf dem Königsweg wandert, folge den Holunderbäumen«, sagte Helle und lächelte sie an, »sie werden dir den Weg zeigen.«

Prometheus senkte den Kopf und lächelte verstohlen in sich hinein. Als er zu Aslaug hinüberschaute, sah er, dass auch sie lächelte. Er merkte, dass die beiden ihm wirklich fehlen würden. Helles rätselhaft schräge Art und Aslaugs kantiges und raues Wesen.

»Ja … okay … danke«, sagte Julia.

»Mach es gut und viel Glück«, sagte Prometheus.

»Ja, danke. Dir auch.«

Julia winkte in die Runde und verschwand.

»Ich bin mir sicher, es wird ihr bald besser gehen«, sagte Helle.

»Ja? Was hast du gesehen?«, fragte Aslaug.

»Was meinst du mit gesehen? Du willst mir nicht sagen, dass sie auch noch Hellseherin ist, oder?«

Das war jetzt vielleicht doch etwas zu viel des Guten für ihn. Aber die beiden Frauen lächelten nur und sagten nichts.

»Wann kommen deine Eltern?«, fragte Helle.

»Ich weiß nicht … ich glaube, in ein oder zwei Stunden. Sie fahren recht langsam und vorsichtig.«

»Du musst noch deinen Freunden Auf Wiedersehen sagen«, sagte Aslaug.

»Na klar, ich würde doch nicht gehen, ohne euch –«

»Nicht wir, Idiot«, sagte Aslaug, »die Ponys und Pferde.«

»Ach ja … stimmt … ähm okay.«

8

Der Abschied von Rasmus, Olav und Mirja fiel Prometheus schwerer, als er gedacht hatte. Wochenlang hatte er mit ihnen zusammengelebt, ihre Ställe ausgemistet, unter Aslaugs Fuchtel eine Verbindung zu ihnen aufgebaut.

Wie eine heimliche Pferdetherapie, dachte Prometheus, und zum ersten Mal kam ihm der Gedanke, dass Aslaug es womöglich absichtlich darauf angelegt hatte.

»Alter, bestimmt hat die nie einen Baum gefällt und mich nur verarscht«, flüsterte er gerade Mirja ins Ohr, als er plötzlich das Knirschen von Rädern in der Einfahrt hörte.

»Ich muss jetzt zu meiner Mama«, sagte Prometheus zu Mirja, »mach es gut und halt die Öhrchen steif.«

Mirja schob ihre Nase unter seine Achsel, und er streichelte sie.

Eigentlich war dieser Menschling ganz okay, dachte das Pony. Wenn er nicht die ganze Zeit heult, ist er eigentlich ganz umgänglich. Das erzähle ich gleich mal den Eichhörnchen, die haben ja so eine unglaublich schlechte Meinung von ihm.

Sie tippte ihn nochmal an der Schulter an und trottete in Richtung Wald von dannen.

9

Prometheus sah im Rückspiegel, wie der Hof immer kleiner wurde. Er dachte an die Nacht seiner Ankunft, an die Tiere, Pflanzen und Pilze, die ihm beim Verzweifeln zugesehen hatten, die sich in der ersten Reihe gedrängt hatten, um zu sehen, wie er sich ins Meer stürzte – oder eben nicht.

Er sah aus dem Seitenfenster und betrachtete das Dünenmeer aus Silbergras, aus Labkraut, Flechten, Moosen und Holundersträuchern. Er dachte an Helle und ihre ganzen Elixiere und kleinen Rituale, dachte an Aslaugs Tochter und den Brunnen, an das Haus, das so lebendig wirkte. Was für eine bizarre Geschichte, was für seltsame Wochen. Ist mir das wirklich alles passiert, oder war es ein Fiebertraum?

Ich bin nicht ins Meer gestürzt, dachte Prometheus, ich werde nicht von den durch den Mond gesteuerten Gezeiten von Welle zu Welle geworfen. Ich habe überlebt, zumindest bis jetzt, doch ich habe es nicht verdient.

Hoffentlich ist Jakob jetzt irgendwo, dachte er, hoffentlich fliegt man nach dem Tod als Energie oder Partikel durchs Weltall, das würde ihm gefallen. Vielleicht gibt es ja ein Paradies, doch was wäre das für Jakob? Vielleicht eine endlose Berglandschaft, die er mit seinen sehnigen Armen und Beinen durchklettern kann, vielleicht ein endloser Wald voller Vögel, die darauf warten, bestimmt zu werden. Wenn es einen Himmel gibt, dann sollte er voller Pflanzen, Tiere und frischer Luft sein, damit Jakob und Schnuffelchen gemeinsam Abenteuer erleben konnten.

Und er? Er hatte sich den Himmel nicht verdient, auf ihn wartete erst einmal das Fegefeuer.

»Wir fahren zuerst zu uns nach Hause, und morgen gehen wir gemeinsam zur Polizei, Marvin«, sagte sein Vater.

»Prometheus«, korrigierte die Mutter.

»Marvin ist schon okay«, sagte Prometheus (nein, Marvin).

Durch das heruntergekurbelte Fenster drangen Fahrtwind und Meeresrauschen ins Innere des Wagens. Er beobachtete, wie die kurzen Locken seiner Mutter, die vor ihm saß, hin- und hergewirbelt wurden, betrachtete die dünnen Vaterhaare, die sich wie kleine Würmchen im Wind schlängelten. Nein, keine Würmer, dachte er, es war Kükenflaum. Das auf dem Kopf seines Vaters war Kükenflaum und er war nicht mehr Prometheus.

»Marvin ist mir lieber«, murmelte er noch einmal, schloss die Augen und dachte an Feuer, an den Mond und an einen Himmel voller Mauersegler.

~

»Tut mir leid, dass Linda Schluss gemacht hat«, sagte Jakob.

Prometheus saß geknickt auf dem Bett seines Teenagerzimmers und starrte auf seine Hände. Vor dem Zimmerfenster jagten die Mauersegler in der Abenddämmerung durch die Häuserschluchten und erfüllten die Luft mit ihrem schrillen Sriii Sriii.

»Du hast aber immer noch mich!«, rief Jakob und boxte mit seiner Faust vorsichtig gegen den Oberarm seines Freundes.

»Ja, keine Ahnung. Wieso solltest du nicht auch irgendwann Schluss machen?«

»Freunde machen doch nicht Schluss miteinander!«

»Wer weiß. Vielleicht ja doch.«

»Ich werde niemals mit dir Schluss machen.«

»Was ist, wenn ich was Schlimmes mache?«, fragte Prometheus unsicher.

»Auch dann werde ich nie mit dir Schluss machen. Aber du könntest nichts Böses tun. Manchmal tust du eben dumme Dinge, und dann kommt Scheiße bei raus, ja. Aber das bist eben du.«

»Es muss etwas geben, weshalb du nicht mehr mein Freund sein wollen würdest. Irgendwas.«

Jakob überlegte.

»Ja, wenn du nicht mehr mein *Freund sein wolltest.«*

»Hä, das ist doch sinnlos dann …«, sagte Prometheus und verzog mürrisch sein Gesicht.

»Alter, gewöhn dich einfach an den Gedanken, mich für immer

am Hals zu haben. Egal, was du machst, ich würde niemals nicht dein Freund sein wollen.«

»Sicher?«

»Einhundert Prozent, wir sind beste Freunde. Egal, was du machst, ich werde dir für immer auf die Nerven gehen. Ich bin dein Stalker!«

Jakob lachte und strahlte Prometheus an.

»Egal, was ich mache?«

»Ja.«

»Beste Freunde?«

»Superbeste Freunde. Okay?«

»Okay.«

Danksagung

Ich danke L., ohne den dieses Buch überhaupt nicht entstanden wäre. Du holst die besten Ideen aus mir heraus.

Natürlich danke ich auch meiner Agentin Elisabeth Ruge, die sich immer zuerst nach dem Wohlergehen meiner Asseln und der Hunde erkundigt und mir Sprachnachrichten über Vogeljunge schickt. Match made in heaven.

Und ich danke besonders meinem Verleger und Lektor Dominique Pleimling, der sich seine Elternzeit mit dem Lektorat dieses Buchs versaut hat, immer geduldig ist und nie an mir zweifelt. Und bei der Gelegenheit: Willkommen auf dieser Welt, Josephine! Sorry für die Pandemie, den Klimakram und, na ja, alles. Deine Generation wird es besser machen.

»Dieses Buch ist ein Geschenk.« Igor Levit

Jasmin Schreiber
MARIANENGRABEN
Roman

256 Seiten
ISBN 978-3-8479-0082-5

Paula braucht nicht viel zum Leben: ihre Wohnung, ein bisschen Geld für Essen und ihren kleinen Bruder Tim, den sie mehr liebt als alles auf der Welt. Doch dann geschieht ein schrecklicher Unfall, der sie in eine tiefe Depression stürzt. Erst die Begegnung mit Helmut, einem schrulligen alten Herrn, erweckt wieder Lebenswillen in ihr. Und schließlich begibt Paula sich zusammen mit Helmut auf eine abenteuerliche Reise, die sie beide zu sich selbst zurückbringt – auf die eine oder andere Weise.
Ein Roman übers Sterben – aber vor allem darüber, am Leben zu bleiben

»Helmut ist ab sofort (neben der Queen) mein Rolemodel fürs Altsein.« ANJA RÜTZEL

Eichborn